講談社文庫

線は、僕を描く

砥上裕將

講談社

目次

「春蘭」砥上裕將

登場人物紹介

青山《あおやま》 霜介《そうすけ》――主人公。大学生。
篠田《しのだ》 湖山《こざん》――水墨画家。日本を代表する芸術家。
篠田《しのだ》 千瑛《ちあき》――水墨画家。湖山の孫。花卉画《かきが》を得意とする。
西濱《にしはま》 湖峰《こほう》――水墨画家。湖山門下の二番手。風景画を得意とする。
斉藤《さいとう》 湖栖《こせい》――水墨画家。湖山賞最年少受賞者。完璧な技術を有する。
藤堂《とうどう》 翠山《すいざん》――水墨画家。湖山も一目置く絵師。
古前《こまえ》――大学生。霜介の自称・親友。
川岸《かわぎし》――大学生。霜介と同じゼミ。しっかり者。

線は、僕を描く

第一章

僕らの口はポカンと開いていた。

巨大な総合展示場の地下駐車場に集められた僕らは、作業を監督する西濱《にしはま》さんという男性の話を聞きながら、思考停止寸前だった。

簡単な飾りつけのアルバイトだと聞いていたのに、まるで話が違う。説明を受けている限り、ガッチガチの肉体労働で、とても集められた数人でできる仕事じゃない。頭にタオルを巻いて上下作業服を着て、おまけに軍手までしている西濱さんの姿を見ているとそれだけで文化系サークルのひ弱な男子たちは震えあがった。一同、ひそひそ話で、『古前《こまえ》君が言っていた話と違うではないか』と相互にささやき合っている。

僕もそう思った。

どうやら僕らは展覧会を設営するために、自分の背丈《せたけ》よりも大きな畳三畳《たたみじょう》分のパネルを、西濱さんを含めた八人で五十枚以上運び、それから脚立《きやたつ》を駆《か》けあがって留め具を設置し、パーティションを百枚近く搬入《はんにゅう》するらしい。しかも、それを後数時間でやらなければならない。僕らに仕事を斡旋した古前君は、当然そんな説明はしていなかった。していたらこんな場所にいるはずはない。

「皆、体力自慢の学生さんって聞いているから期待しています。今日はよろしくね」

と、爽《さわ》やかに言われたところで、集められたみごとにひ弱そうな男子一同では返答しようもない。作業が始まると午前のうちに三人が静かにいなくなり、お昼を過ぎたころには二人いなくなり、パネルには重さ五キロ近くのT字型の足が必要で、パネルの倍以上の数をまた持ってこなければならないと分かったときには、さらに一人が減って、僕一人しか残らなかった。

高校以来こんなにも体力を酷使《こくし》したことはない。

パネルを一枚倉庫から台車に運ぶだけで、上腕二頭筋の繊維がプチプチと切れていくのが分かった。長身の西濱さんはそれほど疲れを感じていないらしいが、僕のほうは手元や足元がフラフラしている。この仕事は明らかに古前君が所属している大学の文化会に依頼してくる代物じゃない。体育会系のための仕事だ。この西濱さんという人は頼むべき相手をそもそも間違えてしまっている。大学生といっても活《い》きのいい人間ばかりじゃない。僕のように半《なか》ば人生にくたびれて生きているような人間もいるのだ。

「どうしよう。もう、皆帰っちゃったよ。このままじゃ、展覧会がぶっ潰《つぶ》れちゃうよ」

と、西濱さんが狼狽《うろた》え始めたときには、まだパネルは半分しか運び込まれていなかった。小学校の体育館よりも広いフロアには、ほんのわずかにしかパネルもパーティションも運び込まれていない。僕と西濱さんだけでは、設営は物理的に不可能だ。狼狽えて、頭を抱《かか》え込《こ》んでいる西濱さんを見ると、見て見ぬふりをすることもできない気持ちになった。僕はため息をついた。

僕は慌《あわ》てふためく西濱さんをよそに、ポケットから携帯電話を取り出した。

こんなとき責任の所在を求める相手は一人しかいない。僕は、古前君に緊急事態を知らせる電話を入れて、うちの大学の体育会系の人員をいますぐ三十人ほど補強してくれるように要請した。古前君は困惑した声で電話に出たが、僕のめったにない真剣な口調を聞いて、すぐに事態を把握した。古前君の背後では、民法総則の講義の声が響いていた。被保佐人の行為能力、云々《うんぬん》……。

もう僕は一ミリだって動きたくなかった。

慌てふためいていた西濱さんに声を掛けて、人員を急遽《きゅうきょ》補充したことを伝えると、西濱さんは、ようやくピタッと止まって落ち着いた。

「いや、ありがとう。本当に助かったよ。展覧会がぶっ潰れるかと思った。これで首が繋《つな》がったよ。君には借りができたね」

「借りだなんて、そんなことないです。勝手に逃げ出した学生たちの代わりの人員を手配したまでです。たぶん今度はもうちょっと使える人材が来ると思います」

「よし、じゃあ、それまで休憩しようか。ジュースでも奢《おご》るよ」

と言って、連れていかれたのはなぜだか喫煙室だった。

喫煙室内にある自販機で買った飲み物を僕に手渡すと、西濱さんはペットボトルのスポーツ飲料とは別に買った缶コーヒーの蓋《ふた》を開けて少し口をつけた。胸ポケットからおもむろにアメリカンスピリットと書かれたつぶれた黄色の箱を取り出すと、安っぽい百円ライターをポケットの何処《どこ》かから取り出し、火を点《つ》けた。タバコ要る？　と言われたけれど僕は首を横に振った。その後、ああ未成年だったっけ？　と西濱さんは独《ひと》り言《ごと》のように呟《つぶや》いて、頷《うなず》いていた。

それにしても、どうして僕は喫煙室なんかにいるのだろう。

こんなに簡単に誰かの後ろをホイホイと付いてきたのは初めてだった。タバコのにおいのせいで異質な感じのする狭い空間や、バーのカウンターのように立ったままひじを預けられる空気清浄機を見ていると、まるで僕は異世界にいるような気がした。ここは僕がこれまで知っていた世界の外側なのだ。そういえば、アルバイトをしたのも人生で初めての経験ではなかったか。僕はこの新しい経験の前に少しだけ高揚《こうよう》していた。それは同時に緊張でもあった。僕はリラックスすることもなく休憩をとっていた。

この西濱さんというのは不思議な人だ。

真っ黒な顔をクシャッとさせて、人懐《ひとなつ》っこい笑みを浮かべるくせに、普通の大人のように何だかズルいと感じるところがない。さっき、次々にアルバイトの人員が帰ってしまったときも、恨《うら》み言の一つも言わなかった。

それでいて率直で、明《あ》け透《す》けに物を言う。だが、刺々《とげとげ》しくはない。ふんわりと分かりやすく声が入ってくるし、表情がとても大きい。困っているときは本当に困った顔になっていたし、今のようにゆったりとしていると、そのゆったり感というかある種の締まりのなさがそのまま伝わってくる。百円ライターや、頭に巻いた真っ白いタオル、短くなったタバコを一生懸命吸っているしぐさや、びっくりするくらいカッコつけないという不思議なスタイルが板についている。長身で、格闘家のような軽やかな物腰がさらに掴《つか》みどころのなさを強調していた。

二本目のタバコに火を点けた西濱さんは、缶コーヒーにもう一度口をつけて、心から幸せそうに吸った。

「一本、一本が勝負だよな」

と、わけの分からないことを呟いている。

「君、名前は？」

「あっ、青山霜介《あおやまそうすけ》です。よろしくお願いします」

「いえいえ、こちらこそ。ちょっと疲れたね」

西濱さんはしばらく黙り込んでタバコを吸った後、

「一年生？」

ときいてきた。

「ええ。そうです。入ったばかりです」

「そうか〜。何を勉強しているんですか？」

まるで子供に訊《たず》ねるときのような不釣り合いな敬語だ。僕はゆっくり考えて、シンプルな答えを口にした。

「法律です。法学部」

「法律？すごいね。君は凄《すご》く頭良さそうだから、弁護士さんとかなるの？」

「いいえ。ならないと思います。何かになれたらいいけど、何にもなれないかも」

「何にも？何にもならないではなくて、なれない？」

そこで僕は少しだけ黙り込んだ。適当な言葉は何処《どこ》にもなかった。

西濱さんは奇妙な顔で煙を見ていたが、

「そっかぁ。そうだよね」

と、物事に白黒つけない大人な相槌《あいづち》を打った。

「まだ、いろいろ考えるのは難しいよね」

そう言うと、西濱さんは、またキュキュッと力強くタバコを吸った。煙を吐《は》いたとき、なんとも言えない表情で目を細めた。

「何かになるんじゃなくて、何かに変わっていくのかもね」

「え？」

「青山君は、日本の絵師って誰か知ってる？」

「絵師って、日本の画家のことですか？　伊藤若冲《いとうじやくちゆう》とか、葛飾北斎《かつしかほくさい》とか、雪舟《せつしゆう》とかでしょうか。美術の授業で習ったくらいしか分かりません」

「案外知っているね。じゃあ、若冲について何を知ってる？」

「名前だけは。あの美術の教科書に出てくる鶏の人ですよね」

「そうそう。あのとんでもなくすばらしいコケコッコーを描く人。あの人ってね、実はもともと絵師ではないんだよ」

「え？　そうなんですか？」

「そう。四十歳くらいまでは京都の市場の八百屋《やおや》さんの総大将みたいな感じの人で、四十歳から絵師になったんだよ」

「そんなに遅くてなれるんですか？」

「たぶんなれるんだと思うよ。なった人がいるんだから。でも、なんていうか、絵師になりたいっていうよりは、もうとんでもなく絵を描きたい人って感じがする人なんだよ」

「絵を描きたい人」

「そう、それが絵師っていう立場というか足場を作った感じがする。いつの間にかね」

「それって、才能があるからじゃないんですか？」

僕がそう言うと、西濱さんは笑った。

「才能かあ……。いや、違いますよ、青山君。きっと違う。才能はね、この煙みたいなものですよ」

「タバコの煙ですか？」

「そう。気づくと、ごく自然にそこにあって、呼吸しているものですよ。ふだん当たり前にやっていることの中に、才能ってあるんですよ」

「ま、マジですか？」

「たぶん。マジです。絵の場合はね。やりたいことさえ見つかれば、何にでもなれるものですよ。こういうふうに、一本、一本勝負しながらね」

「はあ……」

「若沖だって、自分はなんでこんなに絵が好きなんだろう？　って、ときどきは不思議な気持ちで考えていたと思うな」

西濱さんはニヤニヤしながら、嬉《うれ》しそうに語った。

「西濱さんは、絵に詳しいですね」

「どうだろ？　まあ好きだからね」

「美術館とかよく行くんですか？」

「あんまり行かないかな。展示にはよく行くけど。忙しくて」

展示にはよく行くけれど、美術館には行かないというのは腑《ふ》に落ちなかったが、こういう仕事の話をしているのだろうと思って、僕はあいまいに頷いておいた。

「企画が二割、搬入が八割。余力で鑑賞かなあ」

と、さらに意味不明なことまで呟いている。二十代後半くらいの年齢だと思うけれど、目の下には深く黒い影が刻まれていることに、西濱さんの仕事の大変さを感じた。

「青山君は彼女とかいるの？」

「え？　いえ、僕はまったく、全然だめです。女性と話したこともあまり、ないです。友達も少ないです」

「またまたぁ。そっか、そうなのか……、じゃあひとつアドバイスをしておこう」

「アドバイスですか？」

「うん。あのね、午後から飾りつけなんだよ。青山君が残ってたら、たぶん、アイドルみたいなものすごい美少女が会場に登場するけれど、サインとか求めたらだめだよ？　あと話しかけられても、口説いたらだめ。すっごく、怖いから」

「そ、そうなんですか。気を付けます」

「うん。とっても怖いからね。でも良かったら展示は見ていってね」

僕はまたなんとなく頷いて見せた。西濱さんはニヤニヤ笑っていた。

休憩の後は、瞬《また》く間《ま》に作業が進んだ。まず大学の文化系サークルを統括する学生自治会文化会執行部、略して文化会の代表古前君が合流し、縦か横のどちらか、もしくはその両方がやたらと大きい屈強な学生が、次から次に展覧会場にやってきて作業を手伝った。しばらくすると、作業の人員は飽和状態になって僕と西濱さんと古前君は、ぼんやりと進捗《しんちょく》を眺《なが》めているだけになった。

古前君は西濱さんに文化系サークルの学生の逃亡を平謝りしながら、次からは力仕事を『飾りつけ』と言わないように念を押していた。誰がどう聞いたって『飾りつけ』を『パネル運び』だとは思わない。

古前君は、今日も真っ黒な怪しいサングラスを掛けている。いつもはうさん臭さの象徴でしかないそれが、今日はリーダーの証《あかし》のようにも思えるから不思議だ。西濱さんとの話が終わると、こちらに近づいてきた。

「青山君も大変だったな。つらくないか？」

「大丈夫だ。久しぶりにしっかり運動した気分だよ」

古前君は大きく頷いた。

「そうか。今日の青山君は疲れているのに、何だか元気そうだ」

僕はどう答えていいかも分からず、古前君をじっと見ていた。確かに今日の僕はいつもより少しだけ気分がいい。僕が何も言わずにいると、古前君は言葉を続けた。

「うちの大学の理事長がこの会の偉い人と知り合いみたいで、そのツテで回ってきた仕事なんだ。こんな肉体労働だとは思っていなくて迷惑をかけたね。もうすでに上の方とは話をつけてるから、青山君にはバイト代を支払うよ。俺は、他大学の美女との合コンを餌《えさ》に奴らをおびき寄せたから、今すぐトンズラさせてもらおうと思うけど、青山君はどうする？」

「美女との合コンの約束は、守らなくていいのかい？」

「結果の見えている合コンを手引きするほど、俺は暇じゃないんでね。奴らになんか誰も食いつきゃしないよ」

「僕たちにも食いつかないけどな。僕はこのまま展示を見てから帰るよ。さっき見て帰ってねって言われたんだ」

僕はそう話しながら、自分でも思ってもみなかった言葉を口にした。

「それにちょっと興味があるんだ」

「そうか……いつも淡白な青山君が興味を示すなんて珍しいな。じゃあ、また大学で会おう」

そう言うと、古前君は静かに会場から消えた。決断も逃げ足も速い男というのは見ていて気持ち良いな、と思った。正味一時間も会場にいなかっただろうけれど、古前君の存在は大きく、体育会系の男子はテキパキと働いていた。西濱さんは嬉しそうに彼らを眺めていたが、しばらくして搬入するものがなくなると、頭を下げて作業の終わりを告げた。

僕は悲鳴を上げる足腰を押さえながら、ぼんやりとその様子を見ていた。仕事の達成感とも相まって、それはとてもいい気分だった。

解散が知らされて、気づけば消えていた古前君の消息をそれぞれが探し始めたころ、西濱さんが近づいてきた。

「展示を見て帰る？」

「ええ。良かったら見せてもらおうかなと思いまして。いいですか？」

「もちろん。ありがとう。じゃあ、控《ひか》え室《しつ》で、展示が仕上がるまで待っているといいよ。来てくれた人たちのためのお弁当がいくつか余るはずだから食べて帰ってよ。君にはお世話になったし」

「お弁当?」

そう聞いて僕は少しだけ戸惑った。だが、

「ありがとうございます。いただきます」

と、はっきり返事をした。

「じゃあ、俺はもうちょっと別の仕事があるから、また後で」

西濱さんはそそくさと会場の外に消えてしまった。

気づくと、僕一人だけが会場に残された。

巨大な空間は、さっきよりもさらに広く感じられた。部屋中が真っ白で、やけに静かだ。人がいなくなると、会場の広さと静けさは威圧的でさえあった。

僕はすぐさま控え室に向かおうと思ったけれど、場所が分からない。仕方ないので会場の中をうろうろと歩き回り、人を探したけれど当然、誰もみつからなかった。

手持《ても》ち無沙汰《ぶさた》に佇《たたず》んで、長い間ぼんやりしていると、入り口からスーツを着た雰囲《ふんい》気《き》の良い小柄な老人が現れた。たった一人で扉を押して入場し、僕と同じようにあたりを見まわして、何かを探している。僕のように迷い込んだのだろう。小柄な老人の動きは素早く、なんとなくかわいらしい。

僕は老人も困っているのだろうと思い、そちらのほうに近づいた。老人も僕に気が付いた。僕と老人の間を隔《へだ》てるものは何もなかった。老人も僕のほうに近づいてきた。少しずつ老人の姿がはっきりとしてくる。年齢は七十代の半ば、それとも八十歳過ぎだろうか。もしかしたらもっと上かもしれない。ともかく高齢だ。だがとても元気そうに見える。会話ができるほどに近づくと、おもしろいものをみつけたような目で、

「こんにちは」

と挨拶《あいさつ》をしてくれた。僕も「こんにちは」と何気なく返した。展覧会の関係者なのだろうか。僕の声を聞くと、うんうんと頷いた。僕は控え室の場所を訊ねた。すると老人は、

「私もそこに用があったんだ」

と、控え室まで案内してくれることになった。会場の裏口から出てすぐの場所に控え室はあり、中には応接室のように小さなテーブルとソファが、向かい合わせに並んでいた。西濱さんに弁当を食べていいと言われていたのだが、どれなのか分からない、と伝えると、老人はすぐさま黒い包みの大きな重箱の弁当を二つ、部屋の隅の段ボールから探し出してきた。その隣にあった箱買いされてあったペットボトルのお茶もこちらに差し出した。弁当の包みには、日暮屋《ひぐれや》と書いてあった。

「これ、勝手にもらってしまって大丈夫ですか？」

と、老人に訊ねると老人は愉快そうに頷いて、まったく問題ないと答えた。何をし

ても楽しそうな明るい老人で、スーツを着てはいるが威圧感もなく身のこなしも軽かった。頭は禿《は》げ上《あ》がり、目じりまで長く伸びた眉毛《まゆげ》も真っ白で、度のきつい大きなメガネを掛けている。顎鬚《あごひげ》もどこか可愛らしい。おまけに柔和な表情を浮かべているので、びっくりするくらい親しみやすかった。

老人は嬉しそうに、重箱の横についているタコ糸を引っ張った。

僕にもそれをやれ、というので、僕も真似《まね》して糸を引っ張ると、重箱の中から湯気《ゆげ》が上がり、箱の中が熱を持ち始めた。驚いていると、老人はさらにニヤニヤして膝《ひざ》の上で弁当が温まるのを子供のように待っている。そこはかとなく食欲をそそる良いにおいも漂ってきた。そのとき急に、お腹《なか》が鳴り、僕は久しぶりに空腹を感じた。

僕と老人はふいに目を合わせた。老人は嬉しそうに微笑《ほほえ》んでいた。

「よし食べよう。君はガリガリだから、いっぱい食べないとね」

と号令をかけた。老人は箸袋《はしぶくろ》を開けて弁当の蓋《ふた》を取って無造作《むぞうさ》にパクつき始めたけれど、僕はまずその蓋を開けたとき、口が半開きになってしまった。

中に入っていたのは、高級レストランの料理の重箱詰めで、お弁当と名乗っているけれど中味はフルコースだった。とても学生の口に入るような食べ物じゃない。さっきの湯気は、中に入っていたサーロインステーキを温めるためのものだった。こんな特殊な機能のついた弁当を、僕はこれまで一度も目にしたことがない。

本当にこれを食べてもよかったのか、と老人に問いただすと、

「私がいいと、言ったら、だいたいなんでもいいんだよ」

と、意味不明なことをモゴモゴと口を動かしながら呟いた。たぶんいいはずがない。僕はそれでも恐る恐るステーキを摘まみあげて口に運んだ。その一口は僕を幸せにした。久しぶりに僕は食べ物の味を感じていた。

部屋の隅に置いてあった箱に目が行くと、マジックで「来賓用《らいひん》」と大きな字で記してあった。そしてその隣には、「お手伝い・生徒用」と書いた箱があった。来賓用の箱は小さく生徒用の箱は大きい。そして当然、僕は来賓ではない。

うまいだろ？　と老人が悪戯《いたずら》っぽく笑って皺皺《しわしわ》の顔をさらに皺皺にしたが、僕は引《ひ》き攣《つ》った笑みを浮かべた。泣き笑いのような何とも言えない表情だ。僕が食べてもいいと言われたのは、明らかに生徒用のお弁当だろう。来賓用の数の少ないお弁当が、都合よく余るはずがない。だが僕らは箸を止めることができない。

老人は視線をあげてこちらを見た。僕の手元を見ていて、

「きれいな箸の持ち方だね」

と、僕をほめた。そういえば、両親が生きていたときにも、そのことを両親にほめられたことがあった。僕はとても器用に箸を使うし、持ち方がきれいだと言われていた。自分ではよく分からない。

「ええ、ときどき言われます。自分ではそう思わないけれど」

「いや、きっとご両親がしっかりしておられるのだろう。箸の使い方もとても上手だ。器用なほうだね？」

僕は自分の手を不思議な気持ちで見た。そこに僕の両親がいるみたいな気持ちになった。ぼんやりしていると、老人が言葉を待っていたので、

「そう思います。しっかり育てられたのかもしれません。あまり器用だと思ったことはないですが」

と、なんとなく右手の箸を見ながら答えた。両親が残してくれたものというのは、こんな当たり前のものなのかもしれない。

「いえいえ。立派なもんですよ。うちの孫にも見習わせたいくらい、いい手だ」

老人は満足そうだった。僕の箸遣いがうまくて何がそんなに嬉しいのか分からないが、礼儀やお行儀をたいせつにする人なのだろうか。箸の持ち方一つでもこの人にほめられると妙に嬉しかった。不思議な老人だ。

食事が終わると僕らは無言のまま向き合った。

老人は突然、立ち上がって、

「会場を見に行こうか？」

と、たいした説明もないまま僕を連れ出した。別段命令されたわけでもないのに、

僕はスタッと立ち上がり老人に従った。

会場に連れられて入っていくと、さっきの静寂とは反対の喧騒《けんそう》が満《み》ち溢《あふ》れていた。百人以上の老人たちが、パネルの前で二人一組になって絵を掛けていた。

「掛け軸だ」

僕は呟いた。会場の中に、無数の掛け軸が花が一面に開くように、次々と掛けられていた。

背丈よりも少し高いところに設置された留め具に紐《ひも》を掛けて、上の人間が軸の頭を押さえて、下の端《はし》を持った人間が軸の両端の棒を押さえながら、ゆっくりとスルスルと紙を回転させながら軸を下げていく。

一つ下ろし終わると老人たちはお互いを見て微笑み合い、掛け軸の横に名札を張ると手を叩《たた》いて喜んでいた。掛け軸の中に描かれている絵はほとんどがモノトーンで、色が付けられていても一色か二色くらいのものだった。

だがそうした色彩が与えられたものよりも、まったくのモノトーンで描かれた絵のほうが明らかに目を惹《ひ》いた。たった一色の絵の中に、あらゆる階調《かいちょう》の濃淡の墨が載っていて、それが色彩よりも生々しい色味を感じさせた。

「水墨画」

頭にその単語が浮かんだ。そこにはたくさんの水墨画が掛けられていた。

何百もの水墨画が展覧会場でいっせいに開いていた。僕たちはこれを掛けるためのパネルを運んでいたのだ。僕は自然、老人から離れ、絵にゆっくりと近づいた。視線が吸い込まれていくのが分かった。

水墨画なんてまともに眺めたことはなかったけれど、そこに描かれている絵は僕が知っている水墨画ではなかった。

高い山があり雲がもやっとしたような、よくある構図の水墨画ではなくて、みずみずしい花があり、遠近法を使った風景があり、見慣れた動物たちがいて、とにかく清々《すがすが》しかった。

当たり前のことではあるのだけれど、白い画面の中に黒い色で描かれれば、描かれたものが強調され、際立つ。目は描かれたものへ吸い込まれ、緊張感が生まれる。そのの緊張感を描かれたものの筆致《ひっち》が、それぞれの趣《おもむき》でほぐしてくれる。描かれたものの主題や筆致や雰囲気が、それぞれに伝わってくる。

僕がとくに目を惹かれたのは、花や草木の絵だった。

真っ白い画面の中に封じ込められた花や草木は、ほかには何もないからこそ花のみずみずしさや、草木の生命感を表しているように思えた。

シンプルなものにどうしてこんなにも目が留まるのだろう、と自分でも不思議なほど余白の多い簡単そうな絵に惹かれた。

「会場は気に入ってもらえたかな」

半ば上の空の僕に、さっき弁当をいっしょに食べた老人が声を掛けた。僕は頷き、水墨画なんてたぶん初めて見ましたと、どうでもいい感想を述べた。老人は嬉しそうに頷き、

「ゆっくり見ていこうよ」

と、案内する気満々で僕を引っ張っていく。僕らはさまざまな絵の前で立ち止まった。老人は絵について解説する気はまったくないらしく、これはどう？　あれはどう？　と次々に感想を聞きたがった。僕は一つ一つの絵について思いついたことを簡単にコメントしながら、無数の絵の前を通り過ぎていった。

「凄いね。君はプロの水墨画家顔負けの目を持っているね。なかなか鋭いところをみてる」

「いえ。そんなことはまったくないです。ただ、こういう何もない場所にポツンと何かがあるっていう感覚は凄くしっくりくるんです」

「しっくりくる？　君の年でそんなことを思うのかい？」

「ええ。日常というか、とてもよく知っている感覚に近いような……」

「それはどうしてかな？」

老人はとても無邪気に訊ねた。僕はなぜか、を改めて考えてみた。話しながら思っ

たけれど、僕はこの余白の感覚や、真っ白になって消えてしまう感覚をよく知っていた。

それはたぶん、

「僕にも真っ白になってしまった経験があるからです」

と答えた。自分でもどうしてそう答えたのか、分からない奇妙な言葉だった。

それを聞くと老人は、ほんの少し目を細めて頷き、

「君はその年で、本当にいろんなことを知っているんだね。それは、もしかしたら人が一生生きたって分からないことかもしれないよ。その真っ白を心から知りたいと思う人だって、世の中にはいるんだよ」

と、穏《おだ》やかな声で言った。

僕は首を振った。僕が知っていることなど、ほとんど何もない。僕はそのことだけは知っていた。ずっと何もない場所に閉じこもっていたのだ。

「さて……」

と、とりつくろうように老人が言った。

「じゃあ、最後のこの絵についてはどう思う？」

立ち止まったのは、大きく華麗な薔薇《ばら》の絵だった。五輪の薔薇が上から下に並んでいる掛け軸だ。

墨一色で描かれた花びらの中には漆《うるし》の光のような微妙なグラデーションがあり、花は黒光りしていた。対照的に葉っぱは薄墨《うすずみ》で繊細に描かれており、漆黒《しっこく》の花を際立たせていた。花と葉の濃度の絶妙な違いが、架空の色彩を絵の中に生んでいるのだ。

僕が驚いたのは、その真っ黒なはずの花が真っ赤に見えたことだ。

燃えるような赤をその黒は感じさせた。なぜそう感じるのかは、まったく分からなかった。ただ、この絵は白のためではなく、いまある赤のためだけに描かれたような気がした。白を食い尽くすほど強い墨のアクセントの連鎖が、画面に鮮血を落としたような迫力を生んでいた。その鮮血のような強い花を結ぶ茎《くき》も鋭く、薔薇の硬い茎の両側に縁どられた輪郭線《りんかくせん》や、その輪郭に心地よく添えられた棘《とげ》は、薔薇らしい繊細さや鋭さを感じさせた。

「墨一色で描かれているのに、色を感じます。凄いですね」

「そうかね？　どんな色かな？」

「真っ赤です。なんでだろう？　赤い色を見ている感覚で墨の黒い色を見ています。赤と黒がだまし絵のように切り替わる不思議な感じです」

「そうだね。目が色に導かれていくよね。そう、真っ赤な絵だ。ほかには？」

僕はじっと絵を眺めた。まばたきをすると薔薇の花びらの色が変わっていくように、ただの墨の色を赤だと心が認識してしまう。暗闇《くらやみ》の中で色を識別しようとしていることにすごく似ているけれど、その感覚よりもさらに鮮明に色味が分かる。だがその赤を見ていると、ほんのわずかに心がざわつく。いったいそれが何なのか摑もうと、さらに絵を眺めているとふいに言葉が浮かんできた。

「赤よりも紅《あか》い絵だということは凄く分かります。この会場の作品の中でもずば抜けて凄い絵だということも。でもこれは、この赤だけのために描かれた絵だと思います」

「ほう、どういうことかな？」

「なんて言ったらいいだろう……、ほかの絵はうまい下手《へた》はあるけれど、どの絵も全部、白の中に黒があって、黒が白とちゃんと仲良くしている感じがするんです。でも、この絵はあまりの黒が……この赤が白を食ってしまっていて、白と闘っている感じがします。すごくひたむきで強いんだけれど、画面から飛び出してくるくらい凄いんだけれど、赤しか見えない。何処か入り込めない。何かがそれを遮《さえぎ》っている。何かが足りないのか、ありすぎるのか」

「さて……、それは何なのだろうね？」

「なんでしょう……。でも、凄く純粋な感じがします」

「そうかね？」

「ええ。本当に薔薇らしいとは思います。例えていえば、近寄りがたい美女のような感じです」

「ほう、それはどんな感じの女性かな？」

「そうですね……、例えると難しいですが……とにかく美人です」

「もっと具体的に言うと？」

「具体的にですか……そうですね、強《し》いていえば、黒髪ロングの真っ白な肌を持った細身の美女で、猫みたいに目つきがものすごく鋭くて、性格もとびっきり強くて、一言命令するだけでこの世の中の男はもう絶対に従わざるを得ないような美貌《びぼう》を持っているんだけれど、でも、たぶんなかなか、結婚できないよな、というようなタイプです」

そこまで、言葉を続けた後、僕は画面の端に署名されている作者の名前を読んだ。『千瑛《せんえい》』と書かれている。こういう絵を描く人たちの通称名みたいなものだろうか。千瑛《せんえい》という古風な響きの名前と、絵の技術の高さがとても合っているな、と思った。画題に薔薇が描かれていることや、絵の雰囲気から、おそらく女性が絵を描いたのだろうけれど、どんな人がこの絵を描いたのか、少し興味がわいた。

これほどみずみずしい内面を持っているのはどんな人だろうと、あたりに目を凝《こ》らしたが、こちらを窺《うかが》っている人は誰もいなかった。

僕の隣にいるこの正体不明のご老人は、僕の想像する描き手の説明を、さぞおもし

ろく聞いていたのだろうなと思った。表情を窺うと、思いのほかまじめな顔をして、

「ほう、凄いね。まさしく、慧眼《けいがん》だね」

と、ぽつりと言った。

「慧眼？」

僕が答えると、老人がこちらを向いて愉快そうに笑った。いったい、老人はさっきの言葉の何を慧眼と言ったのだろう、と眉をひそめた瞬間に、

「お祖父《じい》ちゃん」

と、甲高《かんだか》い女性の声がした。振り返ると、さっき自分で言葉にしたような見たこともないほどの美女がそこに立っていた。振袖《ふりそで》の華やかさに劣《おと》らない煌《きら》びやかな容姿で、そこにいるだけでその空間が価値を生む宝石のような存在だ。僕と同じくらいの年なのだろうか。いや、美しすぎて年齢もよく分からない。彼女はツカツカとこちらに歩み寄ってきた。

「お祖父ちゃん、表彰式が始まるから皆、探してたのよ。お祖父ちゃんがいなければ始まらないんだから、退屈だからって簡単に消えないで」

その口調は刺々しく強い。

「いやすまないね。この若者と絵の話をしていたら盛り上がってね。ついでに早弁もさせてもらった」

美女はその言葉を聞いて、僕をうさん臭い奴を見る目で見つめた。僕との話のついでに早弁をしたのではなくて、早弁のついでに僕と話をしていただけではないのか？老人が消えてしまった理由が僕と話し込むためのものになってしまっている。僕はさっきからいぶかしげな目で睨《にら》まれている。西濱さんが言っていた怖い美女というのはこの人のことなのだ。確かに恐ろしい。美しさというのはある種の『凄み』なのだと僕はそのとき知った。男性にとってのケンカの強さみたいなものかもしれない。腕っぷしの強そうな男にやたらと話しかけないことと同じで、ふだんなら間違っても声を掛けない。

「そうなの？　じゃあ、お祖父ちゃんはこのまま表彰式を欠席しちゃうの？　皆、わざわざ今日の日を楽しみに遠方から来てくれたのに」

「そんなことないよ。千瑛《ちあき》、こちらの方がおまえの絵を見て感想を言ってくださったんだ。彼は若いのにすばらしい目を持っているよ。今日は展覧会に来てよかった。若い人たちの感覚はすばらしいね」

僕は老人の言葉に衝撃を受けた。この麗しすぎて、あまり見つめていると瞳《ひとみ》が灼《や》けつきそうな女性がこの絵の作者だというのか。僕はまったく信じられない、という目で絵と彼女を交互に眺めると、それがさらに不愉快だったらしく千瑛と呼ばれた女性の視線はさっきよりも冷たくなった。

「へぇ……お祖父ちゃんがほめ称《たた》えるほどすばらしい観察眼の人がいるなんてね。そんなの初めて聞いたわ。ほかの人にも誰にもそんなこと言ったことないのにね」

さらにうさん臭そうに彼女は僕を見ていた。僕が黙っているので彼女は、続けて口を開いた。

「そんな方に絵をご覧いただけて光栄です。で、いかがでした？ お目汚しにならなければ良かったのですけれど」

彼女は警戒心に拒絶感が加味された鋭い目でこちらをジロジロ見ている。老人はこの女性からのお叱《しか》りを退《しりぞ》けるために、僕を引き合いに出し、彼女の目線を自分からそらしたのだ。うまく、そして、ズルい。彼女は僕の返答を待っていた。こんなにも答えたくない質問も少ない。

「すばらしい絵だったと思います。僕には絶対に描けません」

彼女はその返答が、心から気に入らなかったらしい。

「そんなどうでもいい受け答えでお祖父ちゃんが満足するはずがないわ。思ったことがあるのなら、はっきりと言ってください。作品を展示するということは、そういう意見を聞くためのものなのですから」

僕は喉元に日本刀の切っ先を突きつけられているような気がした。それ自体はとても美しいのに触れれば、とんでもなく危険なものだ。僕は逃げ出したい気持ちを必死にこらえて言葉を絞り出した。

「絵としては本当に凄いと思いました。墨の色をこんなにも赤く感じたことは初めてです。ですが、花が強すぎて、花以外は何も見えなくなりました。ただ精巧な花が、情熱的に描かれているとしか」

僕はそのまま鋭い瞳で、突き殺されてしまうのではないか、と思った。だが、彼女は憤《いきどお》りを収めて真摯《しんし》に言葉を受け止めて思案していた。

間違いない、確かにこの美女がこのすばらしい薔薇の絵を描いたのだ。

「ですが、この会場の中で最も強く目を惹いたのも確かです」

彼女はその言葉を聞いてただ単にこちらを眺めていた。僕の目を見て、僕が真実を言っていることを確かめた後、ようやく彼女は矛《ほこ》を収めた。

「確かにおもしろい感想を言う方のようね。お祖父ちゃんが話し込んでしまったのも分かる気がするわ」

「そうだろう？　私はこの若者を弟子《でし》にしようと思うんだ。私の内弟子としてね」

え？　何を言っているんだ？　弟子というのは何の話だ？

僕が驚いて声を上げようとしたが、彼女はさらに驚いて、さっきよりもずっと強い目で僕を睨んだ。僕は思わず彼女と目を合わせた。その視線に気圧《けお》されて僕は言葉が止まった。彼女の次のせりふはさらに僕を萎縮《いしゅく》させた。

「どうして？　どうしてそうなるの？」

彼女は叫び出すような剣幕で、老人に詰め寄った。

「お祖父ちゃん、ふだんなら誰が来たってほとんど教えたがらないくせに、どうしてこの人を弟子にするの？　しかも内弟子として入門させるなんて、ほかの人たちが許すわけないいじゃない」

「西濱君も、斉藤《さいとう》君も何も言わないよ。西濱君なんてむしろ喜ぶんじゃないかな？　さっき話をしたら、この青年のことを気に入っていたみたいだし」

「私はこんなひょろひょろで弱っちそうな人、まったく気に入らないわ。私は反対よ」

老人はそれを聞いて穏やかに笑った。

「別に千瑛の弟子にするってわけじゃないんだよ。私がめんどうを見て、私が技を伝えるんだ。そんなに気に入らないなら、千瑛が独り立ちして門派を去ればいい。私は引き留めないし、誰も反対しないよ」

なんて陰険なやり口なんだ。この老人はやっぱり食えない、と思ったところで、ついに憎しみをあらわに彼女はこちらを向いた。

「あなたがどういうつもりで、お祖父ちゃんに近づいたのかは知らないけれど、私は絶対に、あなたのことを認めないわ」

「ちょっと待ってください。弟子にするしない、っていったい何の話ですか？　僕は何も聞いていないんですが」

「何を言っているの？　あなたはうちのお祖父ちゃんが、篠田湖山《しのだこざん》だって知っていて近づいたんでしょう？」

　僕は思わず老人を見た。老人はまったく否定する様子はない。むしろ、うんうんと満足そうに頷いている。いま彼女は、さらりとあり得ない人の名前を言った。

「し、篠田湖山？　あの大芸術家の？　昔、テレビのＣＭに出てたあの篠田湖山先生ですか？」

「まさか、知らないでずっと話をしていたの？」

　僕と彼女は老人を見た。老人は悪戯っぽく笑っている。

「そういえば、名乗っていなかったね。すまないね。お弁当を食べるのに一生懸命になっていたから。私が篠田湖山だ。青山君、よろしくね。西濱君が凄く感謝していたよ。私からもお礼を言うよ。展覧会を支えてくれてありがとう」

　僕は開いた口が塞《ふさ》がらなかった。

「じゃあ、あなたは何のためにここにいて、なぜお祖父ちゃんと話をしていたの？」

　彼女の大きな瞳はほんの少しだけ丸くなった。

「僕はここに展示用の什器《じゅうき》の搬入のバイトのためにやってきた学生で、西濱さんにお弁当を食べていいよって言われて残っていただけです。そこであなたのお祖父ちゃんに……篠田湖山先生に出逢《であ》ったのです」

「まさか」

彼女は目を大きく見ひらいた。

「じゃあ、あなたはこの公募展の出展者でもなければ、ほかの会派の門人でもなんでもないの？　美大の学生さんでも？」

「出展者どころか絵画にも関係がありません。ただの法学部の学生です」

彼女は老人を見た。

「つまりそういうこと」

と、また悪戯っぽく老人は笑った。

「これだけの目を持っている学生さんだ。目が届くところにしか、手の技は届かないんだから千瑛もうかうかしてられないよ。私は一生懸命に青山君を育てるから、千瑛はすぐに抜かれてしまうかもね。彼がその気になればあっという間だろう」

「そんなわけないじゃない。年季が違うわ。私は、小さなころからずっと筆を持ってきたのよ」

「ははは、そんなこと、やってみなけりゃ分からないよ。磨《みが》かなくても最初から光り輝いている才能だってあるんだよ」

その言葉が気に入らなかったらしく、彼女の瞳は、怒りで燃え上がった。老人と美女のにらみ合いは続いている。正直、どっちも大人げない。だが老人は、孫とのやりとりを楽しんでいるようにも見える。この人は、本当に篠田湖山なのだろうか？　僕にそれをはっきりとさせる術《すべ》は何もなかったが、本人が名乗り、このやたらと嚙《か》みついてくる美女が言うのならそうなのだろう。昔、美術の教科書や新聞に名前が載っていた偉大な存在がすぐそこで、いっしょに絵を眺めて話をしているということがまるで信じられなかった。僕はさっきまでこの人といっしょに弁当を食べていたのだ。この人の雰囲気は確かによく考えてみれば、本当に『先生』のようで飄々《ひょうひょう》とした芸術家のようでもあった。それでいて、何か底知れない雰囲気を持っていて、その雰囲気が食えない人とも感じさせるし、深みと居心地の良さも感じさせる。つまるところ西濱さんと似たような「不思議な人」なのだ。そんなことを考えている間も、湖山先生と千瑛という美女の間で火花が散っていた。

「そこまで言うなら、勝負よ。お祖父ちゃん」

「勝負？　いいだろう。いったい何をするつもりかな？」

「お祖父ちゃんがそれほどこの人に期待しているというのなら、私はこの人と水墨画で闘うわ」

「ほう。この若者と腕を競うということかな？」

「そう。来年のこの湖山賞でこの人が私に勝てたら、私は門派を去るわ。でも、私が……まあ、絶対に勝てるけれども、勝ったときには、私はお祖父ちゃんから雅号《がごう》をもらって、この道で生きていくのを認めてもらうからね。それから湖山賞ももらうわ」

「いいだろう。じゃあ、公平を期すために来年の湖山賞の審査は、私なしでやってもらうことにしよう。審査委員長は、千瑛も知っている藤堂翠山《とうどうすいざん》先生にお願いするから」

「お祖父ちゃん、約束よ」

「二言《にごん》はないよ。私は青山君を育てる。彼には素質がある。私は青山君に最高のものを与えるつもりだ。千瑛もせいぜい腕を磨いておくといいよ」

老人は呵々大笑《かかたいしょう》という感じで愉快そうに肩を揺らした。千瑛の不機嫌そうな鋭い視線がお祖父ちゃんと僕に突き刺さっていた。

そうして、与《あずか》り知らないところで僕は弟子にされ、勝負をすることになった。千瑛はすでに勝ち誇った目で僕を見ていた。その視線の意味は分からないでもない。絵筆を握ったこともないド素人《しろうと》が、これまでずっと絵筆を握って修練を積んできた人に挑もうとするのだ。それもたった一年でその人に勝とうなんて、そもそも勝負になっていない。千瑛がどれだけ謙虚でも勝ち誇りたくもなるだろう。プロボクサー相手に、プロのセコンドがついてたって戦う本人が素人じゃ勝ち目はない。タコ殴りにされるのは目に見えている。

「あなたも災難ね。でも、恨むならお祖父ちゃんを恨んでね。私は全力で腕を磨くから」

僕は眉をひそめた。千瑛も祖父に似て大人げないところがある。

湖山先生を振り返ると、こんなにおもしろいことはないというふうな笑顔でこちらに微笑みかけていた。こんなにきれいな笑顔を見たのは久しぶりだった。本当にとんでもないことになった。

だが何より信じられないのは、この老人が篠田湖山だということだ。


その日、棒と化した足を引きずってマンションに帰ると、そのまま玄関で倒れてしまった。扉は僕の後方で勝手に閉まった。家に帰りつくと、今日の出来事の記憶は瞬く間に消えて、いつものような暗澹《あんたん》とした気持ちになった。

ため息をつく気力さえなかったが、十分後になんとか起き上がって、ため息をついた。這《は》うようにして洗面台まで行くと、最後の力を振り絞って蛇口をひねり、顔を洗った。両手で掬《すく》った水を思いっきり顔面に叩き付けてから、視線を上げると、頬骨《ほおぼね》が尖《とが》り覇気のない顔をした青白い肌の青年がこちらを見ていた。

力強さや、健全さや、たぶん幸福ともあまり関係のなさそうな不景気な顔が、こちらをのぞいていた。痩《や》せ細《ほそ》っているせいで目だけが妙に大きく見える。何度見たってしっくりこない。僕とは思えない僕自身を疎《うと》ましく思ってしまう。見ているだけで疲れてしまう顔があるとしたら、それがまさしく今の僕の顔面だ。僕は首を振ると、ようやく蛇口から流れる水を止めて、タオルで顔を拭《ぬぐ》った。

「こんなひょろひょろで弱っちそうな人、まったく気に入らない」

と、千瑛の声が脳裏によみがえった。そうだよな、と思うと、自動的にため息が漏《も》れた。そんなふうに疲れた頭を遊ばせているうちに、また倒れて、今度は起き上がらなかった。僕はどうやら布団《ふとん》の上に着地できたようだった。それだけでもよしとしよう、と思ったところで、記憶がとぎれた。現実から逃げ出すように眠りについた。しばらくすると、僕は何もない真っ白な部屋の中にいた。入り口も出口も、おまけに遠近感さえない。真っ白な部屋だ。

僕は右手を伸ばして、壁を軽く叩いてみた。ガラスの質感の壁にコンコンと硬く高い音が響いた。いつもの場所だ。この部屋で僕はずっと独りでいる。

自分が独りぼっちだと分かったときは、とても不思議な感じがした。

ただ心臓がドキドキして、相手が何を言っているのかも分からず、その後、手を引かれるように薄暗い部屋に連れていかれると、父と母の傷ついた遺体があった。それは父と母によく似た人形のようで、僕にはまるで関係ないもののようにも思えた。この現実はまるで他人事《ひとごと》で、哀しみよりも驚きが大きかった。

父と母に触れたときの指先の冷たさが、その後の僕の時間の冷たさに換わった。あのときの僕には、それさえただの驚きでしかなかった。

その驚きがさめることのないまま、父と母の葬儀も終わり、近くに住んでいた叔父《おじ》夫婦の家にやっかいになった。新しい家で、ぼんやりとあたりを見回したとき、これまでとは少し違う窮屈《きゅうくつ》な人生に気づいた。そのとき、やっと僕は独りなのだと理解した。僕にはいつもこういう間の抜けたところがある。気づくと何もかも手遅れなのだ。僕は十七歳だった。

両親の葬儀からしばらくの間、僕は明るく振る舞うことに努《つと》めていた。生活の大きな変化や、周囲との距離をなるべく上手に調節しようとがんばっていた。そのときには僕自身なんとか、この痛みや境遇を乗り越えられるのだと信じていた。だが、両親を亡くすというのはそんなに簡単なものじゃない。人は、自分自身でさえ哀しみの大きさをうまく測れないときがあるのだ。変化は少しずつ表れた。慌ただしさが去り、ふだんの生活を送る準備が整ったころ、僕はどんな場所にいても、父と母を思い出し、自分が目撃してもいない事故について考え続けるようになった。両親の想い出は安らぎに、事故のイメージは死と絶望感に直結し、その二つの印象がクルクルとかき回された奇妙な日常の中に、僕は立っていた。はっきり言って、それはかなり居心地の悪い生活だった。いつも船酔いをしているような気分だったし、考えたくもないことを考え続けることで頭がいっぱいになり、ボロボロになっていく自分を感じていた。

しばらくの間は、空元気《からげんき》で回っていた僕の生活も次第に曇り始め、一ヵ月を過ぎたころから、僕は周囲に、「大丈夫か？」と頻繁《ひんぱん》に声を掛けられるようになり、三ヵ月を迎えるころには「大丈夫じゃないだろう？」になり、半年が過ぎたころには、僕はほとんど黙り込んで話さなくなってしまった。僕は世界の何にも対応できない人間になっていた。食事をする気力もなく、心は動きをなくし、未来を探すことも今を感じることもなくなっていた。すぐ傍《そば》で誰がどんな話をしていても、僕の意識には届かなかった。繰り返す安らぎと死のイメージの中で、僕は混乱し、虚脱し、疲れ果てた。

それから数ヵ月の間に、起こった変化はさらに劇的なものだった。僕はかってないほど痩せ細っていった。ほとんど食事をしないのだから当然だ。水をわずかに飲んだり、たまに何かを齧《かじ》るくらいで毎日を過ごしていた。

そして、高校を当たり前のように脱け出して、家に帰るようになっていた。僕のいう家というのは、叔父夫婦の住んでいる分譲マンションではなくて、父と母と僕が住んでいた一軒家だ。

朝、学校に出かけて、ホームルームを終える。授業が始まり、人の意識や流れが黒板や、先生の声に向かっていくことは感じられるけれど、僕の意識には何も届かなくて切り離されているように感じていた。何が目の前で起こっていても僕には理解できない。あのころの僕にとって何もかもは遠くにあったのだ。当然、僕は退屈していた。退屈すると休み時間に学校を脱け出して、実家に帰り、シャワーを浴びてリビングのソファに座った。それから夕方まで窓の外を眺めた後、何食わぬ顔で叔父夫婦のいるマンションに帰った。学校に行く、という行程をショートカットするまでに、それほどの時間は掛からなかった。僕はいつの間にか、外の世界に目を向けることをやめてしまった。

混乱と苦しみが頂点に達したとき、気づくと僕は、実家のリビングにいながら、同時に直方体の真っ白な部屋の中にいた。そこは僕の心の中にだけ存在する場所だったけれど、そこでなら僕は少しだけ元気でいられた。僕は壁を少し叩いてみた。質感はガラスそのものだった。僕はそこで、壁を叩きながら、丸みのある音に耳を澄ませた。真っ白な壁に目を凝らすと、真っ白な壁は少しだけ影を伴い、次第に像を結んだ。そこでは僕の見たいものを見ることができ、思い出したいことを思い出せるような気がした。父と母との記憶が、暗いイメージを伴わずに鮮明に映った。僕が本当に安らぐことのできる場所は、この場所で見る記憶だけになった。それからは、ただ記憶を眺め続けた。ガラスの内側に映る景色だけを、ずっと眺めて過ごしていた。

一方で、閉ざされた僕の進路をこじ開ける方法を、僕以外の人たちが模索していた。叔父夫婦は僕を扱いかねていたし、担任もどんな進路も選ばない僕に苛立《いらだ》っていた。

気づくと高校三年生の冬を迎えていて、僕にだけ未来がなかった。それでも構わなかったが、そういう未来を歩ませることに周りの大人たちは焦っていた。投げ掛けられる言葉は「大丈夫じゃないだろう?」から「どうするつもりなんだ?」に変わっていた。

つまり僕はどうしようもない人間になり果てていた、ということだ。どれほど言葉を投げ掛けられても、僕は何も答えなかった。僕はただ僕の内側にだけいた。両親といっしょに僕自身の一部も、死んでしまったように感じていた。

そんな僕に突然、進路が提示された。それはけっして未来と呼べるような立派な代《しろ》物《もの》ではなかったけれど、ともかく現状を変えることができて、それから、僕をうまくかたづけることもできた。

私立大学の付属高校からその上の私立大学へエスカレーター式に進学する方法だ。この方法なら、ほとんど名前を書くだけで大学に入学できる。学費がばかみたいに高くて、けっして経済的な方法ではなかったけれど、僕の両親はそれ以上の金額を僕に遺《のこ》してくれたらしい。僕の保護者にとっては、進学はじつに簡単な僕のかたづけ方だった。

僕に提示された条件は、シンプルだった。独り暮らしをして、きちんと食事をし、大学に通い、ちゃんと卒業すること。ただそれだけだ。

僕はガラスの向こうから聞こえてくる声に耳を澄まし、身振り手振りを観察しながら、相手が何を言おうとしているのかを、なんとなく理解しようとしていた。

興味のないせいで、僕はいまいち相手の話す言葉を理解していなかったけれど、あいまいに頷いてみせた。叔父の声だけがわずかに聞こえていた。疲れきって優しい声に聞こえた。たぶん、その日は少しだけ気分が良かったのだろう。そのせいで僕は、ほんの少し外の世界に向かって合図を送ってしまった。それが僕の運命を決定づけた。僕は放り投げられるように大学に通うことになった。名前を書くくらいのことは、その当時の僕にだってできたのだ。

僕はともかく大学に入学した。

叔父夫婦の家からも、実家からも離れ、電車で一時間くらいの場所に引っ越しをした。大学までは歩いて十五分で、自転車だと五分くらいだった。その気になれば、もっと早く着くことができる。遅刻の言い訳は寝坊以外に考案できない、大学のごくごく近くのワンルームマンションだった。どのくらいのお金が僕に遺されて、叔父夫婦が預かってくれているのかは知らないが、学生が住むには広すぎるとても良い部屋だった。

「金のことは心配するな。兄さんが霜介にはしっかり遺している。大学を卒業して、霜介が分別がついていたら渡してやる」

と言われて、新生活のために渡された金額も分別のないものだった。父も母もそれほどお金を持っていたとは思えなかったけれど、交通事故の慰謝料というのはそれほどのものだったのだろうか。それとも一人息子のためにそれだけの保険に父も母も入っていたのだろうか。僕には興味もなく、何もかもがどうでもよかった。渡された金額でこのまま大学四年間でも暮らしていけそうだった。去り際に叔父が、

「霜介、おまえにとって何もかもが希望どおりではないのは分かっている。大学だっておまえの学力にも、進路としても不釣り合いだ。だが、今のまま、ただ時を待つだけというのも、私たちには良いことには思えない。それでは兄さんたちに顔向けができない。霜介、もしおまえが……」

そんなふうに言葉を続けたとき、僕がいつものように聞いていない、と思ったのか叔父は話すことをやめた。諦《あきら》めたように微笑んだ後、扉を閉めて部屋から出ていってしまった。しばらく考えてみたけれど、僕は「もし」の後の言葉を想像することができなかった。

初めて独りぼっちの自室で布団に潜り込んだ夜、僕はまったく眠れなかった。ここは何処だ？　僕は何をしているんだ？　どうしてこうなったんだ？　と、これまでずっと考えようとして、言葉にもできなかった想いが頭の中で激しく鳴り始めた。僕はようやく自分の中の何かを取り戻しつつあった。やはり僕のやることは、間の抜けたところがある。僕自身の叫びは、狭く反響のいい小さな部屋の中で、大音量で音楽を聴いているように不快だった。ガラスの部屋の小さな構造が、音も言葉も逃がさなかった。僕はガラスの部屋の中で叫び始めた。何を叫んでいたのか、まるで分からない。ただ一つ分かったことは、僕はガラスの部屋の内側から外側に向かって、ようやくシグナルを送り始めたということだ。あらん限りの力で叫びを上げて、拳《こぶし》を振りかざして窓を叩いた。けれども、そのときには、僕は本当に独りぼっちになっていた。外の世界には、朧気《おぼろげ》な光で像を結ぶ頼りない僕の幻影が立っていた。その幻影、はびっくりするくらい力なく痩せ細っていた。それが今の僕なのだ。

孤独が僕を疲れさせた後、僕は孤独から逃げ出すように大学に通い始めた。僕にはそれ以外の選択肢はなかった。疲れ果てた僕の大学生活は、とにかく無気力に始まり流れていった。

偏差値が低すぎて付属高校から大学に進学する学生はほとんどなく、同じ高校の生徒を大学ではまったく見かけなかった。

周りにも僕を知っている人間は誰もいなくて、僕に無関心でいるには皆、新しすぎた。誰もが友人を探していて、僕のように反応に乏《とぼ》しい人間でも、人と触れ合うことができた。気づいたらゼミの中の小さなグループがいくつかできていて、僕は奇跡的にその中の一つに潜り込んでいた。中でも特に親しくなったのは古前君という男で、彼はいがぐり頭につねにサングラスを掛けていた。親しくなったというよりも一方的に絡《から》まれているうちに、自然と友人になった。古前君は、小柄な体軀《たいく》に似合わない大きな頭を持っていて、何処にいてもすごく目立ち、笑顔はとても怪しかった。彼は僕を青山君と呼び、僕は彼を古前君と呼んだ。お互いにあだ名を付けず、少し距離のある中で親しくする関係が僕には心地よかった。

大学生活は、まず同盟関係から始まる。

不慣れなことを一人でこなすには多くの学生は、あまりにも自分の頭で考え行動するということに慣れていない。隣の意見を聞いてあやふやなまま、協力関係を築き、その結果、友達になっていく。古前君は、そんな学生生活の最初のタイミングで現れたパートナーだった。彼には決断力があり、僕にはたぶん白々《しらじら》しいほど周りを観察する癖《くせ》と判断力があった。僕らはたぶん馬が合ったのだろう。彼は僕をあらゆる場所へ引っ張り出した。僕はその新しい状況に、否《いや》が応《おう》でも反応せざるを得なくなっていった。

遊びや、大学の講義へはもちろんのこと、男子の絶対数が多すぎる合コンや、謎の文化系弱小サークルの活動や、お互いにまったく興味のない大学野球部の応援などだ。

何のために野球部の応援なんかしているんだ、と彼にきくと、彼はサングラスの真ん中に中指を立ててファック・ユーをする形でサングラスを上げた。そして朗《ほが》らかに、

「チア部の女子の太ももを見るためだ」

と、断言した。彼はそんな感じで、嘘《うそ》がなくとても分かりやすい性格をしていた。

では、なぜ、僕を大学の講義に誘うのだ、ときくと、

「青山君がいれば、ノートを取らずに済むからだ」

と答え、ではどうして僕を合コンに誘うんだ、と訊ねると、

「本命を落とすには、どうしても引き立て役が必要なんだ」

と、はっきりと言った。その回答は、つねに下心に満ち、決然としていて分かりやすかった。僕はある種、清廉《せいれん》なまでに自分の本心をさらして行動する古前君の野心を見ているだけで心地よかった。古前君のように、やたらと透明度の高い意志は何処にも疑う余地はない。それまで僕の周りにはそんな人間は一人もいなかった。僕は古前君に好感を持っていた。

彼の企《たくら》みはたいていの場合、包み隠さないありのままの下心のゆえか、有り余る欲望のゆえか、失敗に終わったけれど、その無駄骨に付き合って日々をこなしていくのは、それほど悪い気持ちではなくなっていた。

気づくと僕はたいていの場合、彼の傍にいた。いがぐり頭の小柄なサングラスの男と無表情で痩せ細った力のないマッチ棒のような僕は、奇妙なコンビになっていた。

さらに大学生活は加速していく。

十五回目の合コンが失敗した夜に、古前君は、初めて僕について訊ねた。

「青山君はどうしてそんなに痩せ細っているんだ？」

僕は少しだけうつむいた。

「分からない。気が付くとこうなっていたんだ。いつもあまり食欲がないんだ」

と、正直に答えると、古前君は何も言わないまま頷いた。

「人に歴史あり、だな」

と、分かったような分からないようなことを言った。

「青山君。君が何かを抱えていることは、俺みたいな奴にだって分かるよ。それが何なのか、話せないなら話さなくていい。だが、俺たちは親友だ。そうだろ？」

「し、親友……そうですか？」

「ああ。そうなんだ。だから、俺の助けが要る時が来たら遠慮なく言ってくれ。だから、それまでは俺を助けてくれ」

「はあ」

ギブ＆テイクではなく、ギブだけを要求されたような気分だったが、その言葉が古前君によく似合っていて反論できなかった。

「ありがとう。青山君。俺は、この学校の頂点に立ちたいんだ」

「頂点？　何を言っているんだ、古前君。理事長か学長か何かになりたいのか？」

「いや、そうじゃない。さすがにそれは無理だろう。そうじゃない。俺はこの学校の学生の権力機構のトップに立ちたいんだ。そうだな、さしずめ自治会長といったところか」

「はあ」

「きっとそこから見るこの大学の景色は麗しいものだろう。その頂《いただき》から、俺は自分のいる場所を眺めてみたいんだ」

そんな低い頂から世界を眺めても、たいして変わらないと思えたが、僕は古前君の言葉になんとなく相槌を打っておいた。たいして変わらないのなら否定する理由もない。

「青山君、君にはその手伝いをしてほしい。俺はとりあえず文化会という自治会の下部組織に入るつもりだ」

「はあ？」

「よろしく頼むぞ」

僕はもう一度、あいまいに頷いておいた。

前期も終わりのころになると、僕は少しだけ口数も多くなり、体重も体力も少しだけ増えていた。部屋の中にある荷物は相変わらず段ボール箱に入れられたまま放置されていたが、少しは食事をするようになっていた。自分の過去のことをいろいろと詮《せん》索《さく》されるのが嫌で、相変わらず誰も部屋には入れなかった。僕はときどき虚脱したように窓の外を見ている以外は、ごく普通の学生としての生活を送っていた。僕は恢《かい》復《ふく》している。少なくとも自分ではそう思っていた。

古前君に無理やり連れ出される合コンでの僕の評価は、入学当初と同じように、『暗い』『ダサい』『つまんない』の三拍子で、僕に興味を持ってくれる女性は誰もいなかった。別にそれでもまったく構わなかったが、古前君は僕のことを心配してくれて、さらに合コンに誘うのだ。まあいつまで経《た》っても古前君もモテなくて、恋人を探し続けていたというのも理由の一つだ。

夏を前にして、僕はただ淡々と生きていた。

ある日、僕は、古前君と二人で学食の窓際に座っていた。僕らはそこで夕方の講義を待っていた。窓の外には枯れかけた紫陽花《あじさい》があって、雨はまだ小降りだが窓ガラスには大粒の雫《しずく》が張り付いて鈍《にぶ》く光っていた。暗澹とした色調の中、僕の意識は、はっきりとしていて、その一方でただ過去のことを思うように、ぼんやりとしていた。

「青山君、青山君？」

と、古前君が呼ぶ声が聞こえて、視線を向けると心配そうにこちらを見ていた。

「君はときどき、何処か別の場所に行っているな」

古前君が珍しくまじめな声で言った。

「それにやっぱり、あまり物を食べない。何か理由があるのか？」

僕は訊ねられてハッとした。古前君の目の前にあるカツカレーはきれいになくなっているのに、僕の目の前にある唐揚げ丼《どん》は、ほとんどそのままだ。僕は首を振った。

いつもは大勢でにぎわう学食に、僕と古前君とそのほか数人の学生しかいなかった。向き合って座っているのは僕らだけで、皆、窓際から遠く離れていた。

「唐揚げ丼を食べないことに、そんな大きな理由はないよ。ただ食べたくないんだ」

「そうか、ならいいんだが……。胃もたれなら、いい薬を持っているぞ」

「ありがとう。大丈夫だ。なあ、たとえば古前君なら食欲がないときはどうする？」

「甘いものを食べる」

いまいち意味が分からなかった。なんでそんな乙女な答えが返ってくるんだ？

「どうして食欲がないのに、甘いものを食べることになるんだ？」

「視点を変えるんだよ。食事というとたくさん食べなきゃいけないような気がする。でも甘いものだと、それほど食べなくても満足だという気もするし、ご褒美《ほうび》のような気もする。食べることは相変わらず楽しいことで、少しは元気になって、そのうえ、美味《おい》しいかもしれない」

「なるほど」

「食べ始めてみると、思ってもみないものが美味しかったりするんだな」

「そうかもしれない」

「やってみなけりゃ分からない」

甘いもの一つで大層な持論を述べられるものだなと感心したが、食べることや楽しむことに対する古前君の前向きな姿勢に彼を少し見直した。

「ところで青山君、君に頼みたいことがあるんだ」

「なんだろう？」

「実は来週、北区の総合展示場で絵画の展示の搬入作業があるんだ。絵画の飾りつけのバイトなんだけれど、そこに俺の代わりに行ってくれないか？」

「飾りつけ？　僕はそういうのは、一度もやったことないけれど」

「いや、いいんだよ。できれば俺も行きたいんだが、ちょっと外せない講義があるんだ。例の民法総則だよ。もう休み過ぎて単位がヤバいんだ。頭数はとりあえず揃《そろ》えてるから、青山君は現場で学生の指揮をとってくれればいい」

「僕にできるだろうか」

「できるよ。やってみなけりゃ分からない」

古前君のサングラスが怪しく光っていた。やってみて分かったことは、古前君の読みはまるで外れていた、ということだった。


搬入のバイトの疲れが癒《い》えないうちに、西濱さんから連絡が来た。

週末には湖山先生のアトリエ兼自宅に呼ばれて、湖山先生を目の前にして座っていた。巨大な敷地の中の日本家屋の一室に僕はいた。窓の外には池が見える。整えられた庭をさらに整えるために、西濱さんが園芸に精を出しているのが遠くに見えた。遠くに見えるほど庭は広い。入場料をとれる景勝地《けいしょうち》のようだった。

僕は大きなテーブルをはさんで湖山先生と相対していた。テーブルの上には夏蜜柑《なつみかん》と袋入りの最中《もなか》が置いてある。お茶はさっき案内をしてくれた西濱さんが出してくれた。

湖山先生の先日のスーツ姿はどうやら例外的なものらしく、いつもは和服か作務衣《さむえ》でウロウロしているし、そうでないときはTシャツにジーンズだと迎えに来てくれた西濱さんにそっと教えてもらった。

篠田湖山は、僕のように美術にまったく興味のない人間でさえその名を知っているビッグネームだ。ひと昔前は、日本酒のCMにたびたび登場し、教育番組にも出ていたらしい。著書も数多くあった。ほとんどテレビを見ない僕でさえ名前くらいは知っているので、確かに千瑛が驚いていたように気づかないほうが何処か不自然なのだろう。

こんなにフランクで、茶目っ気のあるお爺ちゃんだとは思わなかったが、誰もが知る超一流の芸術家であることは間違いない。その先生のアトリエを訪ねられるというだけで、心躍る体験のはずなのだが、僕にはなんとなく気乗りしないところがあった。

先日の千瑛と呼ばれた美女の反応と、僕が水墨画を習うという理解に苦しむ状況があるからだ。

篠田湖山先生本人から、目がいい、才能がある、とほめられればその道を志す人間なら天にも昇るような気持ちで喜ぶべきところなのだろうが、僕自身は、美術に興味があるわけでも、弟子入りを志願しているわけでもない。むしろ自分自身を持て余しているような、心身ともにあまり健《すこ》やかではない状況だ。不安の多い場所に飛び込むのは心から躊躇《ためら》われた。車で迎えに来てくれた西濱さんに、展覧会場での事の顚末《てんまつ》を話して、あまり乗り気ではないと素直に相談すると、

「まあ、大丈夫。湖山先生は軽いノリの人だけれど、いい加減なことはしない性格だよ。何か考えがあるんだろうし、悪いようにはしないよ」

と、あまりあてにならないあいまいな返答をされた。

「千瑛ちゃんのあの性格のことは勘弁してあげてね」

「あの強気な性格のことですか？」

「まあそうだね。ふだんはとても素直でいい子なんだけれど、絵のことになると、どうしても激しくなっちゃうんだよ。あれは血筋なんだろうね」

「血筋、ということは、湖山先生も激しい性格の方なのですか？」

「う～ん……そうだね。昔はそうだったかな。でも、どうかな、今はそれほど誰かに

対して激しく厳しくなったりすることはないかな。奥様が亡くなられてからは特に。すっとぼけたり、ボケたふりをすることはよくあるけれど」

「それはそれで困りますね」

「確信犯だからタチが悪いよね。でもやはり絵に関しては、厳しいところはあるかな。昔のお弟子さんはよくそう言うよ。そういう厳しさが影を潜めてきてから、少しずつ大らかにはなられた気がするけど、代わりに確信犯的なボケをかますようになってきたのかな」

「なんだか、どっちもどっちですね」

「まあ、そうだけれど、湖山先生の本質は、やっぱり絵だからね。絵にはとても真剣だよ。だから君に絵を教えるというのも、それなりの考えはあると思うよ。まあ、楽しんでいってよ」

僕はとりあえず頷《うなず》いた。楽しめるかどうかは別として、とにかく習ってみるしかない。湖山先生のいうことは無茶苦茶だったがとりあえず、誰かを従わせる不思議な力があった。それは認めざるを得ない。

千瑛との壮絶な睨み合いの後、湖山先生は、彼女について話した。

「千瑛は、勝負がどうだとか言っているけれど、青山君は気にしなくていいよ。今年も展覧会で大賞の湖山賞が獲《と》れなくて、むしゃくしゃしているだけだからね」

「こんなにすばらしいのに、賞は獲れなかったのですか？」

「そうだね。今年も賞は出なかったね。大賞はもう何年も出ていないよ。それに見合う作品がなかなか出てこなくてね。千瑛は、どうやら本当に湖山賞が欲しいようだ。私に自分の力を認めさせたいのか。まあどちらにしても青山君には関係のないことだよ。うちの孫が失礼をしたね」

「いいえ、そんな……」

「まあ、今日のおわびもかねて、近いうちに私の家に遊びに来てくださいよ。君も少しは水墨に興味がわいただろう？」

「ええ。これまで見たことなかったものだけれど、なんだかとても自然に眺められる気がしました」

「そうだろう、そうだろう。君はいい目をしているよ。また近々会いましょう。お茶菓子を用意して待ってるよ」

湖山先生は朗らかに言った。僕はなんだかよく分からないまま頷いた。湖山先生も頷いていた。

そして気が付くと、湖山先生と僕は二人だけで長机を挟んで向かい合っていた。先日と同じく穏やかに、

「よく来てくれたね」

と、言いながら笑っている。茶室のように整った湖山先生の仕事場は美しい。もっとゴミゴミとした道具が散乱する場所を想像していたが、必要最低限の物しか置いていない。取り立てて特徴的なものは何もない。ただ濃い墨の香りだけがする。

「今日は遊びに来ました」

とはっきり言ったが、聞いているのか聞いていないのか分からない笑顔で頷いている。

「水墨画なんて君はもちろん描いたことはないだろうが、それほど難しいことはない。ただ単に墨と筆と水で、紙もしくはそれに準ずる媒体に描くだけだ。君はお習字は習った？」

「小さなころに少しだけ」

「なら簡単だ。まあちょっと見ていて」

そう言うと湖山先生は、手元にあった掌《てのひら》くらいの平べったい木箱の蓋を開けた。蓋を開けた瞬間に、心を研ぎ澄ませていく深い香りが鼻をついた。木箱の中に入っていたのは、岩石をそのままえぐり取ってきたような真っ黒で武骨な硯《すずり》で、その硯の船底型のくぼみの中に入っていたのは、液体になった墨だった。墨が小さな部屋に香った。

湖山先生は、皺皺の手で手元にあった小指の先くらいの茶色い穂先の付いた筆を拾い上げた。そのまま、硯の傍にある水の張られた真っ白な容器に筆先を浸した。それから、手元の布巾《ふきん》で水分を少し拭うと、筆を墨に浸して、目の前にあった紙に、何の下書きもなく、直接、バサバサと何かを描き始めた。それは最初、ただの墨の汚れで、次に形になり、その後で絵になっていった。

その動きは、けっして老人の動きではなかった。そしてこれまで見たどんな動きとも違っていた。腕や肩や背中の筋肉が小刻みに滑《なめ》らかに動いて、手先は紙と硯と水を張った容器の間を切るような速度で回転し続けていく。まるで見えない水車を右手でかき回しながら、墨がいつの間にか画面に運ばれていくようだ。

気づけば五分もしないうちに、湖畔《こはん》の景色が真っ白い画面に現れていた。驚いたのはそれだけではない。絵は画面の上で変わっていったのだ。

墨が紙に定着していくほんのわずかな間に、湖に引かれた墨線がじわじわ滲《にじ》んで湖面の光の反射を思わせ、柔らかな波を感じさせた。遠景の山は霞《かす》み、近景の木々は風に揺らぎ始めた。まるで魔法のような一瞬が、湖山先生の小さな筆の穂先から生まれていた。

しかもその動きはたった一本の筆から生み出されていた。柔らかく、甘く、優しく、それでいて厳粛なものに触れている感じがした。

「おもしろいだろ。こういうのが水墨画だよ」

「こんな一瞬で、一発書きで、絵を描けるなんて。これを僕がやるのですか？」

「まあ、最初からこれをやるのは無理だろうから、少しずつレベルアップしていこう」

「でも、これが僕にできるとは思えません」

「できることが目的じゃないよ。やってみることが目的なんだ」

湖山先生は、またあやふやな意味不明のことを言って、気づくと僕に筆を持たせていた。

「水墨画というのは、水暈墨章《すいうんぼくしょう》という言葉が元になっている。これは水で暈《ぼか》して墨で章《つづ》る、というくらいの意味の言葉だ。だから水墨画といっても、水墨といっても意味はだいたい同じだね。それから、筆の持ち方は、お箸を持つように……、そう、そうです。お箸は二本で持つけれど、お箸を棒一本で持った形が筆を持つ形だよ。それから、棒の部分、筆管《ひっかん》というのだけれど、それを心持ち手前に倒して、お箸と同じように軽く握る。そして軽く筆に人差し指と中指を添えて筆管を立たせる。そうそう、やはりきれいな手だ」

湖山先生はニコニコしながら、僕の指先に手を当てて筆を持たせてくれた。思ったよりも柔らかな指先が印象的だった。筆を持たせると、ともかくやってみろ、と紙を目の前に新しく置いて僕に湖山先生がさっき描いたお手本の真似をさせた。当然、できない。

墨を含ませて絵を描こうとしても形にはならず、湖面を描こうと筆を滑《すべ》らせても、出来そこないの一の字ができただけだ。背後の山も手前の草木もどれも同じ場所にあるように見える。そして、墨はただ黒いだけで、湖山先生が描いたようなグラデーションや光はどこにもない。ただの落書き以下のものだったが、描いているときは思いのほか楽しかった。

なぜだろう？

僕が一枚、描き潰すと、湖山先生は新しい紙を置き、何枚でも描いてみて、と指示した。僕は言われたとおり、何枚も失敗してみた。どうしようもない落書きを、ただただ繰り返していく。そのうちに、どうせ失敗するのだからと気楽な気持ちになって絵筆を握り、新しい紙に次々に向かっていることに気が付いた。そう思ったところで、湖山先生は僕から筆をそっと取り上げた。

「どうだった？」

湖山先生は、にこやかに僕に訊ねた。

「思いのほか、楽しかったです。なぜだか……」

そう答えると湖山先生は頷いた。目はとても穏やかだ。

「おもしろくないわけがないよ。真っ白い紙を好きなだけ墨で汚していいんだよ。どんなに失敗してもいい。失敗することだって当たり前のように許されたら、おもしろいだろ？」

僕は湖山先生の言葉を聞きながらハッとした。確かにそうだ。こんなにも何度も失敗を黙々と繰り返したことは、僕にはない。失敗を繰り返すほど、何かに挑んだこともなければ、失敗を楽しいと思ったこともない。

「いま君が経験したのが、天才が絵を描いたときに感じる感覚だよ。純粋に絵を描くことと言ってもいい」

「天才が絵を描いたときの感覚？　あんな子供のように描くことがですか？」

「もし子供のように無邪気に描ければ、その人は天才になれるよ。失敗することが楽しければ、成功したときはもっと嬉しいし、楽しいに決まっている」

「た、確かにそうですね」

「君は今日、挑戦した。それが、まずはとても大事」

湖山先生は心から満足そうに笑っていた。僕はあっけに取られて湖山先生を眺めていた。

「水墨の本質はこの楽しさだよ。挑戦と失敗を繰り返して楽しさを生んでいくのが、絵を描くことだ。今日の講義はここでおしまい。今日は、来てくれてありがとう」

と、潔く湖山先生はあたりに散らかった書き損じをかたづけ始めた。僕も慌ててそれを手伝った。あっという間の講義だった。

その日は、それで帰された。

帰り道、西濱さんに送ってもらった後、大学近くのスーパーで買い物をした。いつもカップ麵《めん》ばかり食べていたのだが、そのときはまっすぐ家に帰るよりもほんの少しだけ外で考え事をしていたかった。湖山先生は今日、僕に何を教えようとしたのだろう。

水墨画を習うというので、細かい技術や作法を教えてもらうものだと思っていたけれど、やったのは、ただの落書きだった。それも大量に紙を使い、墨を使わせて、適当な落書きをひたすらに描かせるだけ。何か意味があるとはとうてい思えない。だが、湖山先生が言ったように確かに楽しく、おもしろいと思えた。言葉で言われたり、考えたりしたことではない何かが経験としてスッと落ちてきた。

真っ白い紙に筆を走らせること。そして、何度も失敗し、それをおもしろいとまで感じること。

考えもしなかったことをさせられて、それを思い返しながら、僕はスーパーで食料品を眺めて、野菜を吟味していた。よくよく考えればこのスーパーで、買い物をしたことは一度もない。まだまだ、生活の何もかもが新しい。『何かを食べたい』と感じている自分に驚きすら覚えていた。食材を選び、米を買ったところで、指先に食い込むほど荷物は重くなった。スーパーを出て数歩歩くと、たった五キロの米や食材が重いことに気が付いた。

家まで十五分は楽にかかる。運動不足の身体には、やはり辛《つら》いものがあった。僕はスーパーの近くの喫茶店に足を向けた。大きな買い物袋を向かいのいすに置いて席に着くと、見覚えのある顔が席に近づいてきた。

「あれ、古前君の片割れじゃない？」

声を掛けてきたのは、同じゼミの川岸《かわぎし》さんだ。小柄な女性で、後ろ姿はまるで中学生のようにしか見えないが、いつもハキハキしていて、うちの大学の学生としては珍しく、とっても賢いので、同じゼミの女子の中核のような存在だった。僕は強い女性は苦手なのであまり近寄らないでいたのだが、古前君は、「川岸さんもかわいくていいよなあ」と、呟いていたことがある。そのあと、「いい。凄くいい」と、ほわあとした調子で、しかし、はっきりと言っていたので、よほどご執心なのだろう。

「古前君の片割れじゃないよ。青山だよ」

「ああ、青山君ね。思い出した。珍しいね」

「そうだね。初めて来た。ここで働いていたんだね？」

「大学がないときは、だいたいここでバイトしてるよ。青山君がいるってことは、古前君が来そうな感じがするけれど、今日はいないのね」

「古前君はよくここに来るの？」

「しょっちゅう来てるよ。ここに来てカウンターに座って、コーヒーを飲んで、それで帰るの。年がら年中サングラスを掛けているなんて変な人だね。そして絶対にコーヒーはブラック。こっちが話しかければいろいろ話してくれるけど、それまではずっと黙ってるの。同じゼミの学生同士だから、気軽に話しかければいいのにね」

「きっと、カッコつけてるんだよ。古前君はそういうところあるよ」

「どうしてカッコつけるの？」

川岸さんは不思議そうに僕を見ていたけれど、僕は答えなかった。代わりにアイスコーヒーを注文して水を飲んだ。よくここに来て、カッコつけて帰って、それを僕にも秘密にしていたってことは、川岸さんに関しては、それなりに本気だってことなのだろう。古前君はこんなふうに、サングラスの下にあるつぶらな瞳のような純情さを何処かに持っている男だ。僕は下手なことを言わないように黙っていた。

アイスコーヒーを持ってくると、川岸さんは僕の席の前に座ってまた話し込んだ。よほどお店が暇なのだろう。僕以外の客は確かに誰もいなかった。

「そういえば、古前君が言っていたけれど、この前、凄い肉体労働のバイトをしたんだって？」

川岸さんは興味津々で話しかけてきた。湖山先生のバイトのことだろう。僕は事の顚末を簡単に説明した。すると、川岸さんは心の底から驚いたというふうに、大きな目をさらに大きく見開いた。確かに驚くべきことは多くあった。展覧会のパネルの膨大な物量や、とっても強烈な性格の千瑛嬢や、湖山先生のゴーイング・マイ・ウェイな性格とかだ。

「凄い。あの篠田湖山に出逢えて、内弟子にされるなんて」

そのことか。確かにそのことで、千瑛もかなり怒っていたけれど、それがいったいなんだというのだろう。

「うちは母が趣味で日本画をやっているから、絵のことは少し知っているんだけれど、日本の美術界で篠田湖山は別格よ。書、水墨、どちらをとっても国内最高レベルの腕を持っていて、著書も美術書にしては考えられないくらい売れて、翻訳までされてる。雪舟を除けば、日本人が唯一当たり前のように知っている水墨画家の名前が、篠田湖山でしょ？　その人の内弟子なんて頼み込んでもまずなれないわよ」

「そんなに凄いことなの？」

「そんなに凄いことなの。千瑛っていうお嬢様が怒るのも無理ないわ。青山君が話をした西濱っていう人は、この人も美術をやる人間なら誰もが知っている西濱湖峰《こほう》という先生だと思うよ。湖山先生譲りの破格の腕を持つ画家ね。そんな人と普通に話せたなんて、本当に凄いことなのよ」

「え？　あの正体不明の飄々としたお兄ちゃんは、そんなに凄い人なの？　今日はひたすら園芸をやっていたよ」

「園芸？　あなたがどう思っているかは知らないけれど、西濱湖峰は凄い人よ。風景画に定評のある独特の味を持った作家ね。国際的な評価もついてきている湖山門下の代表的な絵師」

「まったく、信じられない。本人は、『企画が二割、搬入が八割。余力で鑑賞かなあ』とか言っていたよ。どこにも創作が入ってなかった」

「あれだけ美術界で引っ張りだこの篠田湖山の下にいれば、お弟子さんはそういう感じになるのかもね。でも湖山門下って、教室は多いし、権威もあるけれど、内弟子の数ってそんなに多くないはずよ。雅号をもらった人も少ないって聞いたことがある」

「どういうこと？」

普通の弟子と内弟子というのはどう違うのだろうか？

「雅号っていうのは作家のペンネームみたいなもの。自分で名乗ってもいいけれど、権威のある先生からもらうと箔《はく》がつくのね。湖山門下なら『湖峰』みたいに、『湖』の一字がついているんでしょうね。内弟子っていうのは、先生が直接手取り足取り、みっちり鍛《きた》え込《こ》んだ凄い弟子ってくらいに思ったらいいと思う。湖山門下っていうけれど、実際に教えているのは、湖山先生の内弟子の先生なの。つまり湖山先生が直接鍛えた弟子は、ゆくゆくは先生になるのよ。西濱湖峰先生は、その内弟子の最たる例でしょうね」

「西濱さんも先生なの？」

「西濱湖峰は評判のいい先生よ。私の母も習いたいっていってたくらい」

「そうなんだ。あの妙に軽い雰囲気のするお兄ちゃんが」

「そんなに軽いの？」

「まあまあ」

だが、言われてみれば、あの親しみやすさや飄々とした雰囲気は、芸術家の先生稼業といえばそう思えなくもない。意外だったのは、西濱さんがそんなにちゃんとした先生だったということだ。僕の頭の中のイメージは相変わらず、作業着の頭にタオルを巻いたガテン系のお兄ちゃんだ。

「湖山門下は、今は西濱湖峰がトップクラスの先生で、あとは古株のご年配のお弟子さんが運営する小さな教室がほとんどだと思う。ご高齢だし、引っ張りだこだし、篠田湖山が直接指導することはあまりないはず。美術界では西濱湖峰が篠田湖山の後をそのまま継ぐって言われているみたい」

「どうしてそんなに湖山門下に詳しいの？」

「言ったでしょ？ うちの母が湖山門下に入りたいからって、調べて教えてくれたのよ。でもいいなあ。そんな凄い先生たちに会えて、青山君はあの湖山先生に直接指導してもらえるんでしょ？ それってうちの大学に入ることなんかよりも遥《はる》かに立派な経歴じゃない？」

「そうなの？」

「そう思うけど。だって、湖山先生が直接、青山君を指名して、内弟子として育てるって言ったんだよね？ そんなふうにして弟子になる人ってあまりいないんじゃないかな？」

「そうなのかな。でもなんというか、湖山先生の思いつきに付き合わされているだけのような気もするけれど」

「いや、きっと違うと思うな。よく分からないけれど、青山君には何か人とは違う特別なものがあるのよ。私はそう思うよ」

僕は、なんて適当なことを言うんだ？ という目で川岸さんを見た。その表情を見て、川岸さんは笑った。

「女の勘よ」

どう返しようもないせりふが、僕の表情に向かって返ってきた。

「本当に、特別な人間っていうのは、古前君のような人のことを言うと思うけど」

僕はそれとなく古前君を推してみた。川岸さんはすぐに首を振った。

「いいえ。古前君も青山君は特別な人だって言ってるよ。ゼミにいて私もなんとなくそう思うときがあるけど……そうね、窓の外をひたすらぼんやり眺めているときとか？　古前君は、あの人は特別な人と言うよりは、変わった人ね」

それじゃあ、僕のほうが変人じゃないか、と思ったけれど僕は黙っておいた。

グラスにたっぷりと水滴を滴《したた》らせたアイスコーヒーに口をつけて、自分がいま置かれている奇妙な状況をなんとか捉《とら》えようとしてみた。

グラスを置いたとき、どう考えたって意味が分からないという結論に達し、あまり深く考えずに、このまま湖山先生の思惑に乗ってみることに決めた。少なくとも今日は楽しかった。それだけで、僕にはほかのどんなことよりも価値があった。楽しさなんて、懐かしさすら覚えるくらい感じていない気がしていた。口角を上手につり上げるための表情筋すら運動不足だ。

別のお客さんが店に入ってきたタイミングで、川岸さんは僕の席を離れると、接客用の笑顔を浮かべてテキパキと働き始めた。僕は、トワイライトに染まっていく窓の外の景色に心奪われていた。まるで青い墨のように変わっていく景色だ。

僕は大きな窓ガラスの外側にある景色に目を凝らしていた。

二回目の練習は、翌週の週末だった。今回も湖山先生の部屋で相対し、お茶が出された。お茶を出しに来た男性は、西濱さんとは対照的に色白で背が高く瘦せていた。無表情だが、キラリと光るメガネと鋭い目は、彼がかなりの切れ者であることを物語り、細い顎に長い前髪が、繊細な人柄《ひとがら》も感じさせた。肩幅が狭く、それが余計に彼を細身に見せていたが、背筋のしっかりと伸びた隙のない佇《たたず》まいが印象的だ。芯の強い人なのだとそれだけで分かる。まるで浮ついたところのない落ち着いた様子も、西濱さんとは対照的だった。西濱さんには作業着が似合うけれど、この人にはスーツが似合いそうだなと反射的に思った。なぜだかふと芥川龍之介《あくたがわりゅうのすけ》の写真を思い出したけれど、芥川龍之介よりもその男性のほうが遥かに美男子だった。

「ああ、斉藤君だよ。西濱君より後に入ってきた私の弟子で、西濱君ともども教室を任せている。斉藤君、こちらはこの前話した青山君だよ」

この人も先生クラスの人なのだ。斉藤さんは、何かの儀式のようにかしこまってこちらに座り、両手をついて頭を下げた。

「斉藤湖栖《こせい》です。どうぞよろしくお願いします」

そう言って視線を上げると、鼻梁《びりょう》にかかるよくできた陰影の傍にある二つの目が、レンズ越しに、こちらを眺めていた。目を合わせれば吸い込まれそうな、静かな瞳だった。僕を見ているはずなのだけれど、僕の何を見ているのかよく分からない。怖くはないがすごく遠い、そんな気持ちを抱いてしまう。この人はまるで水のようだ、と思ったときに、誰かにそんな印象を感じたことなど一度もないことに気が付いた。この人も、西濱さんや湖山先生に通じる不思議な雰囲気のある人だと思った。

「斉藤君は、最年少で湖山賞を受賞した俊英だよ。若いが技術に関しては国内でも文句を付ける人間は誰もいないだろう。青山君も彼の水墨画から学ぶところが多いと思うよ」

そう言われると斉藤さんは、もう一度、頭を下げた。僕は慌てて、モゴモゴと名前を名乗った。斉藤さんは、僕の声を聞き届けると、そのあと頭を綺麗にあげた。少しの間だけ、僕を見ていて、わずかに目を細めた。それからすぐにお盆を持って出ていってしまった。

湖山先生と目が合うと、先生は少しだけ微笑んだ。

「斉藤君は、人付き合いはちょっと不器用だけれど、優しい人だから安心していいよ。何か困ったことがあったら、西濱君ともども頼ってくれていいからね」

「あ、ありがとうございます。花がとても似合いそうな男性ですね」

「はは。そうかもしれないね。確かに彼は花卉画《かきが》が得意だ。いつか機会があれば彼の技法を見てみるといいよ。さて、では今日は、いよいよ基本をやってみようか。やる気はあるかな？」

「大丈夫です。がんばります」

そう言うと湖山先生は笑った。今日は、僕の前にだけ道具が置いてあった。

白い下敷きに、硯に、水の入った容器、棒状の墨、一本の筆に、内側に仕切りの付いた丸味を持った花形の陶器のお皿、最後に布巾だ。

「下敷きは白いものを使う。これは紙を敷いたときに墨の濃淡がはっきりと分かるからだ。水墨画というのは、墨を水で薄めて使ってさまざまな変化を出していく。その変化をなるべく見やすくするための工夫だ。次にその仕切りの付いたお皿は梅皿《うめざら》という。形も梅の花のようだろう？　パレットだと思えばいい。絵を描く人間ならお馴染《なじ》みの道具だが、描かない人はあまり見たことがないだろう。水を張った容器を筆洗《ひっせん》という。そして、あとは硯に、筆に、墨。墨は固形墨を使う」

「墨液《ぼくてき》ではないんですね。本格的な感じがします」

「墨液を使って教えることもあるが、私はあまり好きではない。それに良い硯に墨液を注ぐなんてもったいないよ」

「これは良い硯なのですか？」

「ああ、とても。使いこなせれば、この世界と同じほど微細な墨がすれる」

僕はびっくりして硯をまじまじと見た。掌よりも少し大きいくらいの何てこともない長方形の硯に見えたが、確かに立派な木箱に入っていて蓋もついている。良いものだと言われると、なんとなく良いものだという気がしてしまうから不思議だ。ただの石だが石以上のものに感じる。

「硯は、書家や水墨を描く絵師にとっては、刀みたいなものだよ。そこからすべてが始まるんだからね」

「そんな大事なものを使わせていただいて、いいんですか？」

「大丈夫。大丈夫。手に入るのなら道具は良いものを使わないとね。良い硯だから大事にしてあげてね」

「分かりました。大事に使わせていただきます」

嬉しそうに湖山先生は微笑んだ。先生自身も道具にたくさんのこだわりがあるのだろう。超一流の絵師なら当然のことなのだろうけれど、その当然の言葉でも本人から聞くと嬉しい。

「では、まずは墨をするところから。これがなければ始まらないからね。おっと、水滴《すいてき》がなかったね」

湖山先生は立ち上がって、後ろの道具箱から、小さな急須《きゅうす》のような容器を取り出してきた。そこに水が入っているらしい。湖山先生の皺皺の手が、硯に水を注いで、硯の面を濡《ぬ》らした。

「さあどうぞ」

と、湖山先生は墨をするように促《うなが》した。僕は恐る恐る墨を持って、硯の上でゴシゴシとすり始めた。おもしろいくらいに墨はすれて、透明な水は真っ黒になっていった。

しばらくすっていると粘《ねば》りが出てきて、あとどれくらいすればいいのだろう、と視線を上げると湖山先生は居眠りをしていた。

確かに退屈だろうけれど、居眠りしなくても、とも思ったが、とりあえず湖山先生を起こすと、

「もうできたかね？」

と、私はまるで居眠りなんかしてなかったぞというような顔で、起き上がった。それから、僕の座っている席のほうへやってきた。僕は背筋がぐっと伸びた。

着ている作務衣から漂う清潔そうなにおいは何なのだろう、と思っていると、湖山先生は無造作に筆を取って、目の前の紙に何かをバシャバシャと描き始めた。

この前と同じ、湖畔の風景が出来上がり、次に紙を置くと渓谷が出来上がり、最後には、竹が出来上がった。どれもまさしく神業《かみわざ》で、一瞬の出来事だった。どうしてこんな速度で、こんなに高齢の老人が筆を操れるのだろう？　年齢を感じさせない若々しい動きだった。そして何より速い。動きの細部についてはあまりに速すぎて分から

ない。手に持った筆が、先日と同じく、硯と梅皿と布巾と筆洗の間を回転しているということしか分からなかった。

気づくと墨はなくなり、硯の中身は空っぽになっていた。描かれた絵は床に広がっていた。そして湖山先生は衝撃的な一言を、僕に告げた。

「もう一回。もう一回、墨をすって」

僕は唖然《あぜん》としながらも、また一から墨をすり、湖山先生はうたた寝を始めた。

何が起こったのだろう？　何か、気に障《さわ》ることをしてしまったのだろうか？

いろいろと思案しながら、惑いつつ墨をゴシゴシすり、これでいいだろうというところでまた湖山先生を起こした。

特別に機嫌が悪そうでもなく、かといって良さそうでもなく、また筆を取ると一気《いっき》呵成《かせい》にバサバサと描き上げて、硯の中身を空っぽにした。それからまた、さっきと同じせりふがかえってきた。

「もう一回」

僕は眉をひそめて、いったい何が起こっているのだろう？　と墨をすりながら考え続けた。

僕はとにかく墨をすり、湖山先生を呼んだ。湖山先生は居眠りから目覚めて、描いて、僕はまた同じ言葉をもらい、また墨をすり……と、そんなことを何度か繰《く》り返した。もういい加減疲れてきたので、いろいろ考えるのをやめて、ただなんとなく手を動かし、有り体《あてい》に言えば適当に墨をすって湖山先生を呼んだ。すると先生は最初のときとまったく同じく、特に不機嫌でもなく不愉快でもなさそうな顔で、筆を取ると、

「筆洗の水を換えてきて」

と、言った。僕は言われたとおり廊下《ろうか》に出てすぐの場所にある流し場で、筆洗の水を新しいものに換えた。湖山先生の前に真新しい水を置いて席に着くと、先生は待ち構えていたように筆を取って、墨を付けて筆洗に浸した。その瞬間、湖山先生は口を開いた。

「これでいい。描き始めよう」

僕は湖山先生が何を言っているのか、分からなかった。どうしてまじめにすった墨が悪くて、適当にすった墨がいいんだ？

僕はなんとも腑に落ちないという表情をしていたのだろう。湖山先生はにこやかに笑って答えた。

「粒子だよ。墨の粒子が違うんだ。君の心や気分が墨に反映しているんだ。見ていなさい」

湖山先生は、筆をもう一度取り上げて、いちばん最初に描いた風景とまったく同じものを描いた。木立《こだち》が前面にあり、背後に湖面が広がり、さらにその背後に山が広が

っているという絵で、レイアウトはまったく同じだ。

だが湖山先生が筆を置いた瞬間の墨の広がりや、きらめきが何もかも違った。

画素数の低い絵と高い絵の違いと言ったらいいのだろうか。実際に粒子が違うというのなら、そういうことなのだろう。小さなきらめきや広がりが積み重なり、一枚の風景が出来上がったとき、最初に見たときは漠然と美しいとしか感じられなかった絵が、二枚目になると懐かしさや静けさやその場所の温度や季節までも感じさせるような気がした。細かい粒子によって出来上がった湖面の反射は、夏の光を思わせた。薄墨で描かれた線のかすれが、ごく繊細な場所まで見て取れるので、眩《まぶ》しさや、色合いまでも思わせ、波打つ様子は静けさまでも感じさせた。その決定的な一線は、たった一筆によって引かれたものだった。同じ人物が同じ道具で、同じように絵を描いても、墨のすり方一つでこれほどまでに違うものなのかと、僕は愕然《がくぜん》とした。とたんに恥ずかしくなった。

僕はとんでもない失敗をさっきまで繰り返していたのだ。湖山先生は相変わらず、にこやかに笑っている。

私が何も言わなかったのが悪いが、と前置きした後に湖山先生は言った。

「青山君、力を抜きなさい」

静かな口調だった。

「力を入れるのは誰にだってできる、それこそ初めて筆を持った初心者にだってできる。それはどういうことかというと、凄くまじめだということだ。本当は力を抜くことこそ技術なんだ」

力を抜くことが技術？　そんな言葉は聞いたことがなかった。僕は分からなくなって、

「まじめというのは、よくないことですか？」

と訊ねた。湖山先生はおもしろい冗談を聞いたときのように笑った。

「いや、まじめというのはね、悪くないけれど、少なくとも自然じゃない」

「自然じゃない」

「そう。自然じゃない。我々はいやしくも水墨をこれから描こうとするものだ。水墨は、墨の濃淡、潤渇《じゅんかつ》、肥痩《ひそう》、階調でもって森羅万象《しんらばんしょう》を描き出そうとする試みのことだ。その我々が自然というものを理解しようとしなくて、どうやって絵を描けるだろう？　心はまず指先に表れるんだよ」

僕は自分の指先を見た。心が指先に表れるなんて考えたこともなかった。それが墨に伝わって粒子が変化したというのだろうか。だが、たしかにその心の変化を墨のすり方だけで見せつけられた身としては、頷くしかない。

「君はとてもまじめな青年なのだろう。君は気づいていないかもしれないが、まっす

ぐな人間でもある。困難なことに立ち向かい、それを解決しようと努力を重ねる人間だろう。その分、自分自身の過ちにもたくさん傷つくのだろう。私はそんな気がするよ。そしていつの間にか、自分独りで何かを行おうとして心を深く閉ざしている。その強張《こわば》りや硬さが、所作《しょさ》に現れている。そうなるとそのまっすぐさは、君らしくなくなる。まっすぐさや強さが、それ以外を受け付けなくなってしまう。でもね、いいかい、青山君。水墨画は孤独な絵画ではない。水墨画は自然に心を重ねていく絵画だ」

僕は視線を上げた。

言葉の意味を理解するには、湖山先生の声があまりにも優しすぎて、何を言ったのか、うまく聞き取れなかった。不思議そうな顔で、僕は湖山先生を見ていたのだろう。湖山先生は言葉を繰り返した。

「いいかい。水墨を描くということは、独りであるということとは無縁の場所にいるということなんだ。水墨を描くということは、自然との繋がりを見つめ、学び、その中に分かちがたく結びついている自分を感じていくことだ。その繋がりが与えてくれるものを感じることだ。その繋がりといっしょになって絵を描くことだ」

「繋がりといっしょに描く」

僕は言葉を繰り返した。僕にはその繋がりを隔てているガラスの部屋の壁が見えていた。その壁の向こう側の景色を、僕は眺めようとしていた。

その向こう側にいま、湖山先生が立っていた。

「そのためには、まず、心を自然にしないと」

そう言って、また湖山先生は微笑んだ。湖山先生が優しく筆を置く音が、耳に残った。その日の講義は、ただそれだけで終わった。

何か、とても重要なことを惜しみなく与えられているようで、そのすぐ前を簡単に通り過ぎてしまいそうになっている自分を感じていた。

小さな部屋に満たされた墨の香りと、湖山先生の穏やかな印象が、カチコチに固まっていた水墨画のイメージをボロボロと打ち壊していくのが分かった。

父と母が亡くなって以来、誰かとこんなふうに長い時間、穏やかな気持ちで向き合ったことがなかったのだと僕は気づいた。


一礼して部屋を出るときに、描いたお手本をすべて持って帰っていいと言われたので、僕は湖山先生の描いた紙の束《たば》を一抱《ひとかか》え持って、離れにある先生のアトリエから敷地内の教室のほうへ移動した。玄関は教室の先にあり、教室に西濱さんがいれば車で送ってもらえるからだ。

湖山先生の自宅はそのまま教室とアトリエをすっぽりと抱えていて、おまけに広く整った庭まである。庭には水墨の画題になる植物がたくさん植えられているらしい。

教室には無数の道具と机といすが並べられていて、机は大作を描くことも可能な横長で広い面積もある。この教室で練習できるのは、内弟子とそれに準ずる実力のある湖山門下の数人の門人だけらしい。つまりほとんど、西濱さんや斉藤さん専用の教室で、当然そこには千瑛も含まれることになる。この前、展覧会で会ったときの強気な態度が思い返されて、教室で出くわさなければいいな、と思ったところで、案の定、千瑛に鉢合わせした。

千瑛は、ただひたすら立ったままテーブルの上の白紙に向かい練習していた。今日は和服ではなく、真っ黒なワンピースだった。僕が教室に入ってもまるで気づかず、一心不乱に筆を振るっている。

細く長く白い腕に、長い指先、その特別な指に摘まれた筆は、まるで白鷺《しらさぎ》の足のように奇妙な優雅さをたたえていた。しかし、その筆は、千瑛の手には余るほど長く大きい。それなりの重さがあるはずだが、千瑛はものともせずに見えないものを斬《き》るように筆を動かしていく。

立ったまま掛け軸のような長い画面を描いているのだが、筆の速さは湖山先生を思わせた。湖山先生よりも少しだけ遅いが、息遣いや描く雰囲気が確かによく似ている。

白い画面の中に大輪の花が次々に描かれ、真っ白な空間が美しく飾られていく。絶頂という言葉があるが、千瑛の描く花はまさしくそれだった。花の盛りを迎えた豪華な花が人の手によって次々に描き込まれ、花の洋服のように鋭い葉が余白に着せられていくと画面はほとんど埋め尽くされて、絢爛《けんらん》としか言いようのない花や葉の墨調の変化に眩しささえ覚える。

最後に茎を描き、全体に点を打ち、数手、手を入れると千瑛はようやく筆を置いた。

繊細な動きや細かな動作には向かないような大きな筆一本だけで、限りなく細やかに細部に向かって穂先を動かしていく様子は、一流のバイオリニストの弓さばきを思わせた。体幹をあんなふうに小刻みに揺らして身体全体を使って適切な力が伝わるポイントを探していく。

千瑛の動きや、湖山先生の動きを見ていると、水墨画というのは武術や楽器の演奏のような動きだなと思ってしまう。身体全体が筆と化して、優れた一筆のために整えられている。描き終わって、集中力が薄れ、千瑛がぼんやりと物憂《ものう》げに絵を眺めているときに、ようやくこちらに気が付いた。

すごい、とほめ称えようとしたところで、彼女は拒絶するように、と、言った。僕はその声のトーンに言葉を掻《か》き消《け》されて、同じように冷静にこんにちは、と言った。

「こんにちは」

「本当に、来ていたのね」

「ええ。お世話になっています」

それだけ言うと千瑛は描き上げた紙を横において、新しい紙を下敷きの上に敷いた。そしてまた無造作《むぞうさ》に何かを描き始めた。見ていると竹のようだった。鋭い直線が剣で空間を斬るように次々に描かれていくが、どこかゆったりと描いている。先ほどの絵のような鬼気迫る様子はない。

身構えて次の言葉を待っていると、千瑛は意外にも、

「この前は、感情的になってしまって申し訳なかったわ」

と言った。ごめんなさい、という言葉を使わないところが彼女らしいな、と思った。彼女の手はただひたすら紙面の上を斬って動き続けている。

彼女は僕の言葉を待っているのだろうか。

待っているともいえるし、待っていないともいえる。彼女が筆を止めたタイミングを見計らって僕は、

「いえ、なんでもないことです。僕があなたでも、同じ反応をするかもしれない」

と言葉を繋いだ。彼女はようやく視線を上げて、

「そう」

と呟いてまた絵を描き始めた。教室の中ではただ、千瑛が筆を振るう音が響いている。紙と筆が擦れ、画面の上に命が吹き込まれていく音だ。

「今日は何を習ったの？」

千瑛は描きながら僕に訊ねた。髪が動きに合わせて微《かす》かに揺れて光っている。漆黒の髪は鏡のように夕方の光を反射する。

「墨のすり方と、力を抜くこと、それだけです」

「それだけ？」

「ええ。それだけです」

千瑛は少しの間だけ考え込んだ。

「そうなの……意外だったわ。お祖父ちゃんの考えていることは、やっぱり分からないわね。お祖父ちゃんらしいといえば、らしいけど……」

そして千瑛はまた下を向いたまま少しの間、筆を止めた。それから、ゆっくりと筆を置いて、こちらを見た。

「この前、勝負だと言ったけれど……」

「ええ」

「常識的に考えて、あなたは私に勝てないわ」

「そうです……よね」

それは間違いない。それは始める前から分かっていることだ。いま目の当たりにした技術を見ても、どうひっくり返っても一年では千瑛のいる場所には及ばない。誰が見ても明らかなことだ。

「私は来年の湖山賞公募展で、大賞の湖山賞を狙《ねら》ってる。それを獲れば、通例ではお祖父ちゃんが雅号を付けてくれて、プロの作家として認められる。私はその場所を狙っているの。だから、私に勝つということは、あなたが画歴一年足らずで、水墨画家にとっての最大のタイトルの一つである湖山賞を獲るということなの。それはどう考えても無理だと思う。十年練習したって入選すらしない生徒さんもたくさんいるわ」

「まあ、そうでしょうね。僕もまったくあなたに勝てるとは思えないから」

「あなたはそれでも水墨をするの？」

それは、なぜ水墨を始めるのか、という問いそのもののような気がした。

練習の結果も、勝負の行方もすべて分かっている。それでも水墨を始めるのか、という問いだ。

僕は逡巡《しゅんじゅん》することもなく頷いた。

「もちろん、やってみようと思いますよ。理由は、うまく言葉にできないけど……僕はたぶん水墨を好きになると思います」

千瑛は不思議そうなものを見る目でこちらをじっと見ていた。

「まだ、何の画題も描いていないのに？」

確かにそうだ。僕が習ったことといえば、落書きをすることと、力を抜いて墨をすることだけだ。だがそれでもこれまでの僕では思いつきもしなかったことを知ることができた。

「ええ、たぶん」

と、頷いて見せると、千瑛はほんの少しだけ笑った。考えてみれば、いったい僕に何ができるというのだろう？

この世界で僕に期待している人間は、古前君と湖山先生のたった二人しかいない。古前君のほうはただの勘違いだという気がするけれど、湖山先生が僕をこの世界に引き込んだのだからこちらには理由があるはずだ。だがその理由はまったく分からない。

僕と千瑛はたぶん同じ問いを抱えているのだ。僕自身が何者なのかをお互いが探していた。僕らは見つめ合ったまま沈黙していた。そのまま何度か呼吸した後、その沈黙のこっけいさに気づいて僕は口を開いた。

「凄い絵ですね」

僕はさっき描かれた牡丹《ぼたん》の絵を見た。千瑛はすぐに首を振った。

「いいえ。たいしたことないわ。難しい画題だし、まだまだ細かいミスがたくさんある」

「そうなのですか？　僕には分からないけれど」

「あなたは何も知らないから分からないだけよ。致命的とは言わないまでも、確かなミスがいくつもあるわ」

どうやら謙遜《けんそん》でもなんでもないようだ。僕がこの絵から感じていたのは、そういう細かなミスというよりも画面があまりにも華やかすぎるということだった。落ち着かないほど豪華で、パッと見た瞬間の驚きの向こう側に入っていけない。だがそんなことを、口にするとまた怒られそうだったので、僕は黙って絵を見つめていた。すると、彼女は、

「何かが足りない」

と言った。

僕は彼女を見た。彼女にも分かっているのだ、分かってはいるけれど、それが何なのかを掴むことができない。僕はガラスの向こう側の景色を透かし見るように、絵の中の彼女の気持ちを眺めることができた。

彼女の牡丹は、その壮麗な技術の中で際立って華やかに咲いている。その技の完成

を求める心や向上心が熱意になって、花そのものの燃えるような情感を浮き立たせている。だが、一方でその情熱が、彼女の絵の中にある余白や、湖山先生が言っていた『自然』な心の変化や情感を消し去ってしまっている。たった一色にしか見えなくなるのだ。

　それでも彼女の熱意の大きさは、見るものを圧倒する。

　僕も彼女の絵を見ていると、何かが自分に決定的に欠けていることに気づいてしまう。それが何なのか分からずに、絵の中にそれを探してしまう。彼女の熱が胸に伝わってくるのだ。

　自分の絵を見ている彼女は、とても真剣だった。

　何かを伝えたいと思ったけれど、僕には選ぶべき言葉がなかった。伝えようと思いついた言葉は、どれも適当なものではなかった。

　たとえばそれは生まれてから一度も音楽を聴いたことのない人に、音楽の説明をするようなものだった。たぶんこうだろう、という答えを言っても、相手はきっと別のことを理解する。誰も彼女には彼女のことを伝えられない気がした。彼女の完成を志す意志そのものが、彼女にまた同じものを描かせてしまうのだ。

　二人で黙って言葉を探しているところに、先ほどお茶菓子を持ってきた斉藤さんがやってきた。

「湖栖先生」

と、千瑛は視線を上げて微笑んだ。斉藤さんは無表情のまま頷いた。千瑛のすぐそばに立つと新しい紙を広げさせて、千瑛とまったく同じレイアウトの絵を描いて見せた。

斉藤さんが筆を持ったとき、いちばん最初に驚いたのは、筆洗に筆を浸《つ》けた音だった。

鹿威《ししおど》しのような、

『ポチャン』

という音が鳴った後、斉藤さんの集中力が僕と千瑛に伝わってきた。動きはけっして速くない。おおらかで優雅だが千瑛や湖山先生とは違う、もっと近寄りがたいものだ。

僕はそれを冷たく感じた。

真冬のスケートリンクに、たった一人で立っているようなそんな気分だった。

冷たく、重い。

それほど手が速くも感じられないのに、絵は着々と出来上がっていく。筆遣いを見ているとけっして筆数が少ないわけではなく、細かい画を描いているのに、ゆっくりと見えて、出来上がる絵は速い。

よく見てみると、梅皿や硯に筆が着地する回数が少ない。紙の上を筆が舞い続ける時間が極端に長いのだ。

「そうか、無駄がないのだ」

ということに気が付いた。一回、筆が墨を啜《すす》ると墨がなくなるまで筆を可能な限り使って絵を描いている。湖山先生や千瑛のように速さで描くのではなく、確実に一手一手を決めていっている。

絵はすぐに出来上がった。

それは千瑛と同じように描いた牡丹の絵だった。二枚の画を並べると、明らかな違いがいくつも見えてきた。

千瑛の描いた絵は、斉藤さんの描いた絵よりも乱れて荒い。

斉藤さんの絵は、驚くほど均一なグラデーションを一枚一枚の花びらや葉っぱが宿していた。その均一さや技術の精度の高さは、確かに千瑛の絵にはない。牡丹はまるで写真かCGのように、ほぼブレもなく写実的に描かれていた。同じ技法を使って、これほど雰囲気が違うものが作れるのだろうか。斉藤さんに感じた遠さは、こんな技術を支えるための集中力だったかもしれない。

千瑛が情熱をたたえる赤一色の絵だとしたなら、斉藤さんの絵は真冬の雪あかりに映る紫一色だった。重く強くぶれない絵だ。

湖山先生に迫るようなとんでもない技量だった。

最後に筆を洗う『ポチャン』という音が響き、凍《こお》るように胸に刺さる幽玄な花が斉藤さんの目の前に出来上がっていた。

「ここと、ここと、ここ」

と斉藤さんは自分の絵を指しながら言った。千瑛は自分の絵と見比べて、落ち込んだように頷いた。千瑛のミステイクのポイントなのだろう。確かにその場所に墨だまりができていたり、墨のグラデーションが安定していない箇所があったりした。

だが、僕には斉藤さんの指摘の意味が、いまひとつ分からなかった。その微妙な、歪《ゆが》みやミスこそが千瑛の花に柔らかさを与えているように思えたからだ。

千瑛はそれでも斉藤さんに指摘されると、萎縮して小さくなってしまった。自分のミスを心から恥じているという様子だった。僕にはそれも納得できなかった。僕は何かを言いたかったが、どんな言葉も二人には受け取ってもらえないような気がした。

ただ単に絵を描いて場所を示すだけで、この二人の会話は完結していた。それだけ強いきずながこの二人にはあるということだ。

千瑛はそれからまた絵の中に戻っていき、斉藤さんは僕に軽く会釈して教室を出ていき、僕は教室の窓の外でタバコを吸っている西濱さんをようやくみつけた。

帰り道で、大量のお手本を抱えて車に乗り込む僕の姿を見て、

「それだけの量の湖山先生の作品があれば、立派な家が建つよ」

と言った。まるで冗談のようだったので、本当ですか、と問い直すと、

「まあ、その作品に落款《らっかん》があれば間違いなく家が建つね。でも落款がなくても、湖山先生の筆だっていえば、買い取ってくれる画商はいるかも」

そんなに凄いものなのだ、と僕は手の中で丸めた紙を改めて見た。折れ曲がって壊さないように柔らかく抱きかかえていた。

「期待されているね」

と言った西濱さんのほうが嬉しそうだった。僕は、

「もうちょっとがんばってみます」

と答えた。僕は気になっていたことを西濱さんに訊ねた。

「斉藤さんの水墨を今日初めてみました」

ああ、あれね、と西濱さんは、昨日のテレビの話題でも振られたみたいに言った。ものすごく反応が軽かった。

「千瑛さんに絵を教えていたんだろうけど、完璧《かんぺき》な絵を描いて間違いを指摘していました」

「そうだね。斉《さい》ちゃんはそういうのをやるよね。斉ちゃんの描くところ見た？」

「見ました。なんていうか、グラデーションがCGみたいでした」

「あれは調墨《ちょうぼく》といって、筆の穂先に含ませる墨と水の比率を調節する技術なんだけれど、斉ちゃんのあの正確さは、もうマシーンだよね。あれは他の人にはなかなかできない。時々新聞とかテレビとか取材に来るけど、あれを見た人はたいてい驚くよ。超絶技巧の一種だよね」

「やっぱりそうなんですか？」

「あれは少なくとも、俺にはできないかな。斉ちゃんの努力が見えるよね」

「後は、やはり指導方法。『ここと、ここと、ここ』っていうだけの千瑛さんとのやりとり。あれだけで通じてしまうんですね」

「そうだね。見てるとちょっとヒヤヒヤするけれど、通じてしまうんだろうね。斉ちゃんの魅力以外を教えられていないと思うけれど、まああれも一つの指導の形なのかもね」

そう言うと西濱さんはそれ以上斉藤さんについては語らなかった。何か思うところがあるのだけれど言わない、といった種類の沈黙だった。

川岸さんによれば、西濱さんはあの斉藤さんも凌《しの》ぐ水墨画家なのだ。相変わらず、タバコを吸っている姿か、教室で事務仕事や力仕事や庭仕事に追われている姿しか見たことがないが、湖山先生に次ぐ実力というのはどんなレベルなのだろう？　いまの僕にとって西濱さんは、どこかの業者の下働きのお兄ちゃんのようにしか見えない。今日だって作業着を着て、庭の花の水やりや雑草抜きを休みもせずひたすらにやっていた。この人も別の意味で底知れない人だ。

「今日は何を習ったの？」

西濱さんが話題を変えるように明るくきいてきた。

「墨のすり方を習いました」

「それだけ？」

「それだけでした。自然に力を抜いてすりなさい、とだけ言われました」

ほう、と呟いて、西濱さんは心から感心したというように頷いた。

「同じ話を千瑛さんにすると、変な顔をされました」

「まあそうだろうね。誰でもするかも。でも湖山先生がそう言ったなら、なるほどね、と思うよ」

「なるほど、というのは？　僕は楽しかったけれど、こういう墨のすり方だけ教えるとか、落書きだけやらせるとか、そういうのは水墨の基本的な教え方なのですか？」

「いや。違うと思うよ。でも湖山先生が、落書きや墨のすり方に時間をかけたということは、何か伝えたいことがあったからだと思うよ。そうじゃなければ、そんなにたくさんお手本は渡さないと思うし」

「そういうものなのですか？」

「そういうものだよ。俺たちだってかなり頼み込まないとお手本なんて描いてもらえないからね。昔描いた絵のコピーか、自分の描いた本を見せられるか、ちょこっと簡単に描いて見せるかくらいのものだね。青山君は間違いなく期待されていると思うよ」

「そうなのでしょうか。今日、千瑛さんと話をしていて、来年の湖山賞で千瑛さんに勝つなんてまず無理だ、と言われました。それどころか、入選するかも怪しいって。僕も千瑛さんの技量を見ていてそう思いました」

西濱さんは、少しだけ考える様子をしてから、

「俺はそうとは思わないよ。水墨画っていうのが、いったい何なのかを知っていれば、才能や技術を超えるものがあるって分かるからね」

と、まじめな声音で話した。

「才能や技術を超えるものがあるのですか？　その二つって絶対的なもののような気がしますが……」

「あるよ。なんだと思う？」

少し考えても、まるで当てずっぽうな答えしか浮かばなかった。

「運……とかですか？」

西濱さんは笑った。

「はは、なるほどね。だとしたら、君はすでに持っているかもね」

「そうなのでしょうか……、運の悪い人間だという気しかしないのですが」

「いいや、そんなことないよ。君は少なくとも水墨の世界に関しては運がいいんだよ。湖山先生が君を選んだということは、君は水墨の世界に選ばれたってことなんだから」

「まさか。それは大げさではないでしょうか」

「どうだろうね。でも、湖山先生が君を鍛えるやり方は、ほかの誰も思いつかなかったような方法だと思うよ。俺も斉ちゃんも千瑛ちゃんも、少なくともそんなやり方では教えられてない。何か意味があるんだよ」

「僕が特別にできない人間なだけかも」

そう言うと西濱さんはさらに笑った。

「まだ、まともに筆を持ってさえいないじゃないか」

確かにそのとおりだった。もしかすると、訓練はまだ始まってすらいないかもしれないのだ。

「それに水墨をやるうえで何が有利な要素かって話なら、今の君が一番有利だよ」

「どういうことですか？」

「何も知らないってことがどれくらい大きな力になるのか、君はまだ気づいていないんだよ」

「何も知らないことが力になるのですか？」

「何もかもがありのまま映るでしょ？」

そういった西濱さんの瞳の輝きが、まるで湖山先生のような雰囲気だったことを僕は見逃さなかった。何も知らないことが力だなんて、思いもしなかった。

確かに僕は何も知らないのだ。

大学の近くで車を降ろしてもらうと、どっと疲れが押し寄せてきた。

自分の外側にある出来事に目を凝らし、反応し続けることに僕は疲れていた。

さてどうしようか、と思ったところでたいした選択肢も思い浮かばず、結局五分後には川岸さんのいる喫茶店に座っていた。アイスコーヒーを注文して、何か物足りなく感じていた僕はケーキまで注文した。

「ケーキは何になさいますか？」

と業務用の口調で川岸さんに訊ねられたとき、なんでもいい、と答えると怒られた。その反応は業務用ではなかった。それからいまあるケーキはモンブランと苺《いちご》のショートケーキとチーズスフレだと言われて、僕は適当にモンブランがいいと言った。

注文した後で、

「食欲がないときにはどうする？」

と、以前古前君に訊ねたときのことを思い出した。彼は、

「甘いものを食べる」

と即答していた。僕も少し古前君の影響を受けているのかもしれないな、などと考えていると、ちょうど古前君が喫茶店のドアのチャイムを鳴らして入ってくるところだった。

「久しぶりだな、青山君」

そう久しぶりでもないけれど、古前君はそう言った。

古前君はサングラスを光らせながら怪しい笑みを浮かべて、当然のようにこちらにやってきて僕の前の席に座った。同じタイミングでモンブランもやってきた。僕はモンブランを頬張《ほおば》りながら彼を迎えた。古前君のサングラスに反射するケーキを頬張り続ける自分の姿はなんだか奇妙だったが、その姿を見ている古前君は嬉しそうだった。

「最近、忙しそうだな。順調なのか？」

僕は口をもぐもぐさせながら頷いた。

「大先生の弟子になったとたんに、顔を合わせることも少なくなったが、どうしてい

るかと思っていた」

「どうもこうもしていないよ。慣れない場所に顔を出して、なんとか踏ん張っているって感じだよ。そっちはどう？」

「相変わらずだな。甲斐《かい》のない合コンを続けたり、文化会の雑事を繰り返しこなしてる。ところで、大先生のところに、とんでもない美女がいるっていうのは本当か？」

「どこからそんな情報を？」

「出処は言えないが、確かな筋から……とだけ言っておこう。青山君はその子が目当てで通っているというのも本当か？」

どう考えてもその情報は、川岸さんからとしか思えないが、僕は黙っておいた。

「どうしてそういうことになっているんだ？」

僕は反射的に、今日の千瑛の落ち込んだ様子を思い出した。斉藤さんにミスを指摘されてうつむいて絵を眺めている姿だ。

「じゃあ、青山君はその美女は狙ってないんだな？」

「まったく、狙っていない。それどころじゃないんだ。僕とそのお嬢様の関係っていうのも……」

「じゃあ、申し訳ないんだが、その美女のお嬢様を合コンに誘ってくれないか？」

「え？」

何を言っているんだ？　古前君？

「そんなの無理に決まっているだろう、古前君。残念ながら僕とお嬢様の関係はけっして友好的なものじゃないし、とてもじゃないが、水墨以外の会話なんてできないんだよ」

「だったらなおさら、これを機会にちゃんと話してみるといいじゃないか？　俺の読みが正しければ恋愛対象からは遠い存在のほうが、気が付かないうちに距離を縮められるってもんだ。スナイパーのスコープでは、近距離は見えないんだよ」

「なんだかその言い方は自分が恋愛のプロみたいな言い方だな。古前君は僕と同じで恋人なんてできたことないだろう？」

「俺はある意味では恋愛のプロだよ。戦闘機のパイロットと同じで、フライト時間が経験を証明するものになるのなら、合コンに費やした熱量も時間もプロ並みだ。そして正直なところいま俺はとても困っているんだ」

「どういうこと？」

「この前、体育会系の人員を急遽、展覧会に集めただろう？　ヘルプで」

「そうだったね」

「で、言ったかもしれないがあのときに、美女との合コンを約束しちゃったんだよね」

「そうだったね」

「まさしくそういう理由だ」

「どういう理屈なんだ?」

古前君は、得意のサングラスを中指であげてこちらにファック・ユーをした。

「つまりだ。俺はいま体育会系の野郎どもに、合コンはどうなったんだ? と問い詰められている。そして、その合コンを催《もよお》さなければ、立場も命も危うい。だが、奴らに紹介できるような美女は一人もいない。そこに渡りに船のごとく、青山君には美女の知り合いがいる。この美女を連れてくれれば、俺は命も立場も助かる」

「その美女を連れてきたら、僕の命も立場もなくなるよ」

「そこをなんとかお願いします。青山君、このとおり。それにそもそも、合コンをしなければならなくなったのも、展覧会を成功させるためだったじゃないか」

古前君は先ほどの不敵な態度を崩し、両手を合わせて拝み続けている。そこに川岸さんが古前君のコーヒーを持ってきた。注文もしていないし、声を掛けてもいないのに彼女は当たり前のようにブラックコーヒーを持ってきている。古前君は拝んでいた姿勢をスタッと直し、嬉しそうにコーヒーを啜り始めた。川岸さんも満足そうにその様子を眺めている。

「なんだかおもしろそうな話をしているね」

川岸さんは銀色のトレイを胸に抱えて、僕に言った。古前君の意識は、もうすでにコーヒーの中に没頭している。僕は古前君の無茶ぶりの経緯を、事細かに説明した。それを聞いた川岸さんは、

「おもしろそう！」

と表情を明るくして、さらに僕を暗くした。

「凄くいいじゃない？　青山君誘ってみたらいいよ。古前君は嬉しそうに頷いている。話を聞いていると青山君だってまともに話したことはないんでしょ？　私もその篠田湖山先生のお孫さんと話をしてみたい」

「川岸さんも来るの？」

「いけない？　どうせ女性の頭数は足りないんでしょ？　古前君いいわよね？　私が行くことになれば何人かは女の子を確保してあげる」

川岸さんが古前君を睨むと、古前君は何も言わないまま、カクカクと頷いた。腹が立ってくるが、嬉しそうだ。

「いけなくはないけれど、体育会系の野郎どもとの合コンだよ？　それにそもそも千瑛さんが来てくれるかどうかも分からないのに」

「それはとても簡単よ。私が秘策を授けるわ。青山君はそのせりふをそのまま言えばいいだけよ。準備はすべて言い出しっぺの古前君がするから。そうだよね？」

古前君はまたもや、カクカクと頷いた。川岸さんにはなんでこんなに従順なんだ?

「オッケー、私にもようやくおもしろいことがやってきたわ」

川岸さんはとても嬉しそうだった。僕はその顔を見てさらに疲れを募《つの》らせた。モンブランの甘みは、ただ漠然と喉元を通り過ぎるだけだった。

物事はいつも、そんなにうまくいくわけはない。少なくとも僕の人生では。

川岸さんから授けられた秘策というのは、学園祭で千瑛の作品を展示したいから大学に打ち合わせに来てほしい、と彼女を誘うことだった。

そうすれば、打ち合わせの名目で学校側の人間を自然な感じで大量に呼べるうえに、千瑛を合目的にヨイショでき、懇親会という名のコンパ兼合コンもセッティングできるというわけだ。

実際に千瑛の作品を展示する場所や方法などすべて古前君が責任をもって準備すると約束したので、本当にやるつもりなのだろう。美しい女性に出会うために労苦を惜しまない古前君という男は、やはり何処か底知れないところがある。

すべてのプランは川岸さんと古前君の間で練り込まれてあっさりと可決され、後は僕が彼女を誘うか、誘わないか、というだけの話になった。僕は、「申し訳ないけれど……」と言い掛けたけれど、川岸さんの、

「青山君ならやってくれるよね」

という明るく強引な言葉に反論できなかった。反論できないという理由だけで、僕は彼らに加担することになった。二人の相性のいいあくどさに僕は抗えなかったというわけだ。

物事はそんなにうまくいかないと思っていたのに、翌週に西濱さんからの練習のお誘いの電話が来た後には、驚くべきことが起きた。

練習日の朝、出かけようとしたところで携帯が鳴った。湖山先生の教室からの着信で、電話に出てみると千瑛の声だった。

「青山君ですか？　篠田千瑛です。今から迎えに行くから用意しておいてください」

僕は驚いた。やってくるのは西濱さんのはずだったからだ。戸惑っていると千瑛も同じことを考えていたのか説明を始めた。

「今日は、突然、西濱さんに用事が入って、私が代わりに迎えに行くことになったの。よろしくお願いします」

その声のまじめさに僕は緊張した。

「りょ、了解しました」

嚙み嚙みのまま僕は答えた。千瑛の電話はそれで切れた。

そうして十五分後、部屋の前に立っていたのは本当に千瑛だった。ふだんならその

まま部屋を出てしまうのだが、僕は気が動転して千瑛に、

「どうぞ」

といいながら、反射的に部屋に招き入れてしまった。千瑛も無防備に家の中に入ってきて、僕がその違和感に気づいたときには、千瑛自身は僕の部屋の中にいるという奇妙な状況よりも、さらに奇妙な光景の前に呆然《ぼうぜん》と佇んでいた。

段ボールは相変わらず部屋の隅に五個分タワーのように積まれていて、床には一組の布団が敷いてあるだけ。ベッドもなければテレビもなく、とりあえず申し訳程度にカーテンがついている。部屋が広く見えるのは、実際に部屋が広いせいだが、あまりにも物がなさすぎるせいでもある。フローリングの床と白い壁ばかり目立つ、牢獄《ろうごく》か病室のような空間だ。およそ人が暮らしているような気配はここにはない。僕だって、自分が実際にここに暮らしていなければ目を疑うような光景だと思う。

一分ほど、しっかりとあたりを見回した後、千瑛は振り返って、

「これから引っ越しか何かするの？」

と不思議なことを言った。僕は首を振って、片づけが苦手で、と言い訳をしたが彼女はまったく納得していなかった。そもそも片づけが必要なほど物がない。

「凄く立派なマンションにお住まいだから、どんなお部屋なんだろうと思っていたけれど、これは人が生活している部屋じゃないと思う」

ずいぶんな言い方だが頷ける。僕はまったく反論できなかった。

「あなたはどんな人なの？」

千瑛はさらに疑問を深めたように言った。彼女の言葉にいつもの刺々しい様子はない。正面切って問い詰められると、言葉が浮かんでこない。

僕はいったいどんな人間なのだろう？

思い浮かんで、納得してもらえそうなイメージは、両手で抱えられるようなアクリルの箱の中に住んでいるモルモットで、気づくとそこに生まれて、気づくとその場所で死んでいる小さな存在だ。そんなことを本気で考えている自分を説明する気にもなれず、うまく答えられないまま立ち尽くしていると、千瑛は、細く丸い肩をクルッと返して、

「行きましょう。時間よ」

と僕を促した。

エレベーターに乗り込むと、彼女と並んで立っているというだけで自分の住んでいる場所とは思えなくなった。僕がボタンを押して彼女はそれを見ていた。

「立派なマンションね。こんなところに住んでいるとは思わなかったわ」

と彼女が言った。どう答えていいのか分からずに黙っていると、

「ご両親にたいせつにされているのね」

と言われて妙にカチンと来た。彼女が言うと反射的に皮肉のように聞こえてしまうのだ。たぶん彼女のことを、家族にも境遇にも完璧に恵まれた人間だと思っているせいなのだろう。僕はさらに黙り込んでしまった。それほど不機嫌でもなかったはずなのに、両親のことに少しでも触れられると、例えようのない暗い気持ちが次々にわき出てきた。逃げ場もなく、やり場のない黒い気分だ。

僕のイメージはまた、内側にあるガラスの部屋に戻った。

その部屋の中にいる僕は、胸を押さえ痛みに耐えている。ガラスの外側は濁《にご》り、曇っている。そのせいで僕の姿がはっきりとガラスに映る。僕は口元を捻《ね》じ曲《ま》げて眉を寄せている。ガラスの部屋の中で大きな音が鳴っている。

僕は目をきつく閉じて、ガラスの部屋のイメージを掻き消した。

千瑛が乗り込んだのは、真っ赤なスポーツカーだった。僕と同じくらいの年齢でこんなスポーツカーに乗っているほうが、たいせつにされているように感じたけれど、僕は何も言わずに彼女に従った。助手席に乗り込むと、彼女は当たり前のようにエンジンをかけて、車を発進させた。マニュアル車の運転にそれほど慣れていないらしく、ときどきガクガクとギアを変えていく様子は少しだけ不安になったが、それ以外は無難《ぶなん》に車を乗りこなしていた。

「私の車じゃないから」

と、こちらの考えを読んでいるように千瑛は言った。僕がずっと黙っているので、彼女なりに何かを考えて言ったのだろう。

「急に静かになったわね」

と彼女が言ったけれど、僕は何も答えなかった。

彼女に悪気がないことも分かっていたが、僕は怒りや嫉妬《しっと》よりも、自分の中に渦巻いている不安感や憤りのためにぐったりとしていた。自然な感情の変化ではない。だが、いつの間にかこんな不自然な感情の起伏がついていた。理性と感情が闘うと、おおかた、僕の場合は理性が勝つが、どちらも惨敗したようにボロボロになる。僕はまったく強くないのだ、と感じるのが嫌だった。僕は僕の映るガラスで頭を支えてぼんやりしていた。

「両親はもういないんだ」

というたった一言を、僕は言えなかった。窓の外を眺めながら、二年前の出来事から一歩も動くことができていない自分を感じていた。

「ご両親と何か問題を抱えているの？」

千瑛の声が聞こえたが、僕は答えなかった。正確には答えられなかった。

その不自然さを千瑛は察したのだろうか。

僕がそのまま黙っていると、さすがに千瑛はバツが悪そうに自分の話を始めた。

「私もあまり、うまくいっていないわ。私はお祖父ちゃんみたいに水墨のプロになりたいけれど、母も父も反対している。きちんとした仕事をしながら水墨を続けるのは構わないけれど、芸術家として生きていくのなら覚悟がいるぞって。私はお祖父ちゃんみたいになりたいと思うときがあるんだけれど、でもお祖父ちゃんみたいになっちゃだめだって、父も母も言うの。ああなれたら充分だと思うんだけれど」

僕にはまるで答える気がしなかった。

結局のところ、それは遠回しな自慢のようなものだ。僕には他人の家族の話も自分の家族の話もできない。そんなことを考えている自分の卑屈さにまた疲れてきた。

「湖峰先生……西濱先生のことね……や、湖栖先生みたいな才能があればいいけれど、おまえには才能がないって父は言うの。自分はお祖父ちゃんの息子で、それなのに水墨を投げ出したのにね。お祖父ちゃんも私に才能があるって言ってくれたら凄く嬉しいんだけれど、そんなことはまったく言わないし、お祖父ちゃんと父との仲は何でも話せる、という感じでもないみたい。お祖父ちゃんは私が水墨を習うことや、賞を目標にすることは止めないけれど、私がこの世界で生きていくことに関してはどう思っているのか分からない。確かに、若手のほとんどいない水墨画の業界で、天才とも言える技量の二人の愛弟子《まなでし》がいれば、それで充分なのかもしれないけれど」

千瑛はずっと話し続けていた。

声を聞きながら、こんな打ち明け話をしているのは、千瑛なりに余計なことを言ってしまったと気を遣っているのだと気づいたけれど、千瑛の言葉が家族から離れないうちは、どう答えていいのか分からなかった。

「そう思っていたときに、あなたが登場したってわけ……」

千瑛の話は一度、そこでとぎれた。

車は都市部を離れて、住宅街に入っていく。信号が赤になって車が停車して、いよいよ僕も何かを言わなければならないというタイミングが来たとき、ようやく思いついた言葉は、

「君は別に悪くないよ。思ったとおりにやるしかないじゃないか」

というびっくりするほど投げやりなものだった。だが、それが僕の本音だった。誰に何と言われようと思ったとおりにやってみて、それでだめだったとしても、そのやり方しかなかったのなら、別に何も悪くない。

千瑛は左手の人差し指で、ハンドルをコンコンと叩いてため息をついた。

「確かにそうね。思ったとおりやってみるしかない」

信号は青に変わり、車はゆっくりと発進した。さっきよりも車は揺れない。クラッチを繋ぐタイミングが良くなっているのだろう。僕の返答に、千瑛はどう思っていたのだろうか。

それほど嫌いでもないのに、うまく分かりあえない人同士というのはいるものだな、とそんなことを何処かでぼんやりと考えていながら、少しだけ目を閉じた。僕の心はさっきの千瑛の運転のようにうまくギアが入らず、低速で、いつエンストしてしまっても不思議じゃない状態になっていた。そんな虚脱した自分さえ遠くに感じていた。屈辱的なくらい、僕は自分の弱さを実感していた。

湖山先生のアトリエに着くと、いつものように先生はニコニコとこちらを眺めていた。今日は紺色の作務衣を着て、フカフカの座布団の上にゆったりと座っている。袖口がゴムで留められている作務衣で、そのゴムの絞《しぼ》りがかわいらしく見えたが、たぶんそれは実用的な理由なのだろう。絵を描くのに袖はやはりじゃまだ。

僕も教室の日は意識して黒い服を着るようにしていた。汚れて困るような服は持っていないが、自分は服を汚さないぞと主張できるほど立派な腕があるわけでもない。

湖山先生の前に座ると僕は少しだけ落ち着いた。だが先生の目は、そう簡単にはごまかせなかったようだ。

「何かあったかね？」

「いえ。特には……少し疲れているだけです」

まるで納得していないようだったが、とりあえず湖山先生は頷いた。

「そうか。まあゆっくり勉強していこう。今日はいよいよ、基本を描き始めるよ」

湖山先生は筆を取って、硯に入っている墨をそっと掬った。

下敷きの上には、真っ白い四角い紙が一枚置かれている。

それから少しだけ手元の平皿に穂先を置くと、すぐに、紙の上に雑草のような線を一本引いた。

左下の根元から、画面の中央、そして右下へ流れて半円に似た形の弧を描く線は、それだけで美しかった。

たった一本、毛筆で線を描くだけだが、それが字には見えない。かといって、ただの落書きにも見えない。やはりそれは明確に絵であり、生き物だった。

何もない空間に、青々とした一本の鋭い草が生《は》えている。

その草の中には、葉脈が描かれ、葉そのものの重みでたわむ様子や、ゆるやかな風の流れまで描かれていた。

たった一本の草を描くだけで、真っ白な空間の中にいくつもの秩序が生まれた。命と命を囲む周囲の状況が見て取れた。

湖山先生は続けざまに、二本、三本と細長い葉を足していき、一株の草を描くと、その株の中心付近に、小さく可憐《かれん》な花を薄墨で置いた。

葉の鋭さとは反対の柔らかく優しい花が、葉に隠れるように控えめに咲いていた。

薄墨の花の微妙なグラデーションによって、花に淡い色があることがはっきりと分かった。

湖山先生は、花の傍に小さな点を打ちながら、

「これが春蘭《しゅんらん》、ここには私が教える水墨のすべてが入っている。もしこれを極められたら、ほとんどの絵は自然に描けるようになるよ」

と語った。僕は驚いてもう一度、絵を眺めた。すばらしい絵だとは思うけれど、このシンプルな絵にそんなすべてが隠されているのか、と疑わしくもあった。湖山先生は静かに筆を置いて、描いたものを差し出した。

「蘭に始まり、蘭に終わる。水墨画家のすべてはここに始まって、これを極める道かもしれないね」

僕は両手でお手本を頂きながら、頷いてみた。パッと見では、それほど難しい絵には見えない。

「ともかく、やってみるのが一番だよ」

と、湖山先生はこちらを見透かしたように言うと、部屋を出て何処かに行ってしまった。僕は一人で専用に広げられた道具の前に座って描き始めることになった。

墨をすり、筆を濡らし、束にして置かれた紙に一枚一枚、筆を走らせる。おそらく

要点はあの一本の線だ。最初の一筆。弧を描いた最初の一筆の動きが、最も印象深かった。

僕は湖山先生のお手本を凝視しながら、右手をお手本の線を作れるように動かしてみた、が、思ったよりも墨が広がり、ただの『へ』の字のように見える。

次は描く速度を上げて、サッと描いてみたが、ただ単に曲がった線を引いているだけで、まるで草には見えない。葉にも見えない。

気を取り直して、墨を含む量を調節し、速度も湖山先生の手の動きをなんとなく思い浮かべ描いてみても、思った以上に線が丸くなったり、太くなったり、細く尖りすぎたりと、まったく形にならない。

お手本と見比べると明らかに違う。

湖山先生のお手本は、最初の一筆をサッと引いた瞬間に、すでにそれが葉だと分かった。葉の中に単子葉類特有の繊維の揃った葉脈が浮かび、青々と輝いていた。葉だけではない。その背後から吹いてくる風や柔らかな大気の様子までも感じられた。

「蘭に始まり、蘭に終わる」

と、湖山先生は言っていたけれど、ほんの少しやっただけで、たった一筆線を引くことがいかに困難かが分かる。

僕は困難な画題を前に、自分が集中力を取り戻し始めたのを感じていた。ガラスの部屋の内側にいる自分が目覚め、はじめて外を眺め始めたようだった。

僕はガラスの部屋の壁に、さっき湖山先生が行っていた動きを映してみた。可能な限り記憶を再現して、もう一度湖山先生の動きを観察しようとしてみた。

僕は多くの時間を、このガラスの部屋で両親との記憶を再現することに費やしてきた。きっともう一度、湖山先生の動きを思い出すこともできるはずだ。

僕は真っ白な紙を眺めながら意識を集中していった。

湖山先生は、僕の前に座っている。

先生は右手で筆を取って硯の奥と手前から墨をサッと掬った。それもたった一度だけだ。そのときにスッと腕を引いて、平皿のところで一度下ろした。穂先を少し整えていた。水分を少し落としたのだ。

それから紙に筆を置いたとき、少しだけ筆を動かした。進行方向とは違う方向に手が微動している。僕はその様子を正確に思い出していた。何かとても違和感のある動きだ。次の瞬間に、線が始まり、葉は描かれていく。

僕は湖山先生の腕や手の動きを見た。

手首はまったく動いていない。指先も動いていない。ただひじと肩の位置だけが少しだけ変わっているが、よく見ないと作務衣の袖の中に隠れて動きが分からない。ほんの一瞬、線のほうに目が奪われていれば、この先生の身体の動きは掴めなかっただろう。

腕は肩を起点に、細かくアップダウンし線に抑揚《よくよう》を生んでいる。おそらく、これがポイントなのだろう。

葉の切っ先に向かって、腕は静かに上がっていき、速度も上がり、一本の葉は作られた。

僕はそこで記憶を再現することをやめた。

筆洗に筆を浸けて、墨を水で洗うと水はゆっくりと濁っていった。小さな龍が筆洗に棲《す》んでいるように細い線を上げて水を黒くしていく。僕はその小さな世界に目を奪われながら、湖山先生の動きをもう一度頭の中で再現した。

可能な限り同じ手順で、同じ動きを選んだ。

それは、とても不自然で難しい動作だった。考えて手の動きを行えば、すぐに湖山先生の手順は次に進み、遅れてしまう。考えずに同じ手順を行えるまで繰り返すしかない。

出来上がった絵は、湖山先生のものとは似ても似つかなかったが、小さな手応えを感じていた。線には確かに変化が生まれていた。僕は我を忘れて同じ動きを執拗《しつよう》に繰り返した。たった一本の線を頭の中で再現し、湖山先生の動きをトレースするように自分の動きを繰り返していく。

僕は、水墨画の技術の奥深さに驚いていた。

ただ無造作に見える一本の線に近づこうとすればするほど遠ざかり、いくつもの経験や技が隠されていることが分かる。息継ぎの小さな間、筆を運ぶ速度、墨を含む量、水を含む量、肩の位置、腕の位置、指の構え、手首の硬さ……、何もかも当たり前のようで、湖山先生の動きは計算され尽くし、洗練されたものなのだ。

しばらくすると湖山先生は戻ってきたが、僕は相変わらず集中して描き続けていた。

湖山先生はその様子をじっと眺めているだけだったが、あるときに、声を発した。

「青山君、もういいだろう。一度、筆を置きなさい」

湖山先生は微笑んでいた。僕は集中し過ぎて表情も表せないほどに疲れていた。

「よくがんばった。たった一度、観察しただけで、それだけ見て取れればたいしたものだ。もう一度、描くからよく見ていなさい」

湖山先生は僕が持っていた筆を取った。僕は何も言わずに席を立って、筆洗の水を流し場で換えて先生の前に置いた。なんとなくそうしなければならないという気配に従って僕は動いた。

湖山先生は頷いて、それから描き始めた。

僕は最初の一筆に集中していた。

筆を整えると、湖山先生はゆっくりと筆を置き、一度進行方向と反対に下がって線を引き始めた。

「いま行った動きを逆筆《ぎゃくひつ》という。筆の進む先とは反対側に一度、筆を引く動きだ。青山君はこれをさっきもやっていたけれど、よく見ていた。これがたいせつな秘密の一つだよ」

そして筆はゆっくりと進んでいった。ひじを上げたり下ろしたりする微妙な動作で、線の太さや細さが調整されていく。湖山先生の手や構えは、まじまじと眺めると、思っていた以上に美しかった。皺皺の老いた染《し》みだらけの手を、なぜこんなにも美しいと感じるのか分からなかった。だが、その美しさは筆を構え、目に見えない何かを発している美しさで、形を超えたえたいの知れないものがそこに宿っていることを感じさせた。もしかしたら、それは時間かもしれない。

湖山先生は、筆をそこで止めた。

「君はよく見ていた。そして、見るべき場所も間違っていなかった。そのことが水墨を描く人間には、とてもたいせつなことなんだよ。君は善い目と心を持っている。それが何物にも代えがたい財産だ」

湖山先生は、一本の葉を描いただけのお手本を差し出した。

「これと、この筆を君にあげよう。良い筆だから大事にね。ほかの道具も用意させるから持って帰りなさい。この一枚の葉っぱは、次のときまでの宿題だ。今日はよくがんばったね」

「ありがとうございます。楽しい時間でした」

「蘭に、始まったね」

僕は頷いて頭を下げた。湖山先生は嬉しそうだった。

「じゃあ、お茶にしようか」

湖山先生は大きく頷いて、千瑛を呼んだ。千瑛は遠くから返事をして、しばらくするとお茶とお菓子を持ってきた。使い込まれた湯呑《ゆの》みに、最中が添えてあった。器が三つあるということは、千瑛もここでお茶を飲むのだろう。

僕が描いたものを一瞥《いちべつ》すると、静かに座って、最中を出し、お茶を三つ淹《い》れた。湖山先生は当たり前のようにそれに口をつけて、僕もお茶を頂いた。甘い心地の良い煎《せん》茶《ちゃ》だった。

千瑛は何を思ったのだろうか。茶碗を持ち上げたまま静かに座っていた。湖山先生もまた何も言わなかった。午後の光が障子《しょうじ》越しに室内を満たしている。墨の香りの立ち込める中で、香り立ったお茶を啜るというのも、それはそれでぜいたくだなと思った。

お茶で酔うはずもなかったけれど、僕はだまって湖山先生や千瑛とお茶を飲んでいるだけで、肩の力が抜けていった。まるで、この瞬間以外の時間がすべて長い長い旅の中にあったようなそんな感覚だった。

「疲れたかな？」

湖山先生が声を掛けた。右手で最中に手を伸ばしている。僕はすでに湖山先生の手の動きに注目する癖がついていた。まるで湖山先生そのものが手のようだ。

「いいえ。美味しいお茶だなと思いまして」

「そうか。青山君はお家《うち》ではあまりお茶を飲まないのかな？」

「家では、まったく飲みません。ときどき、喫茶店に行きます」

「若い人はそうかもね。私なんかはほとんど毎日家にいるから、こうしてお茶ばかり飲むことになるよ。君もこれからは、家で飲むことになるかもね」

「そうでしょうか」

「ああ、きっとそうなるよ。家で練習するようになるならね」

「確かにそうかもしれません」

僕は自分の部屋を思い返してみた。ほとんど何もないあの広すぎる部屋は、そこにいるだけでより空虚になっていく。

この部屋の居心地の良さの百分の一にも満たない。これまで一度も、おたった一杯、お茶を飲むだけで僕は何かに引っかかっている。

茶を飲んでこんなふうに感じることはなかった。両親が亡くなってから、僕は自分が感じるどんなことにもつまずいている。そして、何かを感じるたびに、少しずつ疲れていく。

「最中もどうぞ」

と、千瑛が気を遣うように言った。僕は視線を上げて彼女を見た。刺々しさがほとんどない。僕は礼を言って、最中の包みを開けて口に含んだ。小豆の仄《ほの》かな甘みが心地よかった。千瑛も同じように最中を食べ始めた。湖山先生と同じようにとても満足そうにそれを平らげている。

「どうだね、千瑛？　青山君の描いたものを見て。なかなか良い線だろう？」

湖山先生は嬉しそうに言った。目は細くなりすぎて瞳が窺えない。

「そうね。悪くないわ」

なんでもないことのように千瑛は言った。視線は僕が描いた練習用紙の一本の線を見ている。千瑛からすれば下手くそなどうしようもない線のはずだ。技量的に僕と千瑛はあまりにもかけ離れている。まるでだめだという判断が落ち着きになって目に現れているようにも思えたが、湖山先生は真逆のことを言った。

「ウカウカしていると千瑛も追い抜かれてしまうよ」

湖山先生は穏やかだったがまじめにそう言った気がした。千瑛は少しだけ頷き、ま

た線を見た。そして、僕を見て、

「鋭い、切ない線ね」

と言った。千瑛の声が思った以上に澄んでいて、僕は頭を下げた。なぜか不思議とこのときやっと千瑛を先輩のように感じた。湖山先生は微かに頷いた。

「千瑛も少し、描いて見せてあげなさい。私の線だけを見ていても勉強にならないから」

そうね、とポツリと言い千瑛は立ち上がった。

僕は手元をかたづけて千瑛に席を譲ると、すぐに千瑛は筆を取って描き始めた。動きが流れるように速い。逆筆で根元を作り、一筆目を美しく紙面に切り裂くと、二筆目は一筆目の半分ほどの時間しか掛からなかった。三筆目はさらに速く、そのあとの数本の葉は気づくと出来上がっていた。細長い葉の雑草のような株が出来上がると、千瑛は筆を水にポチャンと浸して、数秒止まった。筆をきれいに水の中で泳がせると、薄墨と濃墨を手際よく含んで、湖山先生が最初にやったように花を描いた。最後に穂先で黒い点をいくつか打って絵は終わった。

たった二、三分の所作だった。

自分が描いてみて初めて分かることがあるけれど、間違いなく千瑛もまた達人と呼ばれる人たちの領域にいる人だった。絵は湖山先生のものよりも若々しく、硬くはあるがかわいらしさもある。僕は二人の絵を見比べてみた。千瑛の絵には、湖山先生が描いて見せたような一本の線の無数の変化はない。葉は黒々として美しいが、葉脈が浮き立って見えるほどではない。それでも千瑛には千瑛固有の雰囲気があるように思えた。

もし水墨を始めなければ、同じ画題を同じレイアウトで描かれた二つの違いはそれほど大きく感じなかったかもしれない。だが、自分が実践してみると、その小さな技の違いは大きく、興味の尽きないものになった。

「千瑛もうまくなったね。手が少し柔らかくなった」

不思議な言葉遣いだった。

手が柔らかくなる、とはどういうことだろう。千瑛は嬉しそうに頷いた。僕は率直に湖山先生に伺ってみた。

「先生、手が柔らかくなる、というのはどういうことですか？」

湖山先生は、おやっという顔をして、それからまたいつものニコニコとした表情に戻った。

「そうだね。あまり聞き慣れない言葉だったかもしれないね。感覚的な言葉だね。手が柔らかくなるというのは、実際に手がふにゃふにゃしている、ということじゃなくて、筆致というか、線を描くタッチが、柔らかくなったということだよ」

「手は柔らかいほうがいいのですか？　タッチが柔らかいほうが水墨らしいとか、そういうことですか？」

「いや、そうじゃない。それは描く対象によって硬さや柔らかさを調節していかなければならないのだが、この場合の手が柔らかくなったというのは、線に生命感が出てきたという意味だよ。触れれば切れてしまいそうな硬く鋭い葉なのだけれど、風になびくような柔らかさも持っている。この絵にはそういう難しい雰囲気や空気感を捉えていくという課題もある。手が柔らかくなる……というのは、葉の本質に少し近づいた、というくらいの意味だ」

「葉の本質……ですか」

「描くものに心を通わせないと、いい絵は描けないと思うよ。でもまあ、そういうのは最初はいいんだよ。最初は大丈夫。いちばん最初の今は、弧を描く運動を手に覚えさせて、曲線を引く練習だけでいい。ともかく描くことだ。そしてつねに問い、立ち止まり、顧《かえり》みて、また描く。その連続だよ」

湖山先生は、何気ないことのように言った。僕もまた穏やかにその話を聞いていたが、千瑛は先生の言葉に聞き入っていた。

「ところで」

と湖山先生は言葉を繋げた。僕は先生に視線を合わせて聞く準備をした。先生は、間が悪くそこでお茶を飲んだ。僕は湖山先生がお茶を飲んでいる間、しばらく待って、その緩慢で穏やかな所作を眺めていた。

「青山君は、大学生だったね？」

「そうです。瑞野《みずの》文化《ぶんか》大学です」

「そうだったね。あそこの理事長と私は知り合いでね。彼が会社勤めをしていたころは、いろいろと手伝いをしていたんだよ。大学内で困ったことがあったらいつでも言いなさい。私も手助けしてあげられると思う」

「ありがとうございます」

僕は素直に頭を下げて、下げたまま数秒考えた。そして、いまこの瞬間しかないいんじゃないか、と思いついてから顔を上げた。

「実はお願いしたいことが一つあります」

僕は先日の古前君と川岸さんに命令された件を持ちかけてみた。

「大学は秋に文化祭をやるのですが、そのときに千瑛さんの作品を貸していただきたいのです」

「ほお、千瑛の作品を。それはまたどうして？」

僕は千瑛を一度だけ見た。千瑛は驚いてこちらを見ていたが、いつもと違い何も言わない。

「華やかでお祭りにはとても合う絵だなと思いますし、僕らの同年代の人間が描いたというのも刺激になると思います」

「なるほど。確かにそうかもしれないね。我々のような年を取った人間ばかりの絵が、水墨だと思われるのはよくない。なかなかいい企画だね」

「ありがとうございます。いかがでしょうか？」

「そうだね。千瑛はどう思うかね？」

「私は……」

一度だけうつむき、それからこちらを向いた。

「青山君も出展するのなら、出してもいいと思う」

「そうか。確かにそうかもしれないな。学生さんの展覧会というのであれば、千瑛だけではなくて青山君も出展したほうがいいだろう。なにせ青山君の大学だからね」

「僕ですか？　ですが、僕には描けるものがありません」

「それは心配しなくても大丈夫だよ。私も引き続き教えるし、足りなければ千瑛に教えてもらえばいい」

僕らは驚いて顔を見合わせた。

「ですが、僕らは湖山賞公募展で勝負するのではないですか？」

そう訊ねると、湖山先生は笑った。

「いやいや、確かに君たちは勝負するが、それと同時に同門の先輩後輩でもある。先輩が後輩に教えを与えるのは別に不自然でもなんでもない。当たり前のことだ。勝負なんていうのは、基本ができてからすることだ。それに人を教えるのは千瑛にとってもいい勉強になる。どうだろう、千瑛、自信はあるか？」

千瑛は首を振った。

「私は人に教えたことなんてないわ。教わることがまだまだ山ほどあるし、どうやって教えればいいのかも分からない」

「自分の絵だけを見ていれば、そのうち自分自身の手にも技にも騙《だま》されるようになってしまうよ。人に教えることで気づくことも多い。それに斉藤君や西濱君じゃ教えられないことが、青山君からは見つかるかもしれないよ」

「そんなことありそうにないけれど」

「僕もそう思います」

僕が答えると、湖山先生は笑った。

「大丈夫、きっとうまくいくよ。青山君はすばらしい目を持っているし、千瑛は技術に関しては申し分ない。二人で学生展を成功させてみなさい。それに若い学生さんに水墨を知ってもらう機会なんて、なかなかないよ。そうだろう？」

湖山先生はきっぱりと言い、ほかの言葉を受け付けなかった。

千瑛のほうをのぞくと、ほんの少しだけ満足そうな、まんざらでもないという顔をしていた。湖山先生に技術は申し分ない、と推されたのが嬉しかったのだろうか。

僕らはそのままその日の講義を終えて、アトリエを出た。

帰り道も同じように千瑛が車で送ってくれることになった。行きのときほど多弁ではなくなっていたが、彼女の放つ空気は刺々しくはなかった。

水墨画の道具が一式、カタカタと後部座席で揺れている。音を鳴らしているのは、硯の蓋だろうか。行きのときとは、まるで反対の気分で、車に乗っている自分に気が付いた。

「こちらの勝手な都合を突然言ってすみません」

と、僕は千瑛の横顔に声をかけた。千瑛は、僕がいたことにようやく気づいたみたいに、ええ、とか、うん、とか言いながら頷いた。ギアは朝よりもスムーズに切り替わっている。それからしばらく沈黙があって、車が住宅地に入り信号停止したときに、ようやく千瑛は口を開いた。

「あなたがいると、お祖父ちゃんは少し変わるわ」

「え？」

僕は彼女の言っている言葉の意味が分からなかった。問い直すように、次の言葉を待っていると千瑛は、続けて話し始めた。

「あなたがいると、お祖父ちゃんは、私やほかのお弟子さんに対する態度ではない態度で向き合っている気がする。なんて言うのかな……打ち解けている感じがするし、何か少し一生懸命ね。なんだろう？」

「そうなのですか？」

「そうよ。……ああ、ええと、それと水墨を習うかもしれないからって、敬語はやめて。いまさらだから」

僕は頷いた。僕も千瑛との距離感を測りかねていた。千瑛といるときの居心地の悪さは、初対面の印象の悪さもあるが、たぶん人間関係がそれほど得意ではない二人が、はっきりとしない立ち位置で会話をしていたからなのだろう。

敬語をやめて、と言われたことで、僕は朝よりも少しだけ彼女のことを好意的に感じていた。

「湖山先生は最初から親切だったよ。出会ったときから高級ステーキ弁当を分けてくれたし」

千瑛はハッとしてこちらを見た。

「ああ！　あれ、食べたのあなただったの？　皆で一個足りないっていって大騒ぎになったのに」

「やっぱり……」

僕は事の顚末を話した。千瑛は、少しだけ笑って話を聞いていた。

「あれは、日暮屋さんっていう有名なレストランのステーキで、審査員の方とか展覧会の来賓用に特別に頼んでいるものなの。余った分は、私たち、内弟子に回ってくるんだけれど、毎回、ちゃんと回ってくるように西濱さんが正確に計算して注文しているのよ。でも今回は一個足りなくて、誰かがお預けになった」

「え？　誰がお預けになったの？」

千瑛は笑った。

「誰だと思う？」

僕は首を振った。内弟子のうちの誰かなら、西濱さんか斉藤さんか千瑛の誰かだけれど、こういうときになぜだか貧乏くじを引きそうなのは、西濱さんのように思えた。

「もしかして、西濱さん？」

千瑛は首を振った。

「私よ」

「まさか」

千瑛はおもしろそうに笑った。

「本当よ。あなたが現れた後、私はイライラしちゃって、みんなといっしょにご飯を食べなかったの。気が付いたらお弁当は一つ残らずなくなってしまっていたわけ。本当にさんざんな一日だったわ」

「それは申し訳なかったね。代わりに今度、何か奢るよ。その日暮屋さんでもいいよ」

「あのお店は凄く高いのよ。私やあなたみたいな大学生のお小遣いじゃ、なかなか行けないわ」

僕は首を振った。お金なら使いきれないくらいある。

「大丈夫だよ。その店でよければいつでも。僕はお小遣いの使い道がなくて困っているような感じだから」

「そう……なの？」

千瑛の頭に、朝の僕の部屋の景色が浮かんだのだろう。広いワンルームマンションに家具も置かずに暮らしている生活感のない男……そして、気づけば内弟子として厚《こう》遇《ぐう》されている正体不明の男。

望んだものではないとはいえ、確かに僕は不審な人間だ。僕自身が自分をうまく説明できない以上、千瑛が拒絶反応を起こしていたのも不自然ではないのかもしれない。

「じゃあ、あなたの大学での展覧会が終わったら、ごちそうしてもらおうかな」

「もちろん。お礼もかねて」

僕はしっかりと頷いた。作品を貸してもらい、水墨を教えてもらい、お弁当まで取り上げていれば、ご飯をごちそうするくらいなんてこともないような気がした。

古前君と川岸さんは、千瑛そのものを目当てに展覧会を企画していたけれど、湖山先生と話をしながら僕は、千瑛の作品も楽しみになっていた。千瑛の絵もまた胸を打つ何かを持っていることは確かだった。

気づくと、車は僕の家のすぐ傍まで来ていた。僕は車を降りる準備をして、車が停車したタイミングでシートベルトを外した。後部座席の荷物を取って外に出ようとしたところで、千瑛は僕を引き留めた。

「学園祭の展示は、具体的にどうすればいいの?」

そうだった。古前君と川岸さんには誘うように言われていたが、それ以上のことは何も考えていなかった。千瑛から、技術を習うとすれば、展示以上の準備も必要になる。僕は反射的に、

「また後日、連絡する」

と答えたけれど、そのときになってお互いに連絡先を知らないことに気が付いた。僕らは車の中で慌てて連絡先を交換して、よろしくと彼女に言った。千瑛は、反射的

に微笑んで、ドアが閉まるとすぐに車を出した。彼女の車が走り去ってしまった後で、自分の携帯に古前君の連絡先以外、初めて同年代の知り合いの連絡先が追加されたことに驚きを感じていた。携帯電話を開いてスカスカの電話帳に記された篠田千瑛という名前を見たとき、まるで芸能人か有名人の名前が登録されたときのような、奇妙な喜びを感じている自分に気が付いていた。

実際には、湖山先生の電話番号や西濱さんという本物の有名人の携帯電話の番号が登録されているのだが、千瑛の連絡先が手の中にあるのだと感じたとき、なんだかやっと千瑛との距離感をきちんと持てたような気がした。

水墨の道具の入った重い手提《てさ》げ袋と反対の手に連絡先の入った携帯電話を握りしめて、僕はゆっくりと空っぽの部屋に帰っていった。

第二章

挨拶《あいさつ》もそこそこに千瑛《ちあき》は、用意された部屋で、道具を広げて水墨を描く準備を始めた。

準備と言っても、大きな下敷きと道具を広げて、墨をすっていくだけだが、なぜだかその墨をする部分は僕がやることになった。千瑛曰《いわ》く、後輩や弟子が先輩や先生の墨をするのは当たり前のことだという。確かにそうかもしれないと思いながら、僕は先日と同じように硯《すずり》の上で固形墨を軽やかにクルクル回し始めた。

墨に含まれている芳香が漂い、硯と墨が擦《こす》れる独特の音に、多くの人が聞き入っていた。

千瑛の揮毫会《きごうかい》のために用意されたのは、ふだんはゼミなどで使う中型の教室で、そこに千瑛そのものを鑑賞しようと三十人以上の学生が集まった。

驚くべきことに体育会系のご面々はなぜだか皆スーツ姿で、威儀《いぎ》を正していた。古前君がどんな事前情報を流したのか知らないが、さすがに大げさ過ぎる。川岸さんが集めた女性陣は何を勘違いしたのか浴衣姿《ゆかたすがた》の女性が多く、この日ばかりはと着飾っているように見えた。しかも中教室には誰が書いたのか分からないが、『歓迎　篠田千瑛　画伯』と垂れ幕が下がっていて、このばかばかしいほどの歓待ムードは、古前君的なうさん臭さ満点だった。古前君が何かを企画するといつもこういうふうに、少し大げさではずれた方向に物事は進んでいく。一〇〇パーセントで完了する物事を二〇〇パーセントやろうとするので、こうなってしまうのだろう。過剰な力が目的を飛び越えていくのだ。

川岸さんもいたのに、なぜこうなったのだろう？

千瑛を呼びつけたことを少しずつ後悔してきたところで、当の千瑛は会場のその異様な空気感などものともせず、堂々と文化会会長代理と名乗った古前君と企画進行役だと名乗った川岸さんに挨拶をし、すぐに絵を描く準備を始めた。

揮毫会をやりたいと言い始めたのは千瑛だった。

「キゴウ会？　それは何？」

と聞き慣れない言葉を反復した僕に、千瑛は揮毫会というのが何かを説明した。簡単に言えば、水墨画の実演をするということだ。

「作品を展示してもらうのはまったく構わないけれど、水墨画がどうやって作られて、どんな芸術なのか知ってもらいたい。そのためには、描いているところを見てもらうのが一番だと思うの。大学にお呼ばれして若い人たちに見てもらいながら、水墨を描く機会なんてそうないから、できれば描いてお見せしたいな、と思って」

「大学で水墨を描くことは、そんなにないのかな？　美大とかでは普通にやっていそうだけれど」

「もしかしたら、一部の大学はやっているのかもしれないけれど、美大でも、ほとんどの大学は専門的に水墨画なんてやらないのよ。日本には、日本画学科はあっても、水墨画学科なんてものはないの。そもそも、指導者が少なくて、描き手も少なくて、それでいて単調な訓練を長年やらなければならない水墨画なんていうのは、若い人はあまりやりたがらないのよ」

「でも、湖山門下には、西濱さんや斉藤さんや千瑛さんみたいな若い人がいるじゃないか？」

「あのね、青山君。うちみたいに若い人を多く抱えてる水墨画の教室なんていうのは例外なのよ。篠田湖山《しのだこざん》っていう破格のネームバリューがあってはじめて可能なことなの。普通の教室はお爺ちゃんお婆ちゃんたちのための趣味の教室で、若い人が学ぶための場所じゃないの。だから若い人に知ってもらうための機会を、私も水墨をやる人間として逃したくない」

「水墨画が大学でも教えられず、専門的に学ぶこともできないのなら、今の水墨画はどうやって継承されていくの？」

千瑛は一呼吸おいて真剣な顔になった。

「正直な話、私たちが学ぼうとしているような専門的な技術は、継承されない可能性もあるわ。しっかりと教わる場所は何処にもないから、ただの趣味の習い事として、カルチャースクールやお教室に通うしかないわね」

「嘘《うそ》だよね？」

「本当よ。水墨画がいま根付いている業界は、美術ではなくて、どちらかというと生涯学習とか趣味の分野で、美術的な流行というのは、はるか昔に終わってるの」

「はるか昔というと？」

「室町《むろまち》時代とか？　鎌倉《かまくら》時代とか？」

「本当に？」

「少なくとも、現代じゃないわ。正直な話、現在の水墨画は美術のジャンルとしては、一段落ちる位置にあるわ。若手がほとんどいないというのはさっき言ったとおりだし、ごくごく限られた人たちしか指導者不足のために習うことができない。やり方を教わってすぐに描けるような絵じゃないから、習得までには地味な練習を繰り返し手に覚えさせなければならないっていう凄く高いハードルもあって、実際のところ、うちの流派以外の若手は、ほぼ皆無《かいむ》といってもいい」

「そんなに、危機的な状況とは知らなかったよ。誰でも簡単に習えるものと思っていたけれど。それに僕もやってみて分かったけれど、充分楽しいじゃないか？」

「それはあなたが、うちのお祖父ちゃんに習っているからよ」

千瑛はため息をついた。僕に対してというよりは、水墨画の業界そのものに対してのため息のようだった。

「水墨画は、教えるのも難しいし、習得するのも難しい技術よ。あなただって、お祖父ちゃんに出逢《であ》わなかったら水墨画をやってみようなんて思わなかったでしょ？」

「確かにそうかもしれない」

「あなたは本当に幸運だったのよ」

千瑛との打ち合わせのとき、彼女はそんな話をしていた。

千瑛が登場したときの周囲の反応は凄《すさ》まじいものだった。

僕が扉を開けて、彼女が教室に入った瞬間に歓声が上がり、女性陣から即座にパシャパシャと携帯で写真を撮られていた。どういう前情報を元にここに来ているのか分からないが、完全な有名人扱いで、同世代の水墨画家を迎えるための用意というよりは、ファンクラブか何かのイベントのようだった。

さすがに著名人を祖父に持つ人間として華やかな舞台に慣れているのか、千瑛は物《もの》怖《お》じせず、適当に挨拶を交《か》わすと、弟子《でし》の僕に的確に指示を出した。それで僕は、こうして墨をひたすらすり続けているというわけだ。

川岸さんは、千瑛に握手を求め、古前君は何処からか取り出した一眼レフで、川岸さんと千瑛が握手しているところを、文化会の広報用だと偽って堂々とパシャパシャしている。それ以前に、川岸さんが連れてきた女性陣が断りもせずに千瑛をパシャパシャやっていることについては大丈夫なのだろうか、と心配になったが、当の千瑛は何とも思っていないらしい。男性陣も過激な行動に出るのでは、と思ったが、千瑛のキリリとした美貌はそれ自体に防衛力があるらしく、ほとんど誰も近づいてこなかった。

「用意はできた？」

と、僕のほうに厳しい声が飛んできたときには、千瑛の強烈な性格が少しばかり戻ってきたような気がした。僕は頷いて墨をしっかりと布巾《ふきん》で拭《ふ》き取ってから梅皿の傍に置くと、千瑛は近づいてきて、掛け軸が描けるほどの長さの画仙紙の前に立った。このサイズをこの前、西濱さんに『半切《はんせつ》』というのだとバンの中で教えてもらった。正確には、三四八ミリ×一三六〇ミリに切られた紙のことだ。ちなみに、『半紙』というのも、紙のサイズのことで二四二ミリ×三三三ミリの大きさの紙のことを指す。

半紙というのは、そもそもは紙の大きさの名前なんだよ、と付け足して教えてくれた。

千瑛が周りを見回すと、彼女の一挙一動に注目していた数十名は静まり返った。女性陣は携帯電話を胸に抱え、男性陣は直立不動のまま千瑛の様子を見守っている。古前君だけがここぞとばかりに動き、一眼レフのフラッシュを焚《た》いて、千瑛を激写していた。彼がカメラを持っているだけで、有名人の記者会見のような雰囲気《ふんいき》になってしまった。

千瑛は、まったく嘘くさくはない大らかな作り笑いを浮かべて明朗な声で話し始めた。

「皆さん、今日はお招きいただきありがとうございます。湖山会の絵師の篠田千瑛です。よろしくお願いいたします」

一同から拍手が起こった。透き通った聞き取りやすい声だった。

「こんなに立派な場を設けていただき、たいへん驚きながらも嬉しく思っております。うちの青山から、瑞野文化大学の学園祭の催しとして作品展示のお話を頂いたとき、若輩《じゃくはい》の私の作品でよいのだろうかと少し不安になりましたが、今日、皆さんのお顔を拝見し、温かく迎えられ、展示を成功させていきたいという想いを皆さん同様強く感じております。今日はどうぞよろしくお願いいたします」

うちの青山といわれたことにびっくりしたが、実際には、学生同士の付き合いというよりも、僕は千瑛の弟子になるわけで、彼女からすると後輩になるのは自然なことなのだとそのときに思った。

改めて考えてみれば、千瑛は僕の師匠の湖山先生の身内なのだ。これはつまり、ただ湖山先生の親族というだけでも、彼女を敬《うやま》わなければならないのだった。そのうえ実際に姉弟子なのだから、頭が上がらなくても仕方がない関係かもしれない。

それにしても、うちの青山呼ばわりされたことは、千瑛もまた僕を身内だと感じてくれているということなのだろうか、と少し考えてしまった。

古前君と川岸さんも驚いてほんの少しだけこちらを見た。少なくとも、千瑛の文脈の中でも、ここにいる皆の脳裏に刻まれた感覚としても、僕は湖山会の人間で、千瑛の身内の人間なのだ。

「さて、せっかくこうして皆様とのご縁も頂き、貴校の学園祭にて水墨画の展覧会も企画されているとのことですので、水墨についてより深く知っていただこうと、今日は私のわがままで水墨画の揮毫会を準備させていただきました。揮毫会というのは、皆様の前で行う水墨画の実演会とご理解いただければ結構です。水墨画は、昔から席《せき》画《が》として楽しまれてきた伝統もございます。私では物足りないかもしれませんが、篠田湖山より受け継いださまざまな技法を楽しんでいただければと思います」

千瑛は真っ黒な髪をキラッとなびかせて、深く一礼した。

かわいらしくペコリと挨拶するような礼ではなく、厳《おごそ》かで、その人の強さを感じさせるしっかりとした一礼だった。そこにいたのは、僕が知っているわがままで気の強いお嬢様としての千瑛ではなく、誇りを持った一人の絵師としての彼女だった。

千瑛は立ったまま大筆をつまみあげて、柄の頭に近いあたりを握《にぎ》った。この前、教室で握っていた親指ほどもある太い穂を持つ大きな筆だ。千瑛の白く細い指先が握っている筆管《ひっかん》は真っ黒で人の拳《こぶし》が三つ分ほどは楽に数えられる長さだ。筆そのものの美しい佇《たたず》まいに、千瑛の洗練された手の握りが加わると、そこがぼんやりと光って見えるほど一同の目は自然に吸い込まれた。その筆は動き、

「ポチャン」

と音を鳴らして、水の入った真っ白な陶器の筆洗《ひっせん》に、穂を浸《つ》けると、筆が突然生気を取り戻したかのように、千瑛の手の中で存在感を発揮し始め、眩《まぶ》しく感じた。筆が水を吸うことで、手の中にわずかな重みが加わったのだ。

そして、千瑛の細い腕と白い指先と大筆とのバランス、彼女の手の構えの良さが、会場のすべての人の目を惹《ひ》いた。

穂先を水から持ち上げると、梅皿に少しだけ水を入れて、手元の布巾の上に筆の穂先を置いた。何かが始まるのだ、と誰もが分かった。

千瑛は硯に向かって筆を向けて、墨を取ると、後はただいつもの剣戟《けんげき》のような激しい筆法の連続が始まった。それは、書の大筆を振るうような力業《ちからわざ》ではなく、軽やかに、そして適宜、力の調節された舞そのもので、千瑛の体幹が揺れるたびに一瞬遅れて千瑛の髪が揺れた。

けれどもその動きのいちばん最初にあるのは、千瑛の身体そのものではなくて、千瑛の持っている手先の筆の動きで、まず筆が動き、身体が応じるように動き、その動きを止めたり払ったりしたときの律動が、千瑛の髪に連なって流れていった。千瑛の真剣な瞳と、筆法の華麗さと、画技に続いていく長い髪の流れと光が、見る者をくぎ付けにした。

画仙紙の上には、次々に墨一色の花弁が描きこまれ、精密機械がそれを為《な》すように下から上に向かって無数に淀《よど》みなく、狂いなく描きこまれていく。手の動きは、流麗に続いているため造作《ぞうさ》もなく花が描かれていくけれど、ただの毛筆で花を描くことの不安定さや難しさを考えれば、それはまるで魔法のような技術だと誰もが思わざるを得ない。

描かれているものは薔薇《ばら》だと、すぐに分かった。

薄茶色から黒にまで変化する墨を画面の上に大筆で細やかに載《の》せていきながら、厚手の画仙紙の上で瞬時に浸透し、乾燥していく墨だまりは、いつの間にか朝露を吸ったようなみずみずしさをたたえていた。

薔薇の花のいちばん外側の大きく開いた花びらを描くときに、千瑛は花びらの縁に穂先が乗った瞬間、わずかに筆を止めている。一秒にも満たない、息を浅く吸うほどの時間だ。その瞬間、少しだけ速度を落とすことで、落とした場所に墨だまりができ、そこに水分がたまり水滴が落ちたような輝きを花びらが宿す。僕はその一瞬を見逃さなかった。

それはまさに神業ともいえるような、とんでもない技術だった。

大きな筆の穂先をミリ単位でコントロールする精密な運動、そのタイミングを見計らう勘、そしてその微妙に筆の速度を落とすことによって生まれるかもしれない墨だまりの滲《にじ》みによるミスを恐れない豪胆な気勢も、どれも申し分なかった。

花びらの縁の水滴に、精神と技術がみごとに溶け合った千瑛の絵の核心が宿っていた。

その瞬間はまるで、千瑛の手に湖山先生が宿っているような閃《ひらめ》きがあった。

僕を除いたほとんどの人は、そのわずかに緩慢な動きに気づかなかっただろう。だが、ほんのわずかでも筆を持ったことのある人間なら、誰もが目を奪われる美しい瞬間を千瑛は展開させた。

千瑛は一瞬だけ、視線を上げて、僕に向かって挑戦的に微笑《ほほえ》んだ。

「見ていたか？」

という合図だろう。僕は目を見開いて見せた。千瑛は満足そうにまた画面の中に戻っていき、サラサラと絵を仕上げていった。

誰もが千瑛の美しさ以上の絵の美しさに心奪われていた。

その後、数枚、絵を仕上げて部屋の正面にあるボードに張り付けた後、絵の簡単な説明を加えて揮毫会は終わった。

一同はしばらくの間、絵を眺めていたが、一通り写真をパシャパシャし終えると古前君の号令で食堂に移動した。皆が部屋を出たタイミングで、千瑛は僕に絵をかたづけるように指示して、図面を入れられる大きさの筒の中に丸めて収めさせた。会場で、絵を欲しがる学生も多くいたが未熟な絵を人様のお宅に飾ってもらうわけにはいかない、と千瑛はかたくなに断っていた。

食堂に移動して、本来の目的の一つである懇親会という名のコンパを開催することになったのだが、男性陣も女性陣もが合コン的なノリではなく、千瑛の絵に対する賛辞や水墨画についての質問をぶつけようと千瑛に注目し、タイミングを見計らっていた。会場は千瑛の一挙一動を中心に動いていた。

「なんだ、この変なファンクラブは」

と古前君が言ったけれど、本当にそのとおりだった。千瑛の水墨画の衝撃に皆が打たれていた。

席が用意されると、男性陣と女性陣は真っ二つに分かれて細長いテーブルを挟んで並び、テーブルの上座の中央に千瑛、左に川岸さん、右に僕と古前君が座ると、大学の食堂のおばちゃんたちが腕によりをかけたオードブルが次々に運ばれてきた。飲み物がそれぞれに配られて、今日はやけにおとなしかった古前君が、乾杯の音頭を取ると、千瑛への関心もやっとひと段落ついたのか、ようやく合コン的なノリで雑談を始めた。

だが、女性陣と男性陣の垣根《かきね》は高く、溝は深く、僕らの前に置かれた一本のテーブルは、二つの対立する組織を隔てる塹壕《ざんごう》を思わせた。怖じ怖じして女性に話しかけられない男性陣は、その塹壕戦を制することはどうやらできないようだった。

千瑛はぼんやりとその様子を眺めていた。今日はありがとう、と僕が言い掛けたとき、

「今日はわざわざ大学にお出《い》でいただき、ありがとうございます」

と川岸さんが千瑛に話しかけた。千瑛はにこやかに頷いて、

「こちらこそご指名いただき、ありがとうございます」

と慣れた口調で挨拶をした。

「すばらしい技術ですね。水墨画の揮毫を初めて拝見しましたが、感動しました。あんなに素早く絵が仕上がるとは思いもしませんでした」

「初めてご覧になられた方は皆さんそうおっしゃいます。無駄な手をいっさい省いて絵を描くこと、それから、一度描かれたものを消すことも、描き直すこともできないので、ああいう速さで描くことになります」

「ほかの人でもあんな速度で描くことができますか？　たとえば、青山君でも」

千瑛がちらりとこちらを見た。そして、首を振った。

「青山君は、まだまだ初心者ですから、ああいう速度で絵を描くことは無理でしょう。速度は人によってそれぞれですが、私はとりわけ速く描く傾向があります。得意にしているのが花卉画《かきが》だからでしょう。もちろん速く描けばいいというものでもありません。要は絵の出来がすべてです」

「カキガとはなんですか？　どうしてカキガは速いのですか？」

川岸さんの質問は止まらない。どうやら千瑛に対する憧《あこが》れと好奇心がやたらと川岸さんのテンションを上げているようだ。そして、千瑛は矢継ぎ早に質問を飛ばされることに慣れているようだ。

「花卉画とは、花や草木の絵という意味です。基本的に、水墨画の中では最も速く描くことのできる画題です。たとえば風景なら、全体のトーンを整えたり、画面全体を濡らし乾くのを待ったり……、画面に対して筆を入れる数も一枚の絵に向き合っていく時間も、余白の多い花卉画の比ではありません」

「では、風景とかのほうが水墨画としては難しいのですか？」

千瑛は良い質問だというように、きれいに微笑んでから頷いた。そのタイミングがなんだか湖山先生に似ているなと、黙ってじっと彼女たちの話を聞きながら思った。

「一概にそうとも言えません。花卉画のほうが難しい場合もあります。水墨画がほかの絵画と顕著《けんちょ》に違う点の一つは、ほとんどの場合、描き直すことができないということです。つまり、少ない筆数で描かれるものは、少ない筆致でミスが許されないものになります。そこには自《おの》ずと緊張感が生まれます。それは画面上の効果そのものにもなりますが、難しいことに変わりはありません。あくまで私の実感ですが、山水の技術や風景の技術より、花卉画全般の技術のほうが、高度な筆の操作が必要なものが多い気がします」

「なるほど。お話を聞いていると、本当にほかの人には真似できないことをされていたのだと分かりました。こんなにお美しいうえに、卓越した技能や才能をお持ちだなんて惚《ほ》れ惚《ぼ》れしてしまいます」

「私の技法は、それほどでもありません。私よりも凄い絵師は、うちの門下にはたくさんいます」

千瑛は微笑み、川岸さんもそれに合わせて社交的に微笑んだ。

そういう高度な作り笑いが得意な二人がそこにいると、世界の平和というのはこんなふうにできているのではと考えさせられてしまう。お互いが何を考えているのか、その微笑みだけではまったく分からない。一呼吸置いて、川岸さんが千瑛にさらに問いかけた。

「今日拝見したのは、素人《しろうと》の私たちからしてもかなり高度な技術だと分かりますが、水墨画は基本的にどんなふうに習得していくものなのですか？　どんな画題が初歩的なものになるのでしょう？」

「水墨画の学習として、昔から言われているのは基本となる四つの画題の習得です。四君子《しくんし》と呼ばれている画題ですが、これは蘭《らん》、竹、梅、菊のことを指します。これらを順番に習得していき、画を描くのに必要な要素を段階的に学んでいくものです。もちろん、これだけですべての絵が描けるわけではないのですが、初心者が学ぶべきことはだいたい、この四つの画題の中に含まれています。普通は、まず四君子の習得を目指し、先生からもらったお手本をひたすら写すことから始めます。その後に、お手本なしで描けるようになれば合格です」

「なるほど、では、青山君もいまそれを学んでいるところなのですね」

川岸さんが訊ねると、千瑛は一瞬だけこちらを見た。

「青山君については、私もよく分かりません。祖父が中心になって絵を教えているので」

「そうなのですね……では、もう一つだけ。青山君もいつか千瑛さんのような凄《すご》い絵師になれると思われますか？」

千瑛は手元にあったジュースのコップに手を伸ばし、少しだけ口をつけた。

「それは私には分かりません。青山君自身が自分の行動と努力で決めることです」

まさしくそのとおりだ。非の打ち所がない回答だ。

「素質に関してはどうですか？」

「それは問題ないはずです。祖父の篠田湖山がわざわざ見込んで弟子にした人間など、数えるほどしかいません」

千瑛は当たり前のように言った。その言葉を聞いて、古前君と川岸さんは驚いて僕のほうにアイコンタクトした。

「ち、ちなみにそのわざわざ見込んで弟子にされた方というのは、ほかにどなたがいるのか伺ってもよろしいですか？」

千瑛は作り笑いの精度をさらに上げて、ニッコリと微笑んで見せた。

「西濱湖峰《にしはまこほう》先生です」

「ああ！」

川岸さんは声を上げて、僕と千瑛を交互に見た。

「西濱湖峰先生！」

「ご存じですか？　湖峰先生を」

「もちろん。この前、注目の若手画家ということでテレビに出ておられたのを見ましたよ。凄い風景画がたくさん出てきました。西濱湖峰先生は、湖山先生に見いだされた方だったんですね」

千瑛は少し考え込むように顎《あご》に手を当てた。指先の長さで顔がやたらと小さく見える。千瑛がやると、少しうつむいて考え込むだけで、ほかの学生たちよりもずっと怜《れい》悧《り》に見える。

「そうですね。私も詳しいことは分かりませんが、祖父が人柄の良さを見込んで勧誘したということを聞きました。それまで絵筆を持たれたこともなかったそうです。とりわけ絵が好きだったわけでもないようで」

「そんな人でも水墨画の達人になれてしまうのですか？」

「どうでしょう？　才能があることは前提ですが……。そうですね、水墨画はほかの絵画とは少し違うところがあります」

「違うところというと？」

千瑛はもう一度、手元にあったコップを手に取り、飲み物を口に含んだ。そのしぐさが妙に湖山先生に似ていた。

「線の性質が絵の良否を決めることが多いということです。水墨画はほとんどの場合、瞬間的に表現される絵画です。その表現を支えているのは線です。そして線を支えているのは、絵師の身体です。水墨画にはほかの絵画よりも少しだけ多くアスリート的な要素が必要です」

「アスリート的な要素ですか」

「ええ。言葉にしがたい部分でもあるのですが、間違いなく身体能力というのは必要だと思います。いざ描き始めると反射神経と集中力の勝負ですから」

千瑛は笑った。川岸さんをまっすぐに見据える目の輝きからその笑みにまったく嘘がないことが、なんとなく分かった。千瑛は言葉を続けた。

「それからもう一つ、その線の性質というのは生まれ持ったものがあります。たくさんの線を眺めていると、それがどんな気質のどんな性格の持ち主が描いたのか、というところまで推察することができるようになります」

「まさか」

「感覚的なものですが、それは本当です。そしてその線の性質というのは、訓練で変わっていく場合もありますが、多くの場合、生まれ持ったものです。人の声に似ています。口真似はできても、他人がなかなか真似できない領域というのがあります。それが身体性と関わっているのか、絵師の内面そのものと関わっているのか、判別するのは難しいですが、西濱先生はそのあたりにすばらしい素質をお持ちの先生です。朗《ほが》らかで、清々《すがすが》しい線をお持ちだと思います」

僕は西濱さんのあのやたらと軽い、フレンドリーな空気を思い出した。あれが西濱さんの水墨を支えているのかと思うと不思議だった。そういえば僕は西濱さんの絵をまだ見たことがない。

「その線の性質は、どうやって見いだすのですか？」

「それなりの腕の絵師が見れば、どういう気質の人なのかすぐに分かりますよ。ちょっと絵を描いていただければ、すぐに」

「それは凄く興味があります。自分がどんな線を持っているか、分かるってことですよね」

「まあ、そう言われればそうですね」

川岸さんは少しだけ考え込んだ。それから意を決したように立ち上がった。

「私にもそれを教えていただけませんか？　水墨画を」

千瑛は驚いて僕を見た。僕は驚いて古前君を見た。古前君は驚いて、川岸さんを見た。

「川岸さん、それはマジ？」

ずっと黙っていた古前君が川岸さんに訊ねた。

「もちろん！　今日、千瑛さんの絵を見て私もやってみたくなった。せっかく学園祭で展示をするんだから、私もやってみるわ。古前君も文化会として、むしろ喜ぶべきことでしょ？」

「確かにそれはそうだけれど、そんなに簡単にできるものじゃないんじゃないの？」

古前君は驚くとともに、川岸さんが正気かどうか探るような目で見つめていた。まじかよ、ほんとにやるのかよ、とその目は訴えていた。

「大丈夫よ。青山君だってやってるんだから」

「まあそれはそうだけれど」

古前君は何かを求めるように僕のほうを見た。僕を見たって僕に答えがあるわけじゃない。僕は首を振って、千瑛を見た。千瑛は笑って、頷いた。やる気なのか？

「少しやってみたい、ということであればお手伝いします。本格的にやりたいということであれば、私では指導できないので祖父やほかの先生にも相談させてください」

千瑛はつとめて穏やかに言った。川岸さんは飛び跳ねて喜んだ。正確には、いすから立ち上がって、千瑛の手を取った。

「ありがとう千瑛さん。いえ、千瑛様！　むしろ千瑛先生？」

千瑛は首を振った。

「千瑛さんでお願いします。実は私は、青山君に水墨を教えなければならないのです。私の祖父とは別に、です。そのときいっしょに練習をされるといいかもしれません。私もがんばります」

「そうなの？　青山君？」

「そうだよ。湖山先生から自分とは別に千瑛さんに習いなさいってお達しがあったんだよ。それをどうしようか、って思っていたところで今回の学内での展覧会の話が出たんだ」

「なるほど。敵に塩を送りつつ、正々堂々と闘えってことね」

「別に敵じゃないと思うけれど」

千瑛を見ると、そうだともそうでないともつかないようなあいまいな微笑みを浮かべていた。

「とにかく、私も大学生になったんだから、何か一個くらいちゃんとしたことをやってみたいの。千瑛さんみたいに何か、これってものを持ちたいのよ」

「わ、私は別にそんなつもりで水墨をしているわけじゃ……」

「いいえ。千瑛さんは本当に凄くカッコいいです！　青山君からお話を聞いているときから、凄く魅力的なひたむきな人だなあって思っていたけれど、実際にお会いして、私は確信しました。あなたは本当に偉大な絵師になる。次の美術界を引っ張っていくのは千瑛さんですよ！　青山君じゃないわ」

「いえ、私はそんな……私は自分の絵が描ければそれが一番で……、青山君だってそんなに悪くはないと思います……」

「千瑛さんは、もうすでに自分の絵を描かれているじゃない？　あなたのような凄い人は同年代には誰もいないと思います」

「いえ……、そういう意味じゃなくて……」

千瑛は何かを言い掛けたが口をつぐんだ。川岸さんは千瑛の言葉を、自分のやたら元気な声で塞《ふさ》いで言葉を続けた。

「これから、よろしくお願いします。千瑛さん！　いえ、千瑛先生！」

千瑛の顔がお酒を飲んでもいないのに赤らんでいくのが見えた。千瑛は黙り込んでコップを両手で持ちチビチビ飲んで、顔を隠していた。


合コンは当然のように失敗し、男性陣はわずか一メートル先にある敵陣に誰一人突入することはできなかった。控えめな雑談会のような盛り上がりに欠ける集まりになってしまったが、メインディッシュはあくまでも千瑛の揮毫会で、女性陣はそれで満足のようだった。千瑛は帰り際、女性陣の誰からもツーショット写真を求められ、それに芸能人のように愛想《あいそう》よく応じていた。

男性陣は集団行動が得意なのか、体育会系の人間全員で千瑛を囲んで集合写真をなんとか要求し、一人一人千瑛に頭を下げた。

彼らにとっても千瑛はその美貌だけではなく、高度な技術を持った尊敬すべき対象でもあるようで、時代が百年くらい逆行したような慇懃《いんぎん》な態度で彼女に接していた。なぜだか、僕まで『青山さん！』と「さん付け」で呼ばれるようになっていて、千瑛のお付きの人というよく分からないポジションで敬意を払われていた。後片づけも終わり、古前君や川岸さんとも別れて、千瑛の例のスポーツカーまで水墨の道具を運ぶと、ぼうっと突っ立っている僕に、

「乗らないの？」

と不思議そうな顔で声を掛けた。僕は家まで歩いて十五分ほどの場所だから車に乗るまでもなかったのだけれど、千瑛に促《うなが》されるまま助手席に乗りこんだ。これが僕の意志の弱さだとはっきりと感じる瞬間だった。車を走らせてからはじめて、千瑛は道を僕に訊ねて、僕は五分もしないで着いてしまうんだ、と白状した。千瑛は、

「じゃあ、歩いたほうが良かったかもね……」

と、事もなげに言った。何か、間の抜けた会話だなと思ったけれど、その後、彼女が少し黙り込んだせいで、そんなことも思いつけなくなっているくらい千瑛は疲れ果てているのだと気づいた。知らない場所で、大勢の前で、いっさいミスの許されない

絵を描いて、そして知らない人たちとひたすら話し続ける、というのは控えめに考えても楽な作業ではない。

まばたきの回数がやけに多い千瑛を見ていると、その疲労の度合いがうかがえた。ギアがいつにもましてガタゴトと言っている音を聞いているとまた少し不安にもなった。たった数分しかない車の中の時間で沈黙が続いていると、千瑛が、

「今日はありがとうね」

と、穏やかな声で言った。いつもの強がりに満ちた張りは感じられなかった。

「僕は何も……」と、いい掛けたときに、

「墨がとてもよくすれていたわ」

と、はっきりとした声でほめられた。ああ、なるほど、と思った。いまの僕が持っている唯一の水墨画のスキルが墨をすることだけなので、それをほめられるのは嬉しくもあった。墨のすり方は湖山先生にみっちりと鍛えられたのだ。本当に一日がかりで。

「お祖父ちゃんは知っていたのね。私が見落としているポイントと、絵を描くのに準備というのがどれくらいたいせつかってことを。私はそれを忘れていたんだなって気づいたわ」

「見落としているポイント？」

千瑛はため息をついた。

「もう着いちゃった」

千瑛は独り言のように呟《つぶや》くとハンドルに寄りかかった。僕は少しだけ迷ったけれど、彼女の様子が心配になり、自分でも考えもつかなかった言葉を投げかけた。たぶん、それを言った後、何年たってもその言葉の気恥ずかしさに後悔しそうだったが、疲れ果てた千瑛をこのまま独りで、車で帰してしまうのは怖かった。父と母のことが少しだけ頭をよぎった。

「寄っていく？」

と、僕が言うと、ものすごく不思議そうな顔をして千瑛は僕を見た。そして、堪《こら》えていた笑いを噛《か》み殺《ころ》して、我慢できなくなった後、笑い出すと、僕も照れくさくて、

「まるで、口説いてるみたいだけれど、疲れているようだし、心配で」

と、僕なりの言い訳を言った。千瑛は、うんうん、と頷いて、

「もちろん、口説いているようには聞こえなかったわ。だって、青山君だものね。あなたはちょっと変わった人だけれど、女の子を部屋に連れ込んで襲い掛かるような人じゃないわ。ありがとう。じゃあ、お言葉に甘えてもいいかな？」

「もちろん。どうぞ。何もない部屋ですが」

「本当にね」

千瑛がごく自然に微笑むのを、僕はその日、初めて見た。車をマンションの来客用の駐車場に停《と》めて、僕の部屋に上がってくると、千瑛は、

「おじゃまします」

と小声で言ってから、脱いだ靴を揃えて室内に進んだ。そんな小さなしぐさが妙に印象的だ。

僕は自他ともに認める何もない部屋に千瑛を案内し、お湯を沸かす間に、たった一つしかない座布団《ざぶとん》を勧めた。千瑛はそこに膝《ひざ》を崩して座り、部屋の隅に置かれた段ボールや、独房のように妙に目立つ壁を眺めていた。僕は会話を繋ぐのがうまくないので、また黙り込んでしまいそうになったが、とりあえず何かを話さなければと、この緊張を強いられる状況に対して小さな勇気を振り絞った。

「この前、湖山先生と話をしていてお茶をたくさん飲むようになるって言われたから、とりあえず揃えてみたんだよ。その、紅茶と緑茶とコーヒーを……どれがいい？」

「三つも買ったの？」

「よく分からなくて」

「じゃあ、紅茶を」

僕は頷いた後、ティーポットとまだ封も開いていない紅茶の缶を取り出した。ティ

ーバッグだと思っていたそれは、茶葉がそのまま封入されている本格的な代物で、僕はとりあえずそれをポットに移し、沸きたてのお湯を注いだ。お湯を入れた後で、茶葉はティースプーンで人数分プラス一杯分でよかったよな、と妙なことが気になってきた。母がお茶を淹《い》れていたときは、いつもそうしていた。母はお茶が好きで戸棚一杯にさまざまな種類のお茶の缶を入れていた。この二年の間に僕が失ったものの一つが、お茶の香りだったのだなといまさらながらに気が付いた。ポットの中で、蒸《む》らされた茶葉が静かに沈んでいく。僕の心も同じように落ち着いていった。

僕はポットとソーサー付きのティーカップを千瑛の前に置いて、自分の分は実家から持ってきたマグカップを置いた。千瑛は小さく会釈して、お茶が出来上がるのを静かに待っていた。お茶が出来上がった頃合いで、僕は丁寧に千瑛のカップに注いだ。

「お茶をちゃんと淹れられる男性はすてきよ。ありがとう」

と千瑛は言った。まるで子供に諭《さと》すような言葉だったけれど、僕はなんとなくそんな言葉を喜んでいた。僕も何とか人ときちんと関われたような気がして、びくびくしながらも微笑んだ。典型的な小心な人間の反応だな、と思ったりしたけれど、なんだか少し誇らしい気持ちになった。僕と千瑛はお茶を啜《すす》り、千瑛は小さな声で美味《おい》しいと言って、それからまた黙った。千瑛はカップを置いて、

「私が見逃していたポイントというのは……」

と話を進めた。僕もマグカップを置いて耳を澄ませた。

「描いていくための準備そのもの。手元のことよ」

「手元？」

千瑛は頷いた。ごくごく真剣な表情だった。

「たとえば青山君は、水墨画の技術、と聞いて何を連想する？」

僕の脳裏に浮かんだのは、湖山先生の神業のような筆さばきや千瑛の激しく情熱的な手の動きだった。

「描いている姿かな」

「そう。それなの。私たち描き手にとってもそれは同じで、絵の技術というとまず間違いなく筆さばきのことを思うのよ。でも、お祖父ちゃんが青山君にいちばん最初に教えたのは、墨のすり方だったたんでしょう？」

「まあ、そうだね。あとは落書きを楽しむこと」

「おそらく、その二つには凄く大きな意味があったのよ。私たちは絵を描くことを求めすぎていて画技ばかりに目が走ってしまっている。でも、今日の揮毫会で青山君がすった墨で絵を描き始めると、これまでにできなかったようなみずみずしく高度な表現ができた。当たり前すぎて、絵の巧《たく》みな人はもうすでに問題にもしないような場所をお祖父ちゃんはきちんと見抜いている。まるで、それが私の弱点だって知っていたみたいに。私はあんなふうに墨をすれない。描こうと意識するあまり、きっと強張《こわば》った手で墨をすってしまう……、あんなことを思いつきもしなかった。今日は墨のびっくりするような変化に驚きながら描いたのよ。あんなに柔らかく画仙紙に墨が広がったことなんて今まで一度もなかった」

僕は驚いて千瑛の言葉を聞いていた。千瑛ほどの絵師になると、そんなささいなことが大きな違いになるのだろうか。そのとき、僕の脳裏に墨のすり方を教えてくれたときの湖山先生の言葉がよみがえった。

「まじめというのはね、悪くないけれど、少なくとも自然じゃない」

そういう言葉だった。

「え？」

「湖山先生が言ったんだよ。まじめというのは、悪くないけれど、少なくとも自然じゃないって。自然さが大事だって湖山先生は言っていたんだよ。それが指先に表れるって言っていた」

千瑛は参った、というような顔をしてその後、静かに首を振った。

「なるほどね。どうすれば、最高の絵が描けるのか、もしかしたら最速の道を青山君には教えているのかもしれないわね。私は最初、あなたが二週通って墨のすり方と落書きしか教えられていないって聞いて、お祖父ちゃんの真意を疑ったけれど、お祖父ちゃんは本気で私と青山君を対決させようとしてるのかもしれないってことね」

「本当に？　今の話を聞いても僕には信じられないけれど」

「いいえ。それは本当よ。常識の範疇《はんちゅう》にとどまっていては、青山君は、達人の域には達しない。そもそも達人というのは常識を超えた存在のことなのだと思う。私たちが考えもしなかった方法でお祖父ちゃんは青山君を鍛えようとしている。それはお祖父ちゃんが本気だということなのよ。青山君の何がお祖父ちゃんをそこまで本気にさせたのか分からないけれど、私もうかうかしていると、本当に青山君に負けることになるかもしれないわね」

僕はまったくそうは思わなかったが、黙っていた。僕もまた、僕の何が湖山先生にそんなにも気に入られているのか分からなかった。ただ、考え方によっては、千瑛のために湖山先生は僕を鍛えていると思えなくもなかった。僕は千瑛に欠けた部分を、与えられているのかもしれない。

「今日はありがとう。お茶をごちそうさま」

千瑛は立ち上がって玄関に向かった。僕も慌てて彼女に続いた。靴を履《は》いた後、千瑛は、

「でも青山君に技術を教えることは、私は嫌じゃないわ。優れた絵師が生まれることは私自身にとっても望ましいことだし、あなたは悪い人じゃないから」

「ありがとう。僕も頼りになる先輩がいるのはありがたいよ」

千瑛は頷いた。それから、何かを言い掛けて急に口を閉じた。僕は彼女の言葉を待つ小さな空気を作っていたけれど、それはやってこなかった。そして彼女は、

「じゃあ、また教室で」

と言うと、引き留める間もなくそそくさと部屋を出て、通路を小走りで行ってしまった。

千瑛が去ってしまった後で、その一瞬前に何を言おうとしていたのか、千瑛の口の動きを思いだして、すぐに思い当たった。

彼女は、私たち、と言おうとしたのだ。あなたや私ではなく、私たちという言葉を初めて使おうとして逃げ去ってしまった。それはなんだか、とてもすてきなことのように思えた。仮初《かりそ》めにも僕は誰かの心に近づけたのかもしれない、と思えた。

「さて、じゃあ、今日も見せてもらおうかな」

と、湖山先生はにこやかに話しかけた。僕は一礼してから絵を描き始めた。僕が描ける絵は一つしかないので、それを描くだけだ。

筆に濃墨を含ませて、根元を逆筆で作り、韮《にら》の葉っぱのような鋭い線を葉先に向か

って作っていく。

真っ白な紙に墨のアーチができる。

真っ白な空間に、ポツンと一枚の葉が浮いている。その鋭く長い一枚に寄り添うように二筆目。さっきの葉っぱの方向とはまるで反対のほうへ線を引いていく。二つのアーチはそれぞれの方向へ向かって伸びて、アーチとアーチが重なる根元には切り込みを入れたような小さな隙間《すきま》ができている。その場所を切り裂くように三筆目を引く。そこからは夢中だった。とにかく形になっていくように願いながら、葉を画面のなかで構成していった。そして、この前、湖山先生がやっていたのを真似て薄墨で花を描き、最後に点を花の周りに足して一枚を終えたけれど、出来上がったものは、かろうじて花と葉っぱが付いて何とか植物に見える程度の拙《つたな》い絵だった。

とにかく一枚を描き終えて、恐る恐る差し出すと、湖山先生は、

「よくがんばったね」

と言った。何をがんばったのか自分でもよく分からない。ただただ夢中で手を動かしていただけだ。湖山先生は筆を取って、もう一度技術を見せてくれた。湖山先生はいつもの電光石火《でんこうせっか》のような素早い筆ではなく、ゆったりと話すような速度で絵を描いた。

僕はその解答編のような技術を、目を皿のようにして記憶にとどめていた。

なぜ、同じようにならないのだろう？　何が違って、こんなにもうまくいかないのだろう？　という想いが、先生の手順のすべてを見逃すまいという気持ちに変わった。一方で湖山先生の解答が、手によって示されることが楽しみでもあった。先生は、僕の表情を見て何だか嬉しそうに笑っていた。

「そんなに心配しなくてもいいよ。君はよくやってる。ちゃんと練習してきていたね」

「は、はい。とにかく描き続けました」

「それでいいんだよ。最初はセンスとか才能とかそんなのは何も関係ない」

「センスとか才能とかってあまり関係ないのですか？」

「少なくとも最初は、あまり関係がない。できるかどうかは分からない。でもとにかくやってみる。それだけだよ」

「とにかくやってみる……ですか」

どこかで聞いたような言葉だ。

「才能やセンスなんて、絵を楽しんでいるかどうかに比べればどうということもない」

「絵を楽しんでいるかどうか……」

「水墨画ではそれを気韻《きいん》というんだよ。気韻生動《せいどう》を尊《たっと》ぶといってね、気韻というのは、そうだね……筆致の雰囲気や絵の性質のこともいうが、もっと端的にいえば楽しんでいるかどうか、だよ」

「芸術性ということですか？」

「いや。それとも少し違うかもしれない。もっと純粋にその人の心がどれくらい清らかで伸びやかで生き生きと描かれているかどうか、ということが水墨画の最大の評価になってくるんだ。見どころといってもいいかもしれない。形や技術なんてそれに比べれば枝葉にすぎない。絵にとっていちばんたいせつなのは生き生きと描くことだよ。そのとき、その瞬間をありのままに受け入れて楽しむこと。水墨画では少なくともそうだ。筆っていう心を掬《すく》いとる不思議な道具で描くからね」

話しながらも手はスラスラと進んでいく。

葉を描く技法の速度やタイミングを僕は目に焼き付けていた。筆が腕の動きを伝って、ゆるやかに弧を描いていく動きは、見ているだけで目が惹《ひ》きつけられる。ただ単に腕を振り抜く、ということではなく、手と筆がそもそも一つであったかのような収まりの良さのうえに、力が抜けている。とても集中しているのに、何処までも力が抜けている、という奇妙な感覚が、筆を握った手と腕の動きだけでこちらの内側まで伝わってくる。『筆という心を掬いとる不思議な道具』で、こんな感覚をみせられるということは、湖山先生の心の在《あ》り方がこんなふうに心地よくできているということなのだろうか。それはどんなに幸せな心持ちなのだろう。

技術を凝視しているつもりだったのに、湖山先生が描いている空気感そのものに僕は吸い込まれていく。ずっと見ていたい。ずっとこの瞬間の中に浸っていたい。そんな思いが湖山先生のゆったりとした筆致から伝わってきた。

何なのだろう、これは……。そう考えている間にも、筆は進み、湖山先生は話を続ける。

「難しい話をしても仕方ない。ともかく最初は描くこと。成功を目指しながら、数々の失敗を大胆に繰《く》り返すこと。そして学ぶこと。学ぶことを楽しむこと。失敗からしか学べないことは多いからね」

湖山先生は、薄墨と濃墨を絶妙なバランスで含ませた筆で、ふわっと花を描いた。周りの葉と比べれば色の薄い小さな花だが湖山先生がそこに筆を置くと、周囲の余白までも柔らかく感じられた。花は三つ描かれ、それぞれの花の周囲に点が打たれた。

「この点は、心字《しんじ》点《てん》といって、心という字を書くくらい大事に打ちなさいよ、というような独特の点描だ。ただの点だからっておろそかにしてはいけない。この点を何処にどんなふうに打てばいいのか分かれば、君も一人前だね」

そう言って、湖山先生は筆を置いた。

僕の思考は、描かれた手の動きと、言葉を同時に追いかけられず、湖山先生の話している内容の理解までついていかない。僕は一礼しながら黙り込んでしまった。頭が映像を追いかけていて、言葉を発しようとしても何処かでせき止められてしまっていた。こんな感覚になったのも初めてだった。湖山先生はそれでもにこやかに話を続けた。

「細かい技術は、千瑛に習いなさい。千瑛は斉藤君譲りの巧みな技を持っているから。技にもとても詳しい。斉藤君自身に技法を訊ねるのもいいだろう。彼以上に地道な訓練をした絵師はそういないからね。だが迷うこともあるだろう。その時には、私か西濱君に相談しなさい」

僕は頷いた。湖山先生から筆を受け取ると、新しい紙を出してまた描き始めた。湖山先生は席に戻ると、ぼんやりとお茶を啜っている。しばらくして、僕は湖山先生との沈黙の時間を埋めるように、素朴な疑問をぶつけてみた。

「斉藤さんと西濱さんは、どちらが凄い技術を持っているのですか？」

そう声を掛けると湖山先生は、斉藤君と西濱君かあ、と、どうでも良さそうにぼんやりと呟いた後、何度か瞬《まばた》きをして、一人で納得したように話を始めた。

「技術の話で言えば、西濱君は斉藤君には及ばないね。西濱君はそういう点ではてんでだめだね。彼は細かい男ではないから。本人もそれは分かっていると思うけれど」

僕はびっくりして質問を続けた。

「で、では、斉藤さんは西濱さんよりも上手い絵師さんなのですか?」

湖山先生は、今度はびっくりしたような顔をして、それから愉快そうに笑った。

「いいや、いいや。斉藤君と西濱君じゃあ勝負にならないね」

「で、では、斉藤さんが上だと?」

湖山先生は面白そうに首を振った。

「いや、西濱君が遥《はる》かに上を行っているよ。水墨では斉藤君は西濱君を仰ぎ見るしかないだろうね。それも斉藤君本人が一番分かっているからね」

「そ、そうですか……」

技術は明らかに斉藤さんが上で、それなのに画家としては明らかに西濱さんが上、というのは奇妙な発言だが、師匠である湖山先生本人がそう言うので疑いの余地はなかった。それも結局、技術以上の何かがたいせつだという話になるのだろうか。

「必ずしも……」

湖山先生はまたそこでお茶を飲んだ。僕は言葉を待った。

「拙《つたな》さが巧みさに劣るわけではないんだよ」

僕はたぶんまったく分からない、という顔をしていたのだろう。湖山先生は皺皺《しわしわ》の顔をさらに皺皺にして、った。

「君にも必ず分かるときが来るよ」

とおかしそうに言った。その後、何度か細かい点の手ほどきを受けてその日は終わった。

練習が終わった後で、西濱さんが呼んでいたよ、と湖山先生に言われたので教室の中で西濱さんを探した。西濱さんは工務店の従業員のような作業着を着て、例のごとく庭でタバコを吸っていた。頭には相変わらず白いタオルが巻いてある。こちらに気づくと声を上げて大きな身振りで手を振った。探してもいないのに、

「いたいた！」

と声を上げて、慌《あわ》ててタバコの火を消しているあたりが西濱さんらしい。

「今日はちょっと手伝ってもらいたいことがあってね」

そう話を切り出した西濱さんの顔は妙に喜々としていた。話を聞くと、湖山賞公募展の作品を自分たち以外の流派の教室に返却しに行くから手伝ってほしいとのことだった。

「また重労働ですか？」

と訊ねると、西濱さんは爽《さわ》やかに頭を振って、

「いやいや。かさばるだけで重くはないんだよ。ただ量があってね」

と言った。僕は、そうですか、とイエスともノーとも言えない返事をしたのだが、西濱さんの中ではそれはイエスになってしまっていたらしく、僕らは真っ白なワゴン車に乗り込んで片道一時間のドライブに出かけた。

「練習は進んでる？」

と、西濱さんは最初会ったときと変わらず気軽な雰囲気で訊ねた。

「まだ、春蘭です。そこから全然進まなくて。遅いですよね」

と答えると、西濱さんは笑った。

「いやいや、大事なことだよ。今でも俺たちだって春蘭ばっかり描いているよ」

僕は疑うように西濱さんを見た。西濱さんは笑った。

「本当だよ。結局、悩んだらまず手が動くのが春蘭だと思うよ。あれをやることが水墨を極める道に通じるって、いちずに信じてた時期が俺にもあったなあ」

「そうなのですか？　あれをやることが極める道に通じるんですか？」

「どうだろ？　それがすべて、ではないにせよ、『蘭に始まり蘭に終わる』だからね。でもあれがしっかり頭に入っていないと、どれだけ凄い技術を習得してもだめだろうね。何百年も描かれて基本として残ったものには、それなりの理由があるんだよ」

「それなりの理由ですか」

「これぱっかりはやってみないと分からないところがあると思うよ」

「西濱さんには分かりますか？」

「わ、分かるよ、たぶん。そうだ、これから行く先生にそのことを教えてもらうといいよ。それはそれは凄い先生のお宅だから」

「そんな。ホイホイほかの先生の教えを受けてもいいんですか？　僕はいちおう湖山門下の門弟なのですが」

「大丈夫、大丈夫。湖山先生と仲の良い先生だから。それに湖山先生以外の先生の絵や技術を見ておくのもためになるよ」

僕は西濱さんの眉唾物《まゆつばもの》な提案にあいまいに頷いて見せた。

「なんていう先生のお宅なのですか？」

「藤堂翠山《とうどうすいざん》先生だよ？　聞いたことない？」

「あるような、ないような……。そういえば、千瑛さんが湖山先生と言い争っていたとき、湖山先生が来年の湖山賞は翠山先生に審査をお願いしようって言っていたような気がします」

「そう。その翠山先生だよ。篠田湖山と藤堂翠山っていうと、この狭い業界の二大巨頭だね。翠山先生も湖山先生とは違った意味で凄いよ。まあお楽しみに」

西濱さんは、うんうんと頷いている。なんだかよく分からないが、機嫌《きげん》が良さそうだ。僕は話のついでに、ずっと気になっていたことを訊いてみることにした。

「湖山先生は千瑛さんの絵をあまり認められてはいないのですか？」

「どうして？」

「いえ、千瑛さんが、湖山先生に才能があるとか言われたことがないと言っていたので」

「ああ、そのことか……いや、湖山先生は千瑛ちゃんの実力を認めていると思うよ。自分の孫だから口に出して褒《ほ》めないだけで」

「そうなのですか？　千瑛さんはそう感じていないような気がしたんだけれど」

「湖山先生は身内を手放しで褒めるような方ではないからね。それに千瑛ちゃんの強い性格なら多少突き放しても大丈夫と思っているんだろうね。湖山先生は俺や斉ちゃんにも厳しいけれど、千瑛ちゃんにはそれ以上に厳しいところがあるからね。認めないということではなくて、認めたうえで、まだまだこんなものか、と言われているようなところがある」

「それは良いことなのですか？」

「良いこと？　いや、良いことというよりも、羨《うらや》ましいことだと思うよ」

「羨ましい？」

「そう。どれだけできても、未熟だ、と言ってもらえるというのは、ありがたいことだよ。それこそが、湖山先生が千瑛ちゃんを信頼しているということなんだよ」

「そういうものなのですね」

僕がそう言うと、西濱さんは微笑んで頷いて見せた。それから西濱さんは鼻歌交じりで車を運転し、他愛《たわい》のない話をしているうちに翠山先生のお宅に着いた。

翠山先生のお宅は、湖山先生の家のようなお屋敷《やしき》ではなく、だだっ広い田んぼの中にあるただの平屋の日本家屋だった。小さな庭と車庫があり、それに隣接するように倉庫があるという何処にでもある普通の家で、倉庫には農機具がたくさん置いてあった。湖山先生のお宅のようなこれぞ大芸術家の住まい、という風情は何処にも感じられない。むしろこんなところに大先生が住んでいるのか、というような、ほのぼのとした田舎《いなか》の一軒家だ。

いかにも、という古びた玄関は当然のように鍵《かぎ》はかかっておらず、西濱さんは玄関先で、

「ごめんください！　湖山会の西濱ですけれど」

と大声で家の中の誰かを呼んだ。すると奥のほうから女性の声が聞こえてきた。

肩まである髪を結びながら出迎えてくれたのは、背の高いはつらつとした二十代半ばくらいの女性だった。西濱さんを見ると、

「ああ、西濱さん、こんにちは」

と笑顔がさらに明るくなり、いらっしゃいと西濱さんを出迎えた。

「おや、そちらは？」

と声を掛けられて、西濱さんと目が合うと彼の顔はデレデレだった。なんて分かりやすい人だ、と思ったけれど僕はそ知らぬふりをして自己紹介した。

「湖山先生の下でお世話になっております。青山霜介といいます。よろしくお願いします」

僕が一礼すると、その女性は驚いて、

「まあ、湖山先生のところは、またお若い方が入られたのですね。羨ましい。私は藤堂茜《あかね》といいます。祖父の藤堂翠山の手伝いをしています。この前の湖山賞の展覧会のときはいらっしゃいましたか？　お若い方なら目立つと思うのですが」

僕が事情を説明しようとすると、西濱さんが会話に割り込んできて、

「青山君は、この前の湖山賞のときから入門して、うちの先生が直々にめんどうを見ています。まだまだヒヨッコですが、よろしくお願いします」

と頭を下げた。何かこのせりふそのものが茜さんというこの女性への好感度アップを狙っているようで、あざといなと思ったが僕もとりあえず頭を下げておくことにした。茜さんは、

「まあ、ご丁寧に。湖山先生のところとは、うちも仲良くしていただいておりますか

ら、よろしくお願いいたします」

と丁寧に膝を折って挨拶してくれた。もうそれだけで、いかによくできた人なのかというのが分かった。だが、そのしぐさに見惚《みと》れている僕の兄弟子は、よくできていないとろけるような顔をしていた。こちらへどうぞ、と勧められるままに奥に通された僕らは、広い居間に入った。

居間では、背の高い真っ白い髪の老人が仏壇の前で手を合わせていた。

この人が翠山先生なのだ、と一目で分かった。湖山先生とは色違いの作務衣《さむえ》を身に着けているし、背筋や手の雰囲気が印象に残る。湖山先生にも見える達人の威容というようなものが、この老人にも備わっていた。

僕らが座ると目を開けてこちらに向き直った。

開け放たれた窓から差し込む光を背にこちらを向いた翠山先生は、日本家屋特有の柔らかい影を纏《まと》っていた。表情を窺《うかが》うことは難しかったが、瞳だけが一瞬、奇妙な輝きを帯びて、僕を少しだけ見ていたことが分かった。僕は翠山先生と目が合った。

西濱さんが一礼したので、僕もそれに倣《なら》って頭を下げた。

「ご無沙汰《ぶさた》しております」

と西濱さんが言うと、翠山先生はこだわりのない太い声で、

「よく来た。展覧会以来だね」

と言って頷いた。隣にいた茜さんはどうぞ座って、と何処からか座布団を二つ持ってきて僕らに勧め、気づくとお茶まで淹れようと急須と茶碗も持ってきていた。とにかく動きが早い。僕らはごく自然に大きな座卓を囲んで席についた。

翠山先生はお茶が来るのを待っているのか、まったく言葉を発することがない。使い込んだ紺の作務衣は所々色落ちしているが清潔感が漂っている。長身細身ではあるが、老人にしては筋肉質だ。目鼻立ちははっきりとしていて、若いころはそれなりに目立つ顔立ちだったのだろう。腕力に訴えるヤクザものか、悪役の顔をしている。もしくは強者《つわもの》の漁師か、そんな感じだ。呼吸がゆっくりとしていて、湖山先生の朗らかで明るい雰囲気とは違い、厳しいが落ち着いたものがある。明らかに、静けさを好む人柄《ひとがら》が部屋のあらゆる場所から漂ってきて、この人に染みついている。漂ってくる線香の香りもこの人の雰囲気に溶け込んでいる。髪がふさふさしているところも湖山先生とは違う。厳《おごそ》かな侵すべからざる人柄をそこにいるだけで感じさせられる。静けさでいえば、少し斉藤さんに似たところがあるけれど、翠山先生からはもっと濃密なものを感じる。ときどきその静けさそのものに、吸い込まれそうな気がしてしまう。

西濱さんも笑顔ではいるが、何となく緊張しているのか、席についてからまだ会話を始めない。もちろんお茶を待っている翠山先生に合わせているのだが、この間は少し不自然だ。

僕はさっきから気になっていたことを言うために、翠山先生に声を掛けた。

「あの、申《もう》し訳《わけ》ありません。僕、青山というのですが……」

と、言うと翠山先生は、はじめて僕がいたことに気づいたように、何も言わず視線を上げた。僕はそのまま言葉を続けた。

「あの、お参りさせていただいてもよろしいですか？」

そう伝えると、翠山先生は目を少しだけ開いて、ゆっくりと、

「ああ。そうか……、どうぞ」

と、仏壇の前に僕を促《うなが》した。西濱さんは、自分も、と席を立って仏壇の前に座った。仏壇には茜さんに似た明るい笑みの女性の遺影が飾ってあった。翠山先生の奥様なのだろう。当然、西濱さんが先に線香に火を点けた。僕も西濱さんも線香をあげ終わると、茜さんが淹れてくれたお茶が席に置かれていて、

「ありがとうね」

と、僕に茜さんが声を掛けてくれた。席に戻ると、翠山先生は、僕らに向かって、

「もう五年になる」

と、ポツリと言った。もちろん線香をあげた人のことだ。そこで、会話はとぎれたけれど、その言葉だけで、深く静かな雰囲気の意味は充分に伝わってきた。茜さん

は、うんうん頷いて、その後で、

「ささ、お茶をどうぞ」

と僕らを促した。翠山先生がすぐにお茶に口をつけたので、僕らも器を取り上げた。翠山先生も奥様の話はそれだけで充分なようだった。たださっきよりも雰囲気は柔らかかった。お茶を飲むしぐさや、肩の強張りの具合で、さっきよりもくつろいでいるのが分かった。そして、その話をする気はまったくない、ということだけは明確に伝わってきた。

僕はとても奇妙な感覚を、翠山先生を前にして感じていた。

ほとんど物を言わず、表情も明らかにせず、ひたすら静かに過ごしているこの老人に僕が感じていたのは、尊敬でも近寄りがたさでもなく、親しみだった。まるで、その人のことをずいぶん昔から知っていて、久しぶりに会った友達との沈黙を楽しむように、翠山先生が抱えている哀しみや、いまほんの少しくつろいだ心持ちの変化を感じていた。

その深い哀しみとどう日々を過ごしていけばいいのか、そのことを心の何処かで想いながら生きていく静かな生のことを、僕もずっと考えていたからだった。僕は、

「お茶が美味しいですね」

と、翠山先生に声を掛けた。先生は驚いたように顔を上げたが、少し微笑んで頷い

た。そして、

「家内《かない》も好きだった」

と、ぼそっと答えた。それだけで満足そうだった。翠山先生は僕らではなく、亡くなった奥様とお茶を飲んでいたのだ。僕にもその気持ちは何となく分かった。遺された人は、気づかれないように亡くなった人たちと時を過ごしているのだ。

翠山先生は僕を少しだけ見て、

「君、名前は？」

とはっきりと訊ねた。僕は、

「青山霜介です」

とまた名乗り、翠山先生は、

「藤堂です。よろしく」

とまたポツリと言った。それから、茜さんのほうを見ると、

「おい、茜。若い人がいるから、あれを」

と無造作《むぞうさ》に言った。茜さんは、ああ、あれね、と言いながら立ち上がり、

「待っててね」

と僕らに言った。そして何やら台所で忙しく動いている音が聞こえた。取り残された僕らはまた沈黙の中でぼんやりと過ごすのかとも思ったが、翠山先生は西濱さんの

ほうを向いて、

「この子は、湖山先生のお弟子さんかね？」

　と訊ねた。西濱さんは、

「ええ、新しい弟子です。まだ入ったばかりですが、うちの先生が鍛《きた》えています」

　とハキハキと答えた。心なしか湖山先生に対するときよりも敬意が感じられる、が、そこはたぶん気安さの問題なのだろう。確かに湖山先生はこんなにも喋《しゃべ》らない人でもないし、厳《おごそ》かな感じもしない。言い方は悪いけれど、湖山先生はどちらかといえばすっとぼけたおもしろいお爺ちゃんなのだ。翠山先生はさらに話を続けた。

「何を描いている？」

　それは西濱さんではなくて、僕をまっすぐ見て言った言葉だった。僕は姿勢を正して、

「蘭を描いています。春蘭を」

　と、はっきりと答えた。翠山先生は微笑んで、

「湖山先生に蘭を教えてもらえれば、天下一品だ」

　と満足そうに言った。そして、蘭か、とぼそっと呟いてから、大きなお盆を持ってドタバタと戻ってきた茜さんに、

「悪いが茜、ちょっとあれの用意をしてくれ。そこで」

と伝えた。茜さんはそのとき少しだけ手が止まったが、

「いま？」

と訊ねると翠山先生が大きく頷いて、

「ああ、いまだ。食べてから」

と力強く答えたので、ああはいはい、と僕らの前にお皿を並べると、またすぐに席を立った。

僕らの前には、みごとな三日月形のオレンジ色のメロンが置いてあった。小さなフォークが添えられていて、明らかにごちそうの風情《ふぜい》を漂わせていた。みずみずしく、美しく、そして鮮やかだ。たいして食欲を感じない僕でさえ、美味しそうに思えた。

翠山先生は、

「今朝うちで採《と》れたものだ。今年は甘い」

と言って当然のように食べ始めた。僕らもメロンを食べたが、それはもう甘いなんてものではなかった。それは僕が知っているメロンでさえなかった。口にしたことのない芳醇《ほうじゅん》な甘みに、自分がいま何処にいるのかさえ忘れさせられて、感嘆の声を上げていた。どうやらそれは僕だけではなかったようで、西濱さんも一口頬張ると、おお！　と声を上げていた。

「ありがとうございます。凄く美味しいです」

と西濱さんが声を掛けると、翠山先生は、おお今年はよくできてる、とにこやかに頷いた。僕も続いて同じようなことを言った。翠山先生は頷いた。メロンはすぐになくなり、残ったのは鮮やかな緑の皮だけになったが、それでさえ美味しそうだった。僕らはその後は言葉を失《な》くして満たされてしまった。頃合いもよく、

「お祖父ちゃん、できたわよ」

と茜さんが隣の部屋あたりから声を掛けて、翠山先生は立ち上がり、

「こっちへ」

と僕らを促した。僕らは立ち上がって、ゆっくり歩いていく翠山先生の後をついていった。

廊下を渡って隣に続く部屋は、翠山先生の仕事場のようで、そこにはおびただしい数の文房具がひしめいていた。

文房四宝《ぶんぼうしほう》と呼ばれる道具の数々だ。たくさんの紙の束が積まれ、筆は壁を埋めるように下げられ、墨を入れた桐《きり》の小箱は戸棚に重ねられていた。僕が見たこともない道具が数多くあった。机では茜さんが墨をすっていて、長い紙が置かれていた。千瑛がこの前、揮毫会で描いていたのとほとんど同じサイズだから半切くらいだろうか。僕と西濱さんはおじゃましますと、恐る恐る仕事場に足を踏み入れ、翠山先生の仕事部屋をキョロキョロと見回した。どうやら西濱さんも初めてここに入るようだ。

「散らかってるけど、ごめんなさいね」

と、言ったのは茜さんで、切れ長の目にえくぼが爽やかだった。話している間に、翠山先生は茜さんを押しのけていすに座り、筆を湿らせ始めた。茜さんはそれが当たり前であるかのように、器用に大柄《おおがら》な翠山先生を避けて右隣に立った。翠山先生が、龍の彫《ほ》りの入った文鎮《ぶんちん》を画仙紙の右斜め上に置くと、筆の真ん中あたりを持って突然、線を描き始めた。僕はその持ち手にも、線にも目を見張った。

筆管《ひっかん》の角度や、線の雰囲気、どちらも湖山先生のものとはまるで違う。湖山先生は筆管の終わりのほうを持ち、運筆《うんぴつ》も腕をメインに使っている。翠山先生は、筆の真ん中よりも下を大きな手で持って手首を器用に使いながら、跳《は》ねるように絵を描いている。湖山先生の描き方が日本刀の太刀でスパッと切るように描く描法だとしたら、翠山先生の描法は小太刀でチョンと突くような描き方だ。

そして、何を描いているのか僕にはすぐに分かった。起筆《きひつ》の数筆を描いたとき、形はまるで違うがその手順に見覚えがあった。

「春蘭だ」

意識にその言葉が浮かんだときには、胸が高鳴っていた。紙と筆が擦《こす》れる音と、墨の香りだけがその場所にあった。線の雰囲気、調墨の手順、運筆の速度など何もかもが違ったが、いちばん驚いたのは与えられる印象そのものの違いだった。

翠山先生が描く蘭は、柔らかく可憐だった。厳しさではなく、愛おしさのようなものをかきたてられる筆致が、絵の甲乙《こうおつ》よりも先に目に飛び込んできた。湖山先生の春蘭は、葉を一筆描いただけでその周りの空気や生命感を感じさせられたが、翠山先生の蘭は、その葉一枚一枚がまるで言葉のように無限に変化した。それはけっして写実的ではないし、現象を再現してはいないが、書の線のようにくねくねと曲がり擬人化されているようだった。何かを伝えたい、というその何かが惜しみなく伝えられて語られているという感覚があった。

この感覚は何だろう、と意識を探っていくうちに、翠山先生の大きな手は、蘭の葉っぱや花を離れて、画面の中段に置かれた。そこからバサバサと筆を割って画面に筆を擦《なす》りつけた。

「割筆《かっぴつ》だ」

と言ったのは西濱さんだった。ガサガサに割られた筆から急速に岩が生まれた、あこれは崖《がけ》が描きこまれているとこちらが分かったときには、岩を描いた墨に上から水が薄く張られて、岩に湿り気が生まれた。それですぐにその場所が高山なのだと分かった。

高山に咲き誇る春蘭。高山の風の中に揺れる葉。

動かないものと、生き生きと動くものを対比させることで、絵の中に風や流れが生まれた。動き過ぎていた蘭の葉の動きが、ドラマチックに画面の中で補われるのを僕は見ていた。描かれた崖の上に、次々に斜めに咲く蘭が描きこまれて、重力や花のたわみが表現されていく。

垂れ下がった葉を描く運筆は何処までも優美で、速くはないが隙が無い。最も長い葉を引いたとき、その一葉がまるでアニメーションのように僕の目には動いて見えた。霧の中から姿を現すような記憶に残る一瞬だった。

全体を余すところなく描き、花に点を加え、これで絵も終わったと思ったところで、翠山先生は小筆に持ち替えて、字を書き始めた。何やら難しい字でほとんど読めなかったが、最後に「翠山筆」と書かれたのは分かった。そこで翠山先生は顔を上げて、茜さんに、

「おい、あれを」

と言うと、茜さんは、はいはいと頷いて真っ赤な印泥《いんでい》をたっぷり付けた大ぶりな落《らっ》款《かん》を手渡した。翠山先生が書いた字の頭に小さな印を一つ押し、その後、名前の下に大きな印を押し、さらに三つ目の印を、署名をした場所とは関係のない絵の隅にポツンと押した。すると、美術館に飾られているような立派な絵ができた。

「みごとですね」

と口を開いたのは、西濱さんだった。見たこともないほど目を輝かせていた。僕も

当然それに頷いた。みごとでないわけがない。湖山先生に並ぶ達人の技法を目の当たりにしたのだ。

「崖蘭《けいらん》だ。賛《さん》は、湖山先生に読んでもらいなさい」

と、何事もなかったように翠山先生は呟くと、まだ乾いていない絵を持ちあげて、僕のほうへ向かって差し出した。

僕は突然のことに驚いて、どういう意味だ？　と、茜さんと西濱さんを見たが、西濱さんは、急いで翠山先生にお礼を言って頭を下げた。

「ほら、青山君もお礼を言って。翠山先生が青山君に絵をくださるそうだよ」

まさか！

僕はびっくりして翠山先生を見つめた。翠山先生は、まったくまじめな顔のまま、ただ一度静かに頷いた。僕はそれを見て、背筋に電流が走ったような衝撃を感じた。

「まさか、本当に、こんな凄い作品を……あ、ありがとうございます」

と、まるで夢うつつのようにぼんやりと頭を下げると、翠山先生は、

「湖山先生の下で、よく勉強しなさい。いい絵師になれる」

と一言だけ言った。僕はまた力いっぱい頭を下げた。翠山先生はやっと微笑んだ。

翠山先生のご自宅に翠山先生の生徒さんの作品の束（掛け軸の入った大量の箱）を

運び込むと、僕らは教室を後にした。西濱さんは翠山先生の後に、茜さんにやたらとお礼を言い、ふだん以上の愛想の良さでその場所を後にした。

車に乗り込んで、数分後にため息を吐《つ》いたところを見ると、西濱さんは喜びと憂《うれ》いが半々に入り混じった奇妙な表情をしていた。僕は余計なことは言わず黙ってその様子を眺めながら、胸に抱いた小さな紙筒をずっと確かめていた。この中に翠山先生の蘭が入っている。本当は、このまま車の中でタバコを吸いたいのだろうけれど、僕がいるので遠慮しているのだ。しばらくしてから、おもむろに、缶コーヒーを飲みながら、ため息を吐き続けた。

「よかったね。びっくりな出来事だったね」

と、西濱さんはようやく声を掛けた。僕は頷いて、

「本当にびっくりしました。嬉しいです」

と正直に言った。

「そうだよね。お手本を渡してもらえるくらいなら分かるけれど、画賛《がさん》も落款も入っている正真正銘の作品だからね。それにしてもいい絵だったよね」

「落款や画賛が入っていると何か違うのですか？」

西濱さんは驚いてこちらを見た。頼むから前を見て運転してほしい。

「分からないでもらっていたの？　びっくりだ」

「え、ええ……」

「落款があるってことは、それはその人が間違いなく描きましたよって印で、本当の作品ってことだよ。俺たちもどうしても絵が欲しいって注文されたときとか、展覧会のときとか、特別なときにしか押さなくて、それがあるだけでどこに行っても本物だって鑑定されるってことだ。つまり、落款の押されたものには、揺るぎない価値があるってことなんだよ」

「価値があるって、それってつまり、お金になるってことですか？」

「もちろん。翠山先生の落款入りの自画自賛の作品なんて、うちの門下でも持っている人なんていないよ。湖山先生だって大事に保管してるくらいの作品だよ。青山君はたぶん自分が思っているよりも遥かにすごいものをもらったんだよ」

「そ、そんなにですか？」

「そんなにだよ」

西濱さんは心から驚いたようにまくし立てた。どうやら僕が思っているよりも落款の意味は大きそうだ。ワゴン車は田舎道をガタゴトと進んだ。外はもう暮れかかっている。オレンジ色の光が雲間から濃紺に染まる水田を斜めに照らしている。その真ん中を大きなおもちゃ箱のようなワゴン車がまっすぐに走っていく。

「翠山先生は湖山先生に並ぶようなすごい水墨画家だから、それはもう家宝にしたほうがいいよ。俺でも羨ましいくらいだよ」

「なんだか本当に恐れ多いです」

「そうだろうね……。翠山先生は、湖山先生みたいにたくさんお話しされたりはしないし、人付き合いをあまりされないから、知る人ぞ知るみたいになっちゃってるけど、翠山先生からはいつも学ぶところがあるって、湖山先生も言われてるからね。すばらしい先生だと思うよ。自分たちの流派の技術は知り尽くしているけれど、同じ水墨でも全然違う角度から描かれると不思議でしょう？」

僕は力強く頷いた。

「本当にそう思います。まるで、絵ではなく人が描かれたような感じがしました。何かとても高潔で、すごく立派な姿が描かれているような……」

西濱さんは頷いた。

「そうなんだよね。そこだよね。まさしく四君子ってやつだよね」

「しくんし、四君子って、画題が四つある、あれですよね？」

「あれ？　青山君は、湖山先生から習ってなかったの？」

「ええ。特に何も言われませんでした」

「そっかぁ。湖山先生は細かいことは言わないところがあるからなあ。まあどうせ教えられることだろうし、言っておくと、君がいま描いている春蘭は、水墨画を習う初心者なら誰でもがやる基本なんだよ」

「それは言われました。『蘭に始まり、蘭に終わる』って」

「そう。まさしくその言葉だね。蘭に始まり、蘭に終わる。春蘭っていうのは初心者すべてが一度はやる画題なんだよ。水墨画には、重要な基本が四つほどある。一つ目は春蘭、これは知ってのとおり。二つ目は竹、三つ目に梅、で最後の四つ目に菊。これを全部合わせて、四君子っていうんだよ」

「なるほど。四つの基本のことをまとめて、言っているんですね」

「そうそう。重大な基本が四君子。これには長い歴史があって、日本に水墨画が入ってくる遥か昔から中国で描かれていたものみたいだ。それがそのまま現在も基本として使われているから、よっぽど優れた基本の形式なんだろうね。実際に習得してみると、それぞれの狙《ねら》いや応用できる幅の広さに驚くよ。で、肝心なのは、それぞれが君子として例えられていること。画題に、意味があること」

「君子ですか？　あの立派な人とか、凄い人とかいう意味の？」

「そうそう。よく知っているね。四君子はそれぞれが君子の理想の姿そのものを描いてもいるんだ。たとえば、竹ならまっすぐスタッと立っていて、折れずに柔軟というところが君子の姿、それと君子の怒りの姿だという説もある」

「怒りですか？」

「そう。理を曲げず、ってことだと思うんだけど、どうだろう？　高潔さといえばそうかな」

「そう言われてみれば、そのような感じが……」

「そうでしょ？　で、梅は冬のいちばん厳しいときにいちばん最初に花を咲かせるので、厳しいときを耐え抜きながら、花を咲かせるというところでそれも理想の姿。君子の強さと言い換えてもいいかもしれない。菊は、これは初心者の卒業画題だけれど、これも梅に少し似ていて、厳しい寒さの中でも薫り高く咲いているところが君子の姿に似つかわしいとされている。こちらは耐える姿というよりも、どういうときもその品格を失わないってことだと思う」

「では、春蘭は？」

「お待ちかねだね。春蘭は、深山幽谷《しんざんゆうこく》に孤高に咲く姿が君子の理想の姿、または風格を表すということや、たぶん俗にまみれない姿というのがあるんだと思う。言葉では簡単に言い尽くせないところがあるけれど、水墨をやる絵師の心そのものって思ってもいいかもね」

「絵師の心ですか」

「いいものをもらったね」

僕は頷いた。

「絵の隅に書かれていた字はなんて書いてあったのでしょう？」

「ああ、画賛ね」

「画賛？」

「絵をほめる言葉や絵の制作の詳細を示す言葉のことだね。たいてい、どっちかを説明している。今回の場合は、絵の内容について書いてあったよ」

「西濱さんは読めたのですか？」

「まあいちおうね。これでも先生だから。ちなみに、自分の画に自分で賛を入れることを自画自賛というんだよ」

僕は驚いた。さらさらと説明をしているが、自分がプロフェッショナルであることや、その道に通じているところをまるっきり匂《にお》わせないことも、ここまでくれば別の意味で凄いとも思う。これも長年、湖山先生の下で苦労してきた末の特技なのかもしれない。

「長くはないけれど、凄くいい言葉が書いてあるよ。青山君は本当にとても不思議な奴だね」

「僕ですか？　僕はどちらかといえば、どうしようもない奴だと思いますが」

「いやいや、謙遜しなくてもいいですよ。君はよくやっていると思う。慣れない世界で自分にできることに努めているって感じがよく分かるよ」

西濱さんはしみじみと言った。それから缶コーヒーを飲んだ。

「君はなんていうか……、自分のことはまるっきり分からないけれど、自分の周りの人のことはよく分かってる。自分以外のもののことは、必死に見ようとしているっていう気がする」

すごくまじめな声音で西濱さんは言った。

それを聞いたとき、そうだろうか、とも思ったし、そうかもしれない、とも思った。自分を見つめてしまうと、自分がどんな出来事から作られた人間かを思いだしてしまうからだ。ふだん、鏡を見るようにごく自然に自分を受け入れられたら、それはもしかしたら幸せなことかもしれないとも思う。そうであったころをもう思いだせないけれど、自分をごく自然に受け入れられることに幸福なんて感じなかった。でも哀しみの後に、混乱がやってきて、疲れ果てた後に、現実がやってきたとき、僕はいつの間にか自分を見つめたり、自分の心を話すことができなくなっていた。ただガラスの部屋の中で、両親の記憶を見つめていたが、いつのまにか外の世界を見つめるようになっていた。僕は自分がうまく関わることのできない世界をいつも遠くから見ている。だから、分かることがたくさんある。それだけのことのような気もした。僕が黙り込んでしまったので、西濱さんは何かを思ったのだろう。

「まあ……」

と小さくつぶやいた後、

「千瑛ちゃんも、斉ちゃんも、湖山先生も皆、変わった人たちだけれど、よろしくね」

と明るい声音で言った。

自分は違うのだろうか、と僕は瞬時に思ったが、ツッコミを入れないまま頷いておいた。変わった人たちの中に囲まれているから、僕はあまり窮屈《きゅうくつ》に感じずに生きているのだろうとも思えた。

流されるままに力なく生きているから、今日出逢った翠山先生の深い哀しみに気づいたのだ。そして、なぜいつも押し黙ってほとんど言葉を発しないのかも僕にはよく分かった。聞き慣れたその声で、気づいてしまうからだ。自分がまだそこにいて、自分の本当の気持ちが、自分の語りや声の中にいつも潜んでいることに。

珍しく湖山先生は、皆が集う教室の中にいて、全員が顔を合わせた。全員というのは、僕と西濱さんと、斉藤さんと千瑛ということだが、よくよく考えれば皆が同じ場所にいるところを見たことなど一度もない。皆、それぞれいつも勝手に動いている。

二十人くらいが囲んで宴会のできそうな長いテーブルにいすが備え付けられてい

て、正面にはホワイトボードが置いてある。湖山先生はそのホワイトボードの前に陣取って、手の届く距離で絵を描いている千瑛を眺めている。

千瑛は一心不乱に絵を描いているが、湖山先生の目はあまり温かくない。千瑛の左隣で突っ立ったまま千瑛の描く姿を見ているのは斉藤さんで、斉藤さんの目はいつものことだが、表情がいまいち分からない。青白く、美青年で、あまり笑わない。

西濱さんは、周りを見渡して、

「ただいま帰りました〜!」

と、何処か間の抜けた、ただいま、を言った後、誰にも何も言われないうちから、

「皆さん、お揃いで……、あっ、お茶ですね〜」

と、ごくごく当たり前のように台所に消えてしまったし、取り残された僕は手持ち無沙汰《ぶさた》のまま、吸い込まれるように湖山先生のほうへ近づいていった。湖山先生は千瑛の描くところを見ていて、こちらにはあまり反応しない。

千瑛は牡丹《ぼたん》を描いていた。

大輪の花、みごとなまでの花弁の調墨の変化、大きな葉を描く線の鋭さ、それらを描き分ける墨色の精密な変化……、この前、大学で描いたときよりも技法は数段、磨かれていた。

千瑛は今日も素早く動いている。だが、表情は硬く、動きはどこかぎこちない。あ

の華麗な筆致ではなく、恐れを振り払うように筆を振り回しているようにも見えた。描かれる絵は、いまのところミスはない。少なくとも僕にはそう見えた。すべてが完璧な配置で描かれている。いつの間にか、半切の細長い画面に五輪の牡丹が描かれ、鋭い茎《くき》で結ばれて絵は完成していた。

墨一色で描かれているのに、何処からどう見ても牡丹に見える。爆発するような華やかな大輪が、画面のなかでみずみずしく咲いていた。

千瑛は、疲れ果てたように筆を置いて、しばらく絵を見ていた。それから、小筆に持ちかえて、何かを描こうとして、紙の上をクルクルと回ったが、やめて筆を置いた。それで作画は終わった。

千瑛は緊張した面持ちで、湖山先生を見、斉藤さんもふだんにはない険《けわ》しい目で先生を見たが、当の湖山先生は千瑛の絵を見たまま、なんてこともない白《しら》けた目をしている。

空気が凍り付くようなこの緊張感は何なのだろう？あの好々爺《こうこうや》そのものとも思えるような湖山先生が冷たい目をすると、こんなにも怖いものなのだろうか。

湖山先生は何も言わないまま首を振った。そのとき、千瑛の顔にはうつむきながら暗い影が広がった。斉藤さんの表情も渋くなった。湖山先生はなおも何も言わない。

斉藤さんは心からこわごわと湖山先生に訊ねた。

「先生、いかがでしょうか？　良い絵だったと思いますが……」

斉藤さんがそう言った後、しばらく湖山先生は答えなかった。その間が、あまりにも怖い。

「斉藤君は、今のが、いい絵だったと思うのかね？」

その声も問い方もあまりにも厳しくて怖かった。千瑛はいつものような跳ねっ返りを口にすることもなく、斉藤さんでさえ押しつぶされそうだ。湖山先生は、これぞ篠田湖山！　というような誰もが安直に思い描いてしまう大家の、あの表情で話をしている。文句をいうわけでも、不機嫌そうなわけでもないが、何かどうやっても曲げられないような強い意志が、言葉にも雰囲気にも表れている。湖山先生を支えてきた巨大な精神力の前に、僕ですら息苦しくなってしまった。斉藤さんは何も答えられない。湖山先生は、

「斉藤君、描いてみなさい」

と、言い放った。斉藤さんの動きは固まったが、その後、意を決したように頷いて、別室に道具を取りに行って戻ってきた。

「では……」

と、千瑛といっしょに紙を用意し、千瑛の使っていた道具や筆を退《しりぞ》けて自分の道具

を並べ始めた。筆洗の水はすぐに千瑛が換えてきた。

ポチャンと、いつもの音がすると、斉藤さんは絵を描き始めた。

千瑛のように揺れはしない。だが、無駄な筆致も少なく、墨の濃度の調整もいつものように狂いがない。調墨だけでいえば、確かに千瑛の数段上を行っている。千瑛の絵もそれを眺めたときはみごとだと思ったけれど、斉藤さんを前にするとやはり未熟さが目立ってしまう。まるで狂いのない筆致に僕は驚いていた。斉藤さんの手は機械のように精密に動いていった。

大筆で画面に叩き付けるように調墨をした筆の全体を使って花びらを描いていき、叩き付けた衝撃で花弁の繊維を描く。その繊維は、当然、筆の毛が画面に乗った際の繊維だが、筆の中に含まれた墨の達人級のグラデーションが、まるでそれを輝きや潤《うるお》いのある花びらそのものに見せてしまう。

斉藤さんの手順は、徹底して無駄がなく美しい。迷うことなく同じリズムで進み続ける作画は、斉藤さんがそれを身につけるまでに費やした膨大《ぼうだい》な時間を思わせた。

出来上がった絵は、この前見たときのように完成度が高く、この前と同じようにCGのようだった。

同じ墨を使っているのに、薄墨と濃墨の差が千瑛の絵よりも広がっているために、絵そのものが光を帯びているようにも感じた。明らかに目を引く美しさがあった。そして、何よりも千瑛のものよりもさらに写実的で、形に狂いがなかった。傍目《はため》で見ていても、絵ではなく写真のように描かれる画面は技術というよりも魔術に近い。何か騙されたような気さえしてしまう。

これならばと思い、湖山先生の顔をのぞいてみるけれど、先生の表情は相変わらず冷めている。斉藤さんが、筆を置いて、湖山先生を見ると、先生は疲れたように目頭を押さえて、それからゆっくり首を振った。

斉藤さんのこれ以上、青くなりようもない顔がさらに青ざめているのを見ると、心から不吉な感じがした。千瑛はその背後で、もうすぐ泣きそうだ。このときだけは、千瑛は弱々しい小さな女の子のように見えた。

湖山先生の静かなため息が聞こえて、一同が言葉を失くしているところに、

「お待たせしました〜！」

という、いつもの軽いノリで西濱さんがお茶を運んできた。手際よく、皆にお茶を配ると、斉藤さんと千瑛と僕を席に着かせた。ナイスタイミングだとも言えるし、ちょっと間が悪すぎるともいえる微妙な瞬間に西濱さんはやってきて、何もかもを小休止させてしまった。湖山先生は、西濱さんを見るとやっと微笑んで、

「西濱君、ありがとう」

と、いつもの好々爺にわずかに戻り、千瑛はお茶を飲みながら熱くなった瞳を冷ま

していた。斉藤さんだけが元のまま青く、お茶にも口をつけない。僕は緊張でカラカラになった喉を潤していた。当の西濱さんは、頭からタオルを取って、僕の横に座ってズズズとお茶を啜っていた。この沈黙に響く、なかなかいい音だった。

「悪くない」

と湖山先生は言ったが、それは明らかにお茶のことだろう。

「美味しいですよね」

と西濱さんが、声を上げて、湖山先生が、

「これは何処のお茶？」

と子供のように訊ねると、ほとんど機嫌はなおっていた。西濱さんは、

「今日の帰りに、翠山先生のところの茜さんが持たせてくれたんですよ。お裾分《すそわ》けだそうです。翠山先生のところの息子さんがほら……」

「ああ、翠山先生のところのお婿《むこ》さんかあ。そういえば、お茶屋さんの工場に勤めておられるんだよね」

「そうそう。茜さんのお父さんです。湖山先生にって新茶を持ってきてくれていたみたいですよ」

「なるほどね。翠山先生の家にはいつもお世話になるねぇ……。西濱君、翠山先生のところにはよくよくお礼を言っておいてね。審査でもいつも助けられてるし」

「もちろんですよ、先生。翠山先生にも茜さんにもまたお礼を伝えておきます」

「うんうん」

と湖山先生は頷き、さっきまでの不機嫌さは何だったのだろう、というような不思議な和やかさに包まれて話が進んでいたところで、斉藤さんが声を上げた。声は緊張で震えている。

「せ、先生、わ、私の絵は……」

それは場を締め上げるような苦しげな声だった。

湖山先生は、ハッと気づいたように、元の厳しい顔に戻って、斉藤さんと千瑛を見た。二枚の絵はテーブルに隣り合って並べられている。同じ構図で雰囲気がよく似ている。斉藤さんのほうは完成度が高く、千瑛のほうが情熱的だ。二枚とも僕にはすばらしい絵に見える。湖山先生は何が気に入らないのだろう。湖山先生は大きくまばたきして、ため息をついてから、

「西濱君」

と、それだけ言った。西濱さんは茶碗から口を離し、ハッとしたように顔を上げた。きっとさっきの一瞬は、黙って茜さんのことを考えていたのだ。茜さんの話が出たから、茜さんのことを考え続けているなんて、なんでそんなに単純なんだ、と思ったけれど、この柔らかなところに今は救われていた。

「西濱君」

と、もう一度、穏やかに湖山先生は言って、西濱さんは、ああはいはい、と立ち上がった。

斉藤さんと千瑛の絵の前に立つと何を言うことも、思うこともなさそうに、そのまま筆を取った。

「千瑛ちゃん、これ借りていいかな？」

声を掛けると、千瑛は、どうぞと頷いた。西濱さんは当たり前のように微笑んだ。良いお兄ちゃんという表情だ。描き始める前に、何かに気づいたようにもう一度筆を置いて、墨をすって、それからいつも着ている作業着の上着を脱いだ。たぶんいつもタバコを胸ポケットに入れているから、上着を着ているのだろう。西濱さんの上着はいつでも汚れていて、ところどころ泥んこだ。それを脱ぐと、隆々とした引き締まった体や長い腕が長袖のTシャツ越しに現れた。工務店のお兄ちゃんが水墨画家に変身した瞬間だった。

「では、あらためて筆をお借りして」

と描き始めようとしたところで、斉藤さんは気づいたように紙を取り換えて、西濱さんの前に置いた。

「斉ちゃん、ありがとう」

と穏やかに言った後、西濱さんは一気呵成《いっきかせい》に描き始めた。

速い。

千瑛も速いが、それよりもさらに速い。そして、速いのに余裕がある。千瑛がバイオリンのように筆を小刻みに身体を揺らしながら使うのだとすれば、西濱さんはコントラバスか、チェロのような大らかな動きで身体を使っている。筆の先は、速いが、落ち着いている。そして、画面の部分によって速く運筆する場所とゆったりと運筆している場所の差が大きい。大柄な体躯《たいく》から生まれる生命力をそのまま筆に込めている印象があった。描かれている絵は美しい。それは当然のことだった。

だがそれだけではない。千瑛や斉藤さんの絵とは本質的に異なっている。それは美ではない何か、だ。

僕の目は画面に吸い込まれて、それと同時に、自分の心の内側にあるガラス部屋まで意識した。その場所と外の世界が繋がり、そこから僕は西濱さんの水墨を眺めていた。

ガラスの壁そのものが、小刻みに震えていた。

西濱さんの一筆、一筆が真っ白い画面に刻まれるたびに、壁は震え、目は吸い込まれた。

これは明らかに、美などではない。

美しさなど思いもしなかった。そうではなく、ただ心が震え、一枚の絵、一輪の花、たった一つの花びらの中に命そのものを見ていた。

西濱さんの急激に膨《ふく》らんでいく生命感が、画面の中に叩き付けられていく。筆致のことなどどうでもいい、ただ、その大きな空気が美以外のえたいの知れない感情を僕の中に呼び起こした。温度があり、揺さぶられ、そして何かを感じずにはいられなくなる。自分もこんなふうに何かを成すことができれば、という思いを掻《か》き立てられてしまう。

僕はガラスの壁に貼《は》り付《つ》いて、外の世界の西濱さんの水墨を食い入るように見ていた。

僕は感動していた。僕は感動に手が震えていた。

絵はあまりにも速く出来上がった。出来上がった絵は、千瑛や斉藤さんのものよりも乱れ、写真のようではなかったが、それは牡丹よりも牡丹らしいものに見えた。

何がそう見せているのか。

形も何処か破綻《はたん》していて、形よりも筆致のほうが強く表れている面と線の応酬に、どうして牡丹を感じるのか分からなかったが、その絵には、斉藤さんと千瑛の絵にはない圧倒的な存在感があった。

並べてみて、僕の目にはようやくそれが映った。湖山先生が、何が気に入らないのかもそのときに分かった。

「命だ」

西濱さんの絵には命が描かれていた。

一輪の牡丹と真剣に向き合い、その牡丹に命懸けで向き合っている西濱さんの命が、こちらにまで伝わってきた。手先の技法など無意味に思えてしまうほど、その命の気配が画面の中で濃厚だった。西濱さんのその気配は明らかに西濱さんの技術を超えている。技術はまるでその生命感に及ばないが、それは問題ではなかった。ただそこに生きて咲いている花がある。そのことだけは、ほかの絵よりも確かに伝わってきた。

それに比べれば、斉藤さんと千瑛の絵は、花を追いかけるのに力が入り過ぎている。確かに美しいが、心惹かれる美のさらに向こう側に行けない。千瑛の情熱だけがわずかに千瑛の心の在り方や温度を伝えるくらいで、それが西濱さんのような強烈な感動を生むわけではない。だが問題は、この二つの表現はどちらかが劣っているわけではないということだ。

あまりにも高いレベルの話過ぎて、僕を含めた大方の人間にはそれから先の想像も及ばない。ほとんど真上にあるような仰ぎ見るしかない高みを、その真下にいる人間は判じようがない。星々との距離を僕らが測れないのと同じように、僕らには正確なところは分からない。湖山先生には、この三枚の絵はどう見えているのだろうか。

先生は相変わらずお茶を飲んでいた。

西濱さんの絵を見て、湖山先生は、

「そうだね」

と頷いた。西濱さんは照れたように笑っていた。湖山先生は、なおもじっと見た後、

「まあ、なんだかとても生き生きしているけれど、今日は何かいいことがあったの？」

と湖山先生が笑うと、西濱さんは図星のように後頭を掻いた。これはもう明らかに茜さんのことだと思い至るのに、それほど時間は掛からなかった。だが、そこでふいに僕はとんでもないことに気づいた。

そんなささいな心の変化が筆にすぐに表れるほど、繊細な反応を西濱さんの筆は有しているのだ。西濱さんの心が現実と筆を繋いでいる。西濱さんは、その躍るような心の変化を牡丹という形に変えたのだ。牡丹という花の命の在り方を通して、自分の心や命の在り方を造作もなく表現した。

こういう技のことをなんとたとえればいいのだろう。そもそもこれは技なのだろう

か。

湖山先生は口を開いた。

「水墨というのはね、森羅万象《しんらばんしょう》を描く絵画だ」

斉藤さんと千瑛は、これ以上ないほど真剣に湖山先生の話を聞いていた。湖山先生もまた二人に語り掛けていた。

「森羅万象というのは、宇宙のことだ。宇宙とは確かに現象のことだ。現象とは、いまあるこの世界のありのままの現実ということだ。だがね……」

湖山先生はそこでため息をつくように息を放った。

「現象とは、外側にしかないものなのか？　心の内側に宇宙はないのか？」

斉藤さんの眉が八の字に歪《ゆが》んでいた。千瑛は何を言われたのか分からないほど、言葉に迷っていた。僕にはようやく湖山先生が何を言おうとして、なぜ僕がここにいるのか、ほんの少しだけ分かるような気がしてきた。

「自分の心の内側を見ろ」

と、湖山先生は言っていたのだ。それを外の世界へと、外の現象へと、外の宇宙へと繋ぐ術《すべ》が水墨画なのだ。西濱さんの絵が答えなら、もう、そうとしか考えられなかった。

心の内側を解き放つために、湖山先生は僕をここに呼んだのだ。

第三章

結局その日は、翠山《すいざん》先生からもらった絵の画賛《がさん》についてきけずに終わった。湖山《こざん》門下の内弟子《うちでし》三人がそれぞれに描いた牡丹《ぼたん》は、並べてみるとやはり壮麗なものだった。

絵を描いた後、涼しげな顔をしていた西濱さんに牡丹の絵について訊ねると、これに関して言えば半端《はんぱ》じゃなく難しい、まともに描けるまでに最低五年はかかると言われた。先生クラスの内弟子二人は別としても、まだまだ年若い千瑛が同じレベルで牡丹を描き勝負しているという姿は、やはり底知れない才能を感じさせた。

泣き出しそうになって、湖山先生の次の言葉を待ち、フルフルと唇《くちびる》を震わせていた千瑛の表情がその日、頭から離れなかった。

何が起こっていたかは明白で、湖山先生が千瑛や斉藤さんに指導していたということなのだけれど、後で聞いた話によると、斉藤さんが千瑛を指導していたところに偶然通りかかった湖山先生が、千瑛の絵を見てぼんやりと突っ立っていたあと、そのま

ま通り過ぎようとしたので千瑛が食って掛かり、指導してほしいとせがんだらしい。湖山先生はめんどうくさいからと断ったが、

「青山君にだけ教えてズルい」

と言われたのが、どうやらカチンと来たらしく、そのまま真剣勝負のような雰囲気《ふんいき》の席になってしまったのだ。湖山先生は身内にはかなり厳しいのかもしれない。

それにしても、湖山先生が千瑛や斉藤さんに話した言葉は衝撃的だった。

「現象とは、外側にしかないものなのか？　心の内側に宇宙はないのか？」

という問いはそのまま答えであり、絵を描くときの姿勢そのものなのだろう。考えてみれば湖山先生はいつも心の話ばかりされていた。その心を西濱さんによってあんなふうに見せつけられれば、確かに後輩二人は肩身が狭い。

表現力というべきなのか、自分の想いを伝える直截性《ちょくせつせい》というべきなのか、その点においていえば、西濱さんとほかの二人ではあまりにも開きがあった。思えば、翠山先生の絵についてもまず感じたのは心であり想いだった。

だが、そんなものを形にしろ、と言われたところで簡単にできるわけがない。それはつまり、形のないものに形を与えろ、ということなのだ。

千瑛も僕も斉藤さんも、おそらくその前で立ち止まっているのだ。僕にいたってはその境界線にすらたどり着いていない。墨でただ絵を描くというだけの絵画のはずな

のに、学ぶことがあまりにも深く、底知れないものに思えた。

前期の講義も終えて、テストも終了したころには、気づくとお盆前になっていた。大学一年生の初めての夏休みで、ほとんどの学生は帰省していたが、帰る場所のない僕は当然、マンションに残っていた。八月は、湖山先生の仕事が増えるらしく、西濱さんの仕事も加速度的に増え、お盆明けまで指導できないとの連絡が入ったので、とにかく僕は家で練習を続けていた。

夏休みに入った一日目から、壁に湖山先生のお手本を貼《は》りまくり、手元には春蘭《しゅんらん》のお手本のコピーを置いて、湖山先生から譲ってもらった大量の画仙紙に次から次に春蘭を描きつけた。

当然、翠山先生から頂いた崖蘭《けいらん》のお手本も押しピンで貼っていたので、それも真似しながら描いたが、こっちは作品化されるほど高度な技術で描かれているためか、ほとんど真似できなかった。だが、せめてレイアウトだけは写せないものか、と苦心した結果、少し罰当たりな気がしたがコンビニに持っていって作品をそのままコピーすることに決めた。これを下敷きにして描き始めれば、少しは何か手掛かりが摑《つか》めるかもしれない。

縦約一三五センチ、横約四〇センチの大きな紙をコンビニのコピー機に載せて、いそいそとコピーを取るというのは気恥ずかしいものがあった。正規の料金を払い、特別に悪いことをしているわけではないのに、なんだか妙に背徳感のある作業だった。何かを複写したり、同じものを二つ作る、ということに人は本質的に罪の意識を感じるのかもしれない。小心な人間はいつもばかな妄想に囚《とら》われる。僕は誰も見ていないコンビニのコピー機の前で、ずっと挙動不審だった。

ともかく僕は夏の間、力いっぱい描くことに決めた。

朝目覚めてから墨をすり、ご飯も食べないまま描き始め、マグカップを文鎮《ぶんちん》代わりに画仙紙の隅に置いて、お茶を飲みながら夕方まで絵を描いた。陽がとっぷりと暮れて、紙の濃淡が見えにくくなったころに、気分転換に家を出て近くの食堂で朝ごはん兼昼ごはん兼夜ごはんを食べると、また帰って蛍光灯の下で描き始めた。

零時前になるとさすがに疲れ果てて、最後の力を振り絞り、なんとか筆を洗い、シャワーを浴びると布団《ふとん》の上に倒れて、そのまま眠った。

そんな生活を三週間ほど続けたある日、真昼に家のチャイムが鳴った。こちらのほうには特に誰にも用はないので、居留守《いるす》を決め込んでいたが、あまりにも執拗《しつよう》にチャイムを鳴らされるので根負けして、扉を開けると、そこには千瑛が立っていた。目が尖《とが》っている。

ノースリーブの紺色のワンピースが、まるで千瑛専用の作務衣《さむえ》のように見えたが、その布地のほんの少しの光沢《こうたく》は上品だ。大きなひさしの帽子を被《かぶ》っている。

「あなた、連絡も返さないで何をしていたの？」

と不機嫌《ふきげん》そうに千瑛に言われて、彼女は何を言っているのだろうと言葉の意味するところを辿《たど》っていくと、確かにここ三週間ほど充電器につないだまま、携帯電話を手にしていなかった。僕は慌てて携帯電話を見に部屋の中に戻り、チカチカと光る四角い板を手に取った。凄《すご》い数のメールと電話の着信が入っていた。僕がいない間も世界は動き続けていたのだ。ため息をつきながら部屋に入ってきた千瑛は、まず悲鳴に近い声を上げた。

「なにこれ？」

部屋の中は反故《ほご》にした紙だらけで、テーブルのある場所以外は歩くスペースすらない。壁には所狭しとお手本の水墨画が貼られ、室内には水墨画に関するもの以外は見当たらない。明らかに異常性を帯びた部屋であることは間違いない。

千瑛は、床に打ち捨てられていた一枚を手に取り、くしゃくしゃにした紙を開いてじっと眺めていると、その顔はすぐに穏やかな笑みに変わった。

「ずっと描いていたの？」

僕は何かを言おうとしたけれど、言葉が出てこずに微笑《ほほえ》んだ。たぶん頷いていたのだと思うけれど、自分の表情をあまり上手に制御できていなかった。

千瑛もまた頷いてくれた。子供のしぐさに頷くような受容に満ちた微笑みだった。千瑛は細い腕に巻かれている小さな腕時計を確認して、
「まだ、少し時間があるわ。ちょっと部屋をかたづけたら家を出ましょう」
と、はっきりと宣言した。僕はとりあえず、また頷いた。

彼女が家にやってきた理由は、先日、川岸さんたちと約束していた水墨画の手ほどきをするという小さな講習会のためだった。

僕が電話に出なかった間、川岸さんと古前君と千瑛の間で話は進んでおり、僕はいつの間にか新設された水墨画サークルの部長になっていて、部室も道具も完備されていた。あまりにも僕から連絡がなかったので死亡説まで流れていたらしいが、ともかく当日には、いてくれないと困るので様子を見に行ってみると千瑛が言いだしたところ、案の定部屋の中で廃人になりかけていた僕を発見したというわけだ。千瑛が僕の家を知っているというと二人とも驚いたらしいが、教室に連れていくのに迎えに行ったことがあるから、と伝えるといちおうは納得したらしい。

千瑛はみごとに僕を救出したと、古前君や川岸さんたちに携帯で伝えていた。

「衰弱しているようには見えないけれど、食べ物が必要なので甘いものを用意しておいてください、救急車は要りません」

と物騒なことまで呟《つぶや》いていた。

救急車なんて要るわけがない。僕はただ自宅に引きこもっていただけなのだ。例の赤いスポーツカーに放り込まれた僕は、シートベルトを拘束具《こうそくぐ》のようにガチッと付けられると強制的に大学に連れていかれた。

車が走り出すと千瑛は話を始めた。

「実家に帰ったものとばかり思っていたのよ。まったく連絡もないし、皆、心配してたわよ」

「ああ……」

と、とりあえず言葉にしたが、その先のセンテンスがいつものようにすらすらとは思い浮かばなかった。頭の中に画像は幾らでも思い浮かぶのだが、言葉が簡単に出てこない。話そうとすると、やっかいな足し算や引き算をしているようで少し疲れるのだ。こんなふうになったのは初めてのことだった。誰とも話をしたくなくて、ずっと黙り込んでいたことはあったけれど、話そうと思って話せなかったことは一度もない。考えもうまくまとまらず、頭もぼんやりとしているので、思わずどんなことでも話してしまいそうで怖かった。

とりあえず黙っているのが一番だ、と思っていたところで、

「その調子だとご家族も心配なさっているでしょう？」

と、以前この車に乗りこんだときと同じようなことを千瑛に言われて、僕は反射的に、

「僕には家族は、もう、いない」

と、ポツリと言ってしまった。

「え？」

と千瑛が言葉を聞き返したときに、ちょうど信号は赤になって、彼女がこちらを向いているのが前を向いていても分かった。信号は変わったばかりで、車は僕の返答を待って停車したままだ。僕はまばたきをした。説明するのが煩《わずら》わしくなって、同じ言葉をもう一度繰《く》り返した。自分で語るにはひどく落ち込む言葉だったのは間違いない。だが、僕自身のことを語っていないのに前のように独りで落ち込んでいるのも筋違いだと、今日はなんとなく思えた。僕はさっきよりも、少しだけはっきりと言った。

「僕には家族はいない。皆、亡くなった」

千瑛はその言葉に耳を澄まし、同じ言葉を小さな声で繰り返すと、何とも言えない表情で僕を見た。僕は、本当だ、とだけ彼女に伝えた。

彼女は何かを言い掛けたけれど、信号は青に変わって、そのまま黙り込んでしまった。僕はずっと前を向いていた。それ以上、どんな言葉も思い浮かばず、何かとても

不味《まず》いことを言ってしまったような気になって、また少し渋い顔になった。そして、何とか彼女の気持ちに寄り添えるような、浮かんでこない言葉をさらに探すことになって、ますます渋い顔になった。

部室には当然、川岸さんと古前君がいた。

二人は仲むつまじく、微笑み合っていたということになれば、平和なサークル活動のスタートだなと思いもするところだが、川岸さんのかなりの真剣さに古前君は緊張して黙りこくっていた。

川岸さんは本気の表情で猛烈に墨をすりまくっている。古前君はその姿を見てちょっと引いている。ポニーテールになぜかエプロン姿の川岸さんは、腕まくりまでして完全武装の状態だ。一方、古前君は半袖のTシャツに短パンという夏休みの子供のような服装だが、なぜかいつものようにガッチリとしたサングラスを掛けているので、やはりうさん臭い。

部室はもともと写真部のものだったようで、正体不明の薬品や印画紙や額が大量に転がっていた。肝心のカメラはないが、窓や扉の桟《さん》の上には過去の写真部作品が並べられていた。今ここは、自宅のマンションと同じように墨の香料の香りが立ち込めている。大学の部室棟の端っこの離れにあるポツンとした建物で、二階建ての建造物の一階をまるまる部室として活用していいと貸し出されたらしい。

　水場があり、それなりの広さが確保でき、大量の道具類を置くことのできる場所というと、やはり探し出すのに苦労するだろうと見込んでいたが、古前君が水墨画サークルを設立することを大学に申請すると、待っていました、とばかりに手続きと大学事務からの呼び出しが相次ぎ、気づけば、申請後一週間で部室および部費つきのサークルが誕生していたらしい。

「ふだんは、弱小サークルをいかに生き残らせるか、部費をいかに引っ張ってくるかってことで、大学事務と闘っているのに、これじゃあ、大学事務の言いなりみたいじゃないか！」

　と古前君は嘆いていたが、ふだんから私的に文化会を利用する以外はたいした活動もしていないので、大学事務が協力的に部を設立してくれたことは喜ばしいことだと思う。どう考えても、湖山先生のご威光が大学理事長を通して、古前君の頭上にかざされたのだとしか思えないが、古前君自身は、言葉の結びに、

「まあ、これも俺の実力だな」

　とはっきりと言った。もう誰もツッコミを入れなかった。川岸さんにとっても、それはどうでもいいことのようだった。

　千瑛が部室に入っていくと、川岸さんはいきなり直立不動になって、起立！　キョ

ーツケ！　礼！　と号令がかかったように深々とお辞儀をした。何が起こったのか、僕も古前君も分からなかった。当の千瑛本人もびっくりして言葉をなくしていた。

「千瑛先生、今日はよろしくお願いします！」

と大声で川岸さんが言うと、千瑛は、

「先生はやめてください。前にも言いましたが、私は先生ではありません。千瑛さんか、せめて、先輩くらいで」

「じゃあ、千瑛先輩で！」

「は、はい。よろしくお願いします」

と、大きな帽子をとってお辞儀をする千瑛の姿はやはり、品のいいお嬢様という感じで、雑然とした部屋の中でも妙にくっきりと見えた。川岸さんは僕に気が付くと、

「青山君、生きていたの？」

と、縁起でもないことを言って驚いて見せて、板チョコを渡してくれた。古前君も、

「文化系サークルの人間を総動員して、地域を虱潰《しらみつぶ》しに探すつもりだったぞ」

と、しゃれにもならないことを言いながらスポーツドリンクを差し出した。

僕はやはりうまく言葉を返せずに、うんと頷いて、

「とりあえず元気だ」

とだけ伝えると、板チョコとスポーツドリンクを受け取って席に着いた。低血糖を起こしていたのか、その二つは瞬《またた》く間《ま》になくなってしまった。僕は、板チョコとスポーツドリンクを平らげる間もまったくの無言だった。千瑛も僕に一言も声を掛けなかったので、二人は妙な気配を感じたらしく僕と千瑛を交互に眺《なが》めたが、物思いに沈んだ表情をしていた千瑛がハッと気づいて、

「練習を始めましょう」

と言うと、とりあえずその場はとりつくろえた。サークルのための第一回目の講習が始まった。

第一回目なので、春蘭を教えるのかと思っていたけれど、千瑛は筆を取ると半紙ほどの大きさの紙に笹竹《ささだけ》を描き始めた。

竹は僕も習っていなかったので、目新しい画題だった。

「第一回目の講義ということで、本格的にやるのなら春蘭をお伝えするのがいちばんいいのですが、あれは誰にでもすぐにできる画題ではないので、今日はその次の基本である竹の葉っぱから練習してみたいと思います」

そう言うと千瑛は、造作《ぞうさ》もなく画面上をスパスパと斬るように竹の葉っぱを描き、一分もしないうちに葉の連なりを描いて細い枝で結んだ。葉は墨一色で描かれている

のに、緑に見えた。

「たったこれだけです。瞬く間に描ける画題で、水墨画のたくさんの基本的な技法の中でもいちばん速く描けるものだと思います。では皆さん、とりあえずは思うままにやってみてください」

古前君と川岸さんは、言葉どおりとりあえず筆を取って、見よう見まねで線を描いてみた。僕も筆を取って、言われたとおりにスパッと線を引いてみたが、思いのほか難しい。

ただ単に線を引くだけなのだが、千瑛のように葉っぱには見えなかった。一瞥《いちべつ》して、笹だと分かるような特徴を、線が有していない。

僕は古前君の絵を盗み見したが、起筆《きひつ》の頭のところは小さく終筆《しゅうひつ》のお尻《しり》のところが極端に大きくなっていた。明らかに力の入れ過ぎだ。しかも葉の終わりのところで筆がガサガサに割れている。これもカッコつけすぎというところだろうか。

川岸さんのほうは、丁寧《ていねい》にかつ真剣に描いているせいか、なんとか掠《かす》れもせず、線の幅も乱れてはいなかったが、葉っぱそのものが内側に曲がっていた。しかも描かれた線はじわっと真っ黒に滲《にじ》んでいたので、時間をかけて描き過ぎていることは明らかだった。まじめで慎重な性格がそのまま表れていた。

僕はといえば、速度は悪くなく、筆が掠れもしなかったが、葉っぱそのものが少し細すぎるし、しっかりとまっすぐには描けていない。曲線ばかり練習していたせいともいえるけれど、やはりあまりうまいとはいえない。

千瑛は全員が描いている姿を見て、それぞれが四方八方、葉っぱを一通り描いたところで筆を置かせた。

「みなさん、よくできました」

と、にこやかに言ってみせているあたり、なかなか良い先生の雰囲気を漂わせている。皆の目がいっせいに千瑛のほうを向いた。そうしていると千瑛がまるでずいぶん年上のお姉さんのような気がしてしまうから不思議だ。川岸さんは惜《お》しみなく尊敬のまなざしを注ぎ、古前君にいたっては何だか分からない目の輝きをぎらつかせて彼女を見つめている。サングラス越しでもそれが確認できるところが凄いことだが、千瑛はまるで気にしないように話を始めた。

「皆さん、一回目でこれだけ描ければ、なかなかいい線をいっています。慣れないことをしているので難しかったはずなのですが、思ったよりもよくできています。一人一人、良いところと悪いところを見ていきましょうね」

古前君と川岸さんは子供のように頷いた。

「ではまず、古前君から」

千瑛は古前君の横に立って絵を眺めた。古前君は千瑛に急に傍《そば》に立たれてドギマギしているようだったが、至極平然としていてまじめな千瑛の様子を見て、なんとか緊張を隠そうとしていた。女好きなのに美女に弱いというのはやっかいだなと思ってしまう。

「古前君はとっても力強い線を描くことができていますね。筆致が特に強いので、ダイナミックな絵が向いているかもしれませんね。あまり手先の技術を伸ばす方ではないかもしれません。起筆と終筆がこれだけ違う……ということなので、ちょっとムラッ気があるか、遊び心が勝ちすぎるところがあるかもしれません。目標を一つに定めてまっすぐ線を引いていきましょう。それと、あまり途中で考えすぎる、というか、考えた後に急に開き直ってもだめです。同じリズムで軽やかに手を動かしてみてください。そうすればもうちょっと良い線が引けるようになると思います。素直《すなお》になりましょう」

古前君は口をホの字にして千瑛を見ていた。まるで性格判断のように一筆見ただけで古前君の癖や雰囲気《ふんいき》を言い当ててしまい、弱点も見抜かれてしまっていた。千瑛クラスの達人になると線を見ただけでその人の雰囲気とか才能が分かると自分で言っていたが、確かにそのようだった。まるで占いのような言葉を言われた古前君は、

「脱帽だ、千瑛先生」

と言いながらサングラスを外した。子鹿《こじか》のようなつぶらな瞳が現れて、驚き感動している古前君の顔はおもしろかった。

千瑛は古前君に向かって一度だけ作り笑いをしてから、川岸さんの横に行くと、

「とてもがんばりましたね」

と、とりあえずほめた。よくできてはいないが、確かにがんばっている雰囲気が川岸さんの絵からは伝わってきた。

「川岸さんはものすごくまじめな性格の方ですね。これだけ慎重に描かれるということは、石橋を叩いても渡らないようなタイプなのでしょうね」

「そ、そうです」

「そうですよね。でも、画面の上ではどんどん失敗していきましょう。少し思い切りよく描いているほうがうまくいくことが多いです。特に水墨画はそうです。ちょっと冒険するくらいが良い結果を生みます。水墨画でそういう思い切りを身につけていけば、実生活でもそういう思い切った行動をするときの練習にもなりますよ」

「本当ですか？　それは凄い」

「水墨画ってそういう絵画なんです。勇気がないと線なんて引けない。一筆だって間違っちゃいけない場所に勇気をもって挑んでいくのが、水墨画だと思いますよ」

千瑛の表情は柔らかかった。川岸さんはなんだかとても神々しいものを見るように

千瑛を見ていた。そして僕は千瑛がとても不思議なことを言っていると思った。

「勇気がなければ線は引けない」

という言葉が、まるで千瑛そのものを表しているような感覚を覚えていた。そして、その言葉の中に、千瑛の絵のあの燃えるような雰囲気を感じ取ることができた。僕が情熱だと思っていたものは、千瑛の勇気だったのだ。湖山先生の言葉を借りれば、それこそが千瑛の内側にある現象そのものだったのではないか、と千瑛の言葉に耳を傾けながら思った。

千瑛は言葉を続けた。

「そうですね。起筆と終筆の乱れがあまりないので、初志貫徹の強い意志を持った人だなあと思います。手も柔らかいし、どちらかといえば花ものが向いていると思いますよ。凄く繊細な方ですね」

「まさか！」

と声を上げたのは古前君で、その瞬間に古前君は川岸さんから強烈な平手打ちを食らった。サングラスを外していてよかったなと思うほど力いっぱい殴られていたので、古前君は頬《ほお》を押さえながら黙り込んだ。僕もさすがに繊細さからかけ離れた強烈な平手打ちにびっくりした。だが千瑛が繊細だというなら、川岸さんは繊細な人間なのだろう。確かに古前君のデリカシーに欠ける人柄は、繊細な人間にはちょっと辛いかもしれない。

「とにかく小さくまとまらず、大きく描いたり、逆に極端に小さく描いてみたりして、筆でいろいろと実験をしてみてください。同じことだけを繰り返していてもだめですよ」

川岸さんはしっかりと頷いた。まるでご託宣《たくせん》のような言葉に聞き入りながら、次はいよいよ僕の番なのでその様子を二人が見守っていると、千瑛は元のように席に着いて、

「青山君はそのまま続けてください」

とだけ、そっけなく言った。

僕はとりあえず指示どおり、また笹竹を描き始めたけれど、いっしょに練習をしている二人にとっても今度は、その様子は当たり前には映らなかったらしい。二人は顔を見合わせたが、とにかく目の前にあることに没頭し、千瑛の様子を見守った。なんだか僕がとても悪いことをしたようで居心地が悪かった。

そのまま僕と千瑛はたいして口も利《き》かないまま練習を終えて、川岸さんと古前君はなんとなく水墨画を上達させて満足げに帰っていった。二人は最後まで僕らの間の不穏な空気について触れなかった。あとで二人きりになったときに、たっぷりとうわさ話に花を咲かせるつもりなのだろう。少なくとも古前君の魂胆は見え見えだ。

不定期だが四人の予定が合うときを練習日にしようと決めて、その日は解散になった。

部室から出て、キャンパス内をトボトボ歩いて帰ろうとしていると、千瑛が後ろから駆け寄ってきて、

「青山君」

と、僕に声を掛けた。僕は振り返り、午後三時の照り返しの中、目を細めて千瑛を見た。彼女は、何かを言おうとして立ち止まっているのだけれど、最初の言葉が見つからないのだ。僕もまたそうだった。

僕らはたぶんお互いが、自分の想いをそのままうまく口にすることができない人間同士なのだ。僕らはそれほど多くのことを語らないまま生きてきたのだろう。こんなときにお互いの距離を上手に埋める言葉を何一つ持っていないなんてカッコ悪すぎる。千瑛には気位の高さが、僕には臆病《おくびょう》さがこの瞬間のじゃまをしていた。

僕の頭に浮かんだのは相変わらず映像だけだった。一本の線とその一本の線の中にある想いだけだ。いつもならこんなとき心を閉ざしていればそれでよかったのに、千瑛の大きな一対の目は、僕を離してはくれなかった。

「私は、私たちは、青山君のことを何も知らない」

と、彼女はとても弱々しい声で言った。何をどう答えればいいのかも分からないいま彼女を見つめていると、まるで自分がこの世界にたった一人しか存在していなくて、千瑛はまるでただの幻みたいにそこに立っているように思えた。そうであったらいいな、と思ったのは、孤独であれば、どんな説明も誰にも、自分にさえもしなくていいからだ。もし今、ここにいる千瑛が幻なら、僕が感じていたことを説明しなくてもいいだろうか？　言葉で話し始めれば、その瞬間に語りたいことから遠ざかっていく感情をどうやって伝えたらいいのだろう。自分自身について語ることがときに、強い苦痛を伴うことを、千瑛にどうやって説明すればいいのだろう？　もし、いまここにいる千瑛が幻であるなら……、千瑛を見つめながらそんなことを想っていた。

夏休みの大学の閑散とした雰囲気がそんな幻想を見せたのかもしれない。だが、僕は千瑛に伝えられるかもしれない最後の方法を口にしていた。僕は、

「千瑛さん、僕の絵を見てくれませんか？」

と言った。

帽子のひさし越しの影の中にうつむいていた千瑛の瞳に、静かな決意と温《ぬく》もりが戻ってくるのが分かった。千瑛はいつものように、

「分かったわ」

と力強く頷いた。

当然のように僕の部屋に戻ってきて、当然のように千瑛といっしょにまた片づけをして、お茶を出したのはなぜなのだろう、と思ったけれど、結局は何をどうしたらいいのか、僕ら二人が分かっていないからだと気づいた。

僕らはその間、ほとんど口を利かなかった。

床に画仙紙が散らばっているだけだったので、部屋の片づけは、大きなゴミ袋を三ついっぱいにすれば、それで事足りた。以前と同じように何も置かれていない生活感のない空間がすぐに出来上がったけれど、壁に貼られているお手本はそのままにしておいた。そのお手本を見つめているだけで、僕は少しだけ温かい気分になれた。それらは実際にいまの僕に必要なものだ。

千瑛は目の前の紅茶のカップにあまり口をつけなかった。僕はずっと墨をすっていた。硯《すずり》と墨の擦《こす》れる小さな音だけが僕らの間に響いていた。微かで、聞き逃してしまいそうな小さな呟きのような音だ。溶けて消えてしまった後でその意味に気づく小さな言葉のようだった。僕はそれでこれから絵を描く。

僕が描ける絵は一つしかなかった。

釘《くぎ》の頭のように根元を描き、蟷螂《かまきり》の腹のように線を膨《ふく》らませ、鼠《ねずみ》の尻尾《しっぽ》のように鋭く逃がす。釘頭《ていとう》、蟷肚《とうと》、鼠尾《そび》と呼ばれる基本的な描法だ。一筆目のたった一本の線を引くためだけにこれだけの名前がある。

そして、その一本目を決めて、二筆目。一本目の流れとは反対方向の弧を描き、弧と弧の重なる根元に小さな隙間《すきま》を作る。この場所を、鳥の目のような形になっているから、鳳眼《ほうがん》という。二筆目は一筆目を補うように副《そ》えて、主張しすぎないように……それから、三筆目。さっき作った、鳳眼を破るので破鳳眼《はほうがん》という名前の付いている線を引く。弧と弧が重なる細長い切れ目のような場所から発し、一筆目と同じ向きに描いていくその線は、絵の中の空間の奥行きに向かって飛んでいく。終筆に向けて急激に細くなっていく場所は腕の見せ所だ。僕は速度を緩《ゆる》めず、穂先で空間を斬った。

突然、平面だった空間に一本の枝垂《しだ》れた葉が存在し、絵の中に奥行きそのものが現れた。空間があって、そこに現象が生まれるのではなく、現象が先立ってあって、空間が生まれるという現実にはあり得ない瞬間を見るのは楽しい。

それは打ち上げられた花火を見上げて初めて、夜空の闇を意識するような感覚だ。何かを始めることで、そもそも、そこにあった可能性そのものに気づくのだ。

そこに、何もない場所に突然描き出す水墨画のおもしろさがあるように思えた。

その後は株を整えるために、必死になって線を描いた。恐れないように、立ち止まらないように、振り返らないように、ただありのまま手が動くように。

その後、筆洗《ひっせん》できれいに筆を洗うと、筆洗の中で小さな魚が跳《は》ねるように飛沫《ひまつ》を伴った音がした。筆の穂先はまるで魚のようだ、と水に浸すとき、いつも思っていた。その魚は尾を振り墨を吐き出している。

筆を洗い終えると、含んでいた墨の重みが消えて、一円玉一枚分かそれ以下わずかに筆が軽くなる。肩の力が少しだけ抜ける瞬間だ。

気持ちを新たに、薄墨を穂先に含ませ、さらに一ミリ以下の先端に濃度の違う濃墨を含ませる。その筆を、花にそっと触れるようなわずかな力で揺らし、筆の繊維の中で、さっき筆を洗ったときに含んでいた薄墨と、いま含んだ濃墨を溶け合わせる。生命感はその筆の繊維の中の細かな動きで生まれてくる。最小単位のグラデーションだ。

僕はその筆を画面の上にそっと乗せる。

すると、筆の中の墨は筆の中から紙の上に動き、みずみずしいその姿を現す。水に溶け、命を模《も》した墨が、真っ白な最小限の現象のほうへ移動していく。現象の中に新しい生命が生まれる。

それが花びらだ。

滲《にじ》みながら広がっていく柔らかい蘭の花びらは、描き手にさえ、いつも予測不能の広がりを見せる。その日の湿度や、筆の状態や、紙の状態、墨の出来具合、それから最小単位の調墨を左右する微かな心の動きを反映しながら、半ば意図的に、それでいて半ば偶発的に、花びらの色合いやグラデーションは決まっていく。描き手の手を超える動きが、画面の中で起こる。

そのとき、僕はいつもワクワクする。

自分の手を超えたものが、自分の手によって生まれていると思えたとき、はじめて、そこに命が生まれていると感じる。

命はつまるところ意思だけでは成り立たない。意思を大きく超えたもの、運命がその手順の中に入り込んでいるような気がするからだ。

そのひたむきな一連の動きの中に流入してきた運命が、最後には生命感を決める。描けば描くほど、水墨画というのは、その制御不能なものと関わり合う技法であるような気がしていた。自分が機械のように精密で確かな技法を持っていても、最後の最後に絵の良《よ》し悪《あ》しを決めるのは運命そのものだ。描き手に求められ、描き手が決められるのは、その運命をどう捉えるか、という態度だけなのかもしれない。

僕はこの三週間、ずっと水墨を描きながら、その制御不能な運命の前で、運命に対する態度を決めかねていた。

認められないと運命に抵抗すべきなのか、このままでいいと運命を受け入れるべきなのか、出来上がってくる一枚一枚はいつもその選択を迫ってきた。

湖山先生は「自分の心の内側を見ろ」と言ったけれど、僕の心の内側にあったのはいつも両親のことだった。

なぜ、もっといっしょにいられなかったのだろう？

なぜ、もっと多くの時間をいっしょに過ごせなかったのだろう？

なぜ、僕はいっしょにいる時間をたいせつにできなかったのだろう？

なぜ、僕は取り残されてしまったのだろう？

なぜ、僕は生きているのだろう？

そして、暗い感情とともにいつも湧《わ》き起こってくる疑問は、

「どうしてこんなことが起きてしまったのだろう？」

ということだ。

交通事故に巻き込まれ、加害者は死に、被害者である父は死に母は死んだ。そして、僕はとり遺された。それは充分に分かっている。僕が事故を引き起こしたわけでもなく、どんな遠因も僕自身には見いだせない。だが、その出来事を取り巻くあらゆる瞬間の中で、両親を救う術《すべ》が、少なくとも今のこの現実を変える術が、何処かにはなかったろうか、と、どうしても考えてしまう。ガラスの部屋は、僕の内側にいまもあり続ける。そこにはやはり過去が映り、傷ついた父と母の遺体が映り、制服を着て立ち尽くしている僕の姿が映っている。僕は滲んで広がっていく命を筆の穂先に宿す

僕は急激な緊張からまた言葉を失った。

たびに何度もあのシーンに立ち返る。無数のリテイクの中で、ほかにあらゆる方法がなかったのだろうか、とただ僕自身の内側で考え続ける。ガラスの部屋は凍《い》てついて、そして曇っていく。孤独の冷たさがその部屋の中をいつも満たしている。そして両親が亡くなった今、とり遺された僕にどんな選択ができるのだろう？

運命はいつも僕に態度を求める。ただ生き、何かを想うたびに僕がどうすべきなのかを、迫ってくる。僕が答えないから、いつもどうあるべきか、だけを求めてくる。

二年前、僕は立ち止まった。いま、僕は、現象を、運命を、描くたびに眺めている。

その繰り返しの中で、自分の在り方を探している。ほかには何もできない小さな人間が、ようやく自分の存在を探すための小さな試みを繰り返している。

なんとか生きようともがいている。

生きる意味を、穂先と紙面との境界線で、運命の中で探し続けている。

僕は花を描き続けた。花を描き終えて、最後に心字点を打ち、春蘭は終わった。

筆を置いて、しばらくしても僕らは口を利かなかった。彼女は絵を見つめ続け、僕は急激な緊張からまた言葉を失った。

「どうしてこんなに美しいものが創《つく》れるの？」

と彼女が言った。

僕は視線を上げた。

それは美しいものを見た喜びではなくて、深い憂いを含んだ透明な表情だった。千瑛の目には描かれたものの意味が分かるのだ。僕は自分の絵を見た。まるで自分自身を見ているかのように、何かを感じたりはしなかった。湖山先生のものとも、翠山先生のものとも違う、確かに生きた花がそこに描かれていた。

僕の答えを彼女が待っていることに気づいて、僕はなんとか答えを絞《しぼ》り出した。

「美しいものを創ろうとは思っていなかったから」

と、僕は正直に答えた。僕は美を求めたわけではなかった。僕はただ自分自身の答えを探そうとしていた。その術が今は水墨だった。だが、そのすべてを説明することはできない。説明することができないから絵を描いた。

千瑛は少しだけ頷いた。

「この前、お祖父ちゃんが言ったことを私もずっと考えてる。現象とは、外側にしかないものなのか？　心の内側に宇宙はないのかっていう言葉。青山君には、あの言葉の意味が分かったの？」

僕はそれについてもうまく答えられなかった。湖山先生の問いの答えは、自分自身でみつけるべきものだ。よっぽど困った顔をしていたのだろう、千瑛は答えを待つのを諦めて、視線を僕から絵に戻した。僕にはそのほうが嬉しかった。

「其《そ》の馨《こうば》しきこと蘭のごとし」

千瑛が呟いた。千瑛はそう言って視線を上げた。僕は何のことか分からずに、不可思議な言葉を反芻《はんすう》した。

其の馨しきこと蘭のごとし。

僕が不思議そうな顔をしていると、

「気づいていなかったの？」

と言って千瑛は驚いた。千瑛は、振り返り壁に押しピンで留《と》めてある翠山先生の絵を見た。

「翠山先生の絵ね。画賛《がさん》にそう書いてあるのよ。其の馨しきこと蘭のごとしって。あれも見て、ずっと練習していたのでしょう？」

僕は頷いた。千瑛は微笑んだ。

「蘭をほめる画賛に、わざわざ、蘭のように馨しい香りがするなんて、何だか間の抜けた画賛だけれど、青山君にそれを贈ってくださったのなら、意味はたった一つしかないわ」

千瑛はこちらを振り返って、はっきりと言った。

「あなたがまるでこの蘭のような人物だっていう意味よ」

僕は目を見開き、千瑛を見て翠山先生の絵を見た。そう言われて読んでみれば、確かにそう書いてあるように見える。美しい言葉だなと思った。翠山先生の最後のあの微笑みをようやく理解できたような気がした。翠山先生は僕を思って、絵を描いてくださっていたのだ。

「蘭は、孤独や孤高、そして、俗にまみれずひっそりと花を咲かせていく人物の象徴でもある。翠山先生は青山君に蘭を感じたのね」

僕らは二人で同じものをしばらく眺めていた。

考え方を変えれば、この部屋はまるで美術館のようだ。達人の絵が贅沢《ぜいたく》なほど並べられ壁一面に貼られている。無限の自然と墨色の変化が壁を飾っている。

ずっと何もなかったはずの壁に今は水墨画がある。

そして千瑛といっしょに、いまはそれを眺めている。僕はそれだけでなぜだか妙に優しい気持ちになれた。たぶんいま、ガラスの部屋からこの場所を見ても、同じように見えるはずだ。僕の目にはいつも水墨だけはありのまま映っていた。千瑛もまた同じものを見ているのだろうか。僕の孤独の中に小さな温度が帰ってきた。

もしかしたら、あの事故以来はじめて、自分の部屋でくつろいでいるのかもしれないと思えた。僕は思わず、その場に座り込んだ。

なぜだかとても疲れてしまっていた。すると、千瑛は微笑んで、長い足を丁寧に折りたたんで、さっきよりも近い場所に座った。僕はそれだけで、またドキドキしてしまいそうになったけれど、すぐに千瑛は立ち上がって、先ほど僕が描いた春蘭を押しピンで壁に貼り付けた。翠山先生とは逆向きの逆手《さかて》の春蘭が並んで咲いていた。湖山先生の春蘭も少し遠くにあったけれど、見比べてみると、それぞれがまるで違う。異なった雰囲気の絵師たちの心が一枚の壁の中で同じように咲いている。それぞれがそれぞれの生を生きているのがよく分かる。線によって心が絵になれば、老いも若いも何も関係がない。時間は存在せず、ただ空間だけがそこに広がっている。

一枚の絵になったとき、僕もまた生きているのだと感じられた。千瑛が隣に戻ってきて座り、さっきよりもさらに近い場所で絵を見ていた。千瑛の呼吸や温もりまで感じられそうだ。絵を見やすい場所をごく自然に探しているのだろうけれど、彼女は自分が美しい女性であることをいつも忘れていると思う。肩が触れそうなほど近づいているのに、千瑛は僕になんか気づかないように絵を見ている。そしてこちらを向いた。

「こうしたほうがいいでしょ？」

と言ったのはもちろん壁の絵のことだ。僕は静かに頷いた。そして、僕らは壁の絵を見た。

「こうして見ていると、青山君の絵もそれほど見劣りしないわね。これだけならもうすでに達人たちと肩を並べているように見える」

僕は静かに言葉を聞いていた。頷いたり、否定したりもしなかった。そんなことはもうどうでもよくなってしまっていた。

「あなたには、私には、ないものがある。これを見ているとそれが凄く分かる」

彼女は語り続けた。大きな瞳が僕を見続けている。

「あなたがお祖父ちゃんに見いだされたとき、私はもっと歓迎しなければいけなかった」

千瑛は手を差し伸べて、僕の頬に触れた。手が小刻みに揺れていたので、千瑛が震えているのだと思った。だが、本当に震えていたのは僕だった。僕は次の瞬間、やってくることも、言葉も何もかもを恐れていた。

「あなたに何があったのか、もうきかないわ。あなたがいつか、それを話したくなるまで、私は待っていることにする。私は、あなたのことを本当にずっと分かっていなかったのかもしれない。でもね、青山君。あなたはもう独りじゃないわ。語らなくても、こうして描くものを通して、私はあなたを理解できる。私だけじゃなくて、私たち皆があなたのことを信じて、感じていられる。あなたはもう私たちの一員よ」

僕の震えはとまり、何かに耐えるように強く瞳を閉じた。千瑛に縋《すが》りついて泣き出してしまいたい気持ちを僕はずっと堪《こら》えていた。

千瑛が家に来た次の日から、僕はスランプに陥《おちい》っていた。

とたんに筆は進まなくなり、あるポイントから成長が止まってしまった。何枚描いても、手ごたえのある線が引けず、どれだけお手本を眺めても新しい発見がなかった。

ただそのことに焦りを感じることもなかった。毎日、決まった量を描き、そして眺め、筆を置く。そのほかの時間は、ただゆったりとした休日を過ごした。僕は湖山先生の次の指導を楽しみにしていた。

千瑛にはあのあと、一度、次のサークルの練習日について連絡をとってみたが、返事は返ってこなかった。千瑛の返信がないせいで、やたらと携帯を見る時間が増え、ちょうど手元で眺めているときに久々に叔父《おじ》から着信が入った。

墓参りをしないか、と誘われて、僕は少しだけ悩んだが断った。

「気分が乗らないので」

と、電話口で謝りながら、学園祭の準備があるから忙しい、と簡単に嘘《うそ》をついた。その嘘に叔父もこだわりなく頷いた。そう答えることが最初から分かっていたような口ぶりだった。

「いつでも帰ってきていいからな」

と叔父が電話口で言って、僕は、

「ありがとう」

と、それだけ伝えた。それ以上、何も言えなかった。父と母の墓の前に立って手を合わせてしまうと、ようやく手にした今の当たり前に近い暮らしが一気に崩れてしまいそうで怖かった。久しぶりに聞いた叔父の声の暗いトーンにも、あのころを思い出させる救いのないニュアンスがあって、それだけで少し疲れてしまった。叔父が悪いわけでもなんでもないけれど、叔父や叔母と話をすると、どうしても父と母を思い浮かべてしまい、自分からは連絡ができないでいた。

「少し元気になったか?」

と訊ねられて、例のごとく答えられないでいると、

「いや、いいんだ。気が変わったらまた連絡をくれ」

と言い残して叔父はそのまま電話を切った。それからしばらく動けないまま、大きく息を吐いて、天井を見上げていた。

そのまま部屋にいたくなくて外に出た。だが、何処《どこ》にも行く当てがないので、とりあえず大学に向かって歩き、少しずつ和らいできた夏の日差しを体中に浴びていた。キャンパスに行く途中の大きな通りの両側に桜並木があり、木々は深緑の葉を付けて

並木道を覆《おお》う木陰《こかげ》を作っていた。

その木陰のゆるやかな坂をゆっくりと登ると大学に着くのだが、その向こう側からタイミング悪く、古前君が歩いてくるのが見えた。僕はあまり気分がいいわけではないので、そのまま振り返って逃げてしまおうかと思ったが、迷っているうちに古前君は手を上げてこちらに挨拶した。僕も反射的に手を上げて古前君に挨拶した。これで、今日一日は潰れるのだな、となんとなく分かった。その予感はもちろん的中する。

「やあ、青山君、元気になったか？」

と訊《たず》ねる古前君はすこぶる機嫌《きげん》が良さそうだった。なぜ、僕を見ると皆元気になったかと訊ねるのだろう？　理由は分からないでもないが、僕は塞《ふさ》ぎ込んでいるだけで体調を崩しているわけではない。

「実は、青山君に話したいことがあったんだ。喫茶店に行こう」

もちろん、是も非もなく僕はいつもの川岸さんのいるカフェへ連れていかれた。

座席に着くとなぜか、川岸さんまでもが着席し、僕は二人と向かい合うことになった。しかも、二人とも表情が険しい。何事かと思いながらアイスコーヒーを啜《すす》っていると、古前君が口を開いた。

「なあ青山君、俺は君にとても重大なことをきかねばならない」

「な、なんだ？ 古前君。やぶから棒に。それはききづらいことをきくときのあまり縁起の良くない言葉だぞ」

「まさしく、そのとおりだ。だがきかねばならない。これは我々の今後の方向性に関わる問題だ」

川岸さんはうんうん、と頷いた。悪だくみをするときは、この二人は妙に息が合っているな、と思う。そして、二人の考え方の方向性を僕は当然のように悪だくみだと決めつけている。嫌な予感というのはつねに当たるものだ。

「青山君と千瑛嬢は付き合っているのか？」

ききづらそうに古前君が話したその横で、目をキラキラさせながら川岸さんが答えを待っていた。まあ、おおかたそんな類《たぐ》いの質問だろうとは思ったのだが。僕はごくごく冷静に、

「いや、まったくそんなことはない」

ときっぱり言った。すると思ったよりも古前君は戸惑った。

「うむむ。そうなのか。俺は二人はてっきり、かなりいい感じで、もうすでに付き合っているものと思っていた。皆で練習をした日の千瑛嬢の様子はただ事ではなかったからな。あれからどう転んだのか凄く気になっていたんだ」

「どう転ぶも何も、千瑛さんは先輩で姉弟子で、湖山先生の親類なのだから、こちら

からしても敬《うやま》わなくてはならない人だよ」

「そうなのか」

そう言うと古前君は、あごに手を当てて深く考え込むフリをした。フリだと分かるのは、実際には古前君は物事を深く考え込んだりしないからだ。

「いったい青山君にとって、千瑛嬢は何なのだ？」

僕は不可解なものを見るように眉間《みけん》に皺《しわ》を寄せた。

「だからいま言ったとおりだよ。先輩であり、湖山先生の親類で、それ以上でもそれ以下でもない」

「それは嘘ね」

と、声を発したのはバイトそっちのけで座席に座っている川岸さんだ。

「千瑛先輩のあの顔はただ事ではなかったわ。たとえて言うなら、好きで好きでどうしようもない相手から拒絶的な態度をとられたときの乙女のゆううつか、好きで好きでどうしようもない彼氏が浮気をしていたことに気づいてしまった乙女の衝撃、という感じよ。いったいどっちなの？」

なぜ、どっちかだと限定するのか分からないが、まず前提が間違っている。

「いや千瑛さんは僕のことを好きで好きでどうしようもない、と考えたことは一度もないはずだ」

たぶん。

そう言った後で、千瑛に触れられた頬の感触がよみがえった。あの指先の感触のような優しいものを僕がまた求めていることも事実だった。ただそれが千瑛なのだと断定できないだけで、僕は確かに千瑛が嫌いではなかった。そのことは千瑛にもたぶん伝わっている。それ以上のことは分からない。それで充分じゃないか、と思ったのだけれど、この二人にとっては、それでは充分でないらしい。

「いいえ、違うわ、青山君。あなたは何も分かっていない。ただの弟弟子や知り合い相手に乙女があんな顔をするものですか。やたらと幸運な男だと思っていたけれど、この幸運に気づいていないのなら、それはむしろ不幸よ」

「何を言うんだ？　僕くらい紛《まぎ》れもなくツイていない男は少ないと思うけれど」

「いいえ。あなたはトウヘンボクの上に、ムカつくくらいやたらとツイている男よ。湖山先生のような凄い人に出逢《であ》うことだって、一生のうちに一度もない人だっているる。でもそれだけじゃなくて、千瑛先輩のように一生かけても見つからないくらいすてきな女性に出逢うっていう幸運にまでありついている。そして、残念なことに千瑛先輩の気持ちに気づけていないっていう最大の不運にも見舞われている。私たちは、友人としてそれを回避させてあげようって言っているの」

「さっきからいったい何の話をしているんだ？　それはなんだか僕の話ではないみた

いだけれど」

「いいえ、あなたの話よ。私たちは目撃してしまったのよ」

「いったい何を？」

「千瑛先輩が、私たちの知らない美男子とデートしているところを」

まさか、と思った後で、どうして自分が動揺しているのか、分からなかった。

それは僕に関わりのない問題だからだ。だが、なぜだか次の言葉が喉元《のどもと》から出てこない。何をどう感じているのかうまく把握《はあく》できない感情が出てきて、僕はいつものように口ごもった。そうか、といったような、そうなのか、といったようなそんなあいまいな返事をもごもご言った。

川岸さんがなんとなくニヤリとした意味を推し測るまでもない。それみたことか、と顔に書いてある。こんなにもあからさまな敗北を感じたのも久しぶりだった。

「実は、私たちこの前とんでもないところを目撃してしまったのよ」

僕は頷いた。畳《たた》みかけるように川岸さんは話を続けた。

「実は、実はね……」

川岸さんが嬉しそうに、ためてためて話をしようとしたところに古前君がバサッと声を発した。

「千瑛嬢がその男と別れ話をしていたんだよ」

「まさか?」

「いや。俺たちも目を疑ったが、マジな話だ。涙目の千瑛嬢が薔薇《ばら》の園の中で、男に何かを言って男の手をとったけど、男は千瑛嬢の手を離してそれから歩き去っていった。俺たちは、その場で立ち尽くして、それをコソコソ眺めているしかなかった。心当たりはあるか、青山君？」

「いや、まったくないな。彼氏がいたことも知らなかった」

「それぐらいは知っとけよ！　家に行き来する仲なんだろ」

「行き来するって、千瑛さんのほうが一方的に来るだけだけれど」

「それだよ！　それ！　どんな僥倖《ぎょうこう》があったら、あんなすてきな女性が、家にやってきて、半分もうろうとしている自分の殻に閉じこもってばかりの男を連れ出してくれるんだ？　今回の件も含めて君は少し自分の幸運に気づいたほうがいい。いいか、これはチャンスなんだ」

「チャンス？」

「鈍いわね。千瑛さんが男と別れたってことは、いよいよ、青山君の番が来たってことじゃない。まさか、千瑛先輩が気にしているほかの男がいるの？」

「いや、そういうことは、僕は全然、分からないんだよ。さっきも言ったみたいにそういう関係じゃないんだ」

「それは嘘ね！　青山君が話していた気が強くて高慢なお嬢様は、実際に会ってみると、ほかの誰よりも青山君に優しい人だったじゃない。あれが好意でないとすれば、なんだというの？」

「ただの優しさじゃないかな？」

「そんなわけないでしょ！　ちょっとは、優しさの意味に気づきなさい！」

川岸さんの目が、僕の目の前で妙にぎらついていたが、僕はどの話もいまいち頷けなかった。話はもっと単純で、千瑛は自分を魅力的な女の子だとはそれほど思っていなくて、同じくらい僕を異性として意識していないということだと思う。僕はただのかわいそうな親戚《しんせき》の男の子くらいのポジションだと思うのだけれど、それを川岸さんに納得させるには、僕は少し動揺し過ぎていた。

「今回のことは青山君にとっては大きな事件よ。千瑛先輩が弱っているこの瞬間を見逃す手はないわ。本気で彼女をモノにしたいと考えているのなら、あらゆる努力を惜しんではいけないわ。あなただってよく見れば、そこそこマシな見かけはしているんだから、がんばらないと……。努力よ、努力！」

「努力って？」

「それはつまり……」

「つまり？」

「まずは現場検証よ」

何を言っているんだ？　と小首を傾《かし》げたところで、川岸さんは言葉を続けた。

「何がどんなふうに起こっていたのか知るには、現場に足を運ぶしかないわ。そうすればことの重大さにも気づくはず。咲き乱れる薔薇の中での別れ話なんて、よっぽど深刻な事態よ」

「薔薇が咲き乱れていたことを教えてもらえれば、それで充分だよ」

「ばかね。咲き乱れていたのは、千瑛さんの乙女心だよ」

「何を言っているんだ？　川岸さん？」

「とにかく、現場検証よ」

古前君と川岸さんは顔を見合わせてニヤリとした。僕はただただ嫌な予感しかしなかった。

僕が連れていかれたのは、それほど大きくはない植物園だった。

大きな貯水池の傍の市の管理する公園に併設された植物園で、年がら年中、閑散としている美しい場所だ。公園も閑散としているし、植物園も閑散としているし、薔薇が咲き始めた今の季節になっても、まばらにしか人はいない。確かに恋人たちのデートコースにはぴったりの場所だった。とても美しい場所なのに、たいていの場合、二人きりになれる。

バイトのシフトを無理やり切り上げ、午後から現場検証だと言い張った川岸さんは、古前君といっしょに電車とバスを乗り継いで、この場所まで僕を護送してきた。

植物園の門を潜り、そもそも、こんな場所でこの二人も何をしていたんだ？　と、古前君と川岸さんを振り返ると、仲むつまじく見つめ合って、引っ付いたり離れたりしている姿が見え隠れしていた。なんだ、気づかないうちにこの二人は付き合い始めていたのか、とあまり興味もないまま感づいて、僕は二人のデートを盛り上げるためのささやかな口実にすぎなかったのではと訝《いぶか》しんだ。古前君のサングラスがキラキラと光って、川岸さんにときめいているのを振り返りつつ眺めていたが、どうやら、付き合い始めていた、というよりは、そろそろ付き合いそうだ、というあたりが妥当な線かもしれない。告白する勇気のない古前君が、もう一度、二人きりになれるように僕を誘ってまた植物園まで来た、というのが本当のところなのだろう。こうなってくると、千瑛と謎の男性が二人で過ごしていた、というあたりも、だいぶん怪しい話になってくる。

僕はため息をつきながら二人の前から姿を消した。古前君がんばれ、と心の中で呟きながら、恋に血道をあげるというのも青春の在り方としてはありだよな、と人ごとのように思ったりもした。

僕は二人から離れて、植物園を独りぼっちで彷徨《さまよ》った。

温室のサボテンや蝶《ちょう》を見て回り、自分の知らない植物の名前を一つ一つ丁寧に記憶していきながら、携帯のカメラで画像を保存して歩いた。これまで、それほど熱心に植物を見たことなどなかったが、自分が毎日それを描いていると、やはり物の見方も変わってくる。

一つ一つの葉の傾きや枚数、花びらの付き方、形状、色彩、そのどれもが、おもしろく見えてくる。ただ単に、花が咲いていて美しいといった漠然とした感想ではなくて、なぜそれが美しいのかが簡単にイメージできるようになっていた。

葉っぱ一枚の描き方を長大な時間をかけて試行錯誤しているような生活の中で、現実のたった一枚の葉の持つ意味はとても大きい。その無限の変化のバリエーションが目の中に次々に飛び込んでくる植物園は、規模としては小さなものでも、美を学ぶうえではルーブル美術館に勝《まさ》るとも劣らないほどの情報量を持った美の宝庫だった。

そして温室の隅に囲われた少しひんやりとする場所に、僕が探し求めていたものがいくつも置かれていた。この時期には花を付けていなかったけれど、毎日描いていたのでそれが何なのかはすぐに分かった。そして、小さな鉢植えのすぐ近くにその植物の名称は書かれていた。

『シュンラン』

細長い葉っぱをいくつも宿し、枝垂れながら澄ましてそこに佇んでいる植物が春蘭だった。僕は近づいていって葉を手に取った。そのみずみずしくも深い緑に心を奪われて、

「ああ、これが……」

と思わず声に出して呟いていた。それはまるで、はじめて海を目にした子供のような素直さで、僕はその葉っぱ一枚に心を動かされていた。

思ったよりも、春蘭の葉っぱは小さく、そして鋭く硬い。

株の根元も、絵では省略して描かれているが、しっかりとした存在感がある。見れば見るほど絵との違いは明らかだ。そして、どちらが間違っているのか、と考えれば、考えるまでもなく絵のほうが間違っているのだ。現物はこちらで、現実はここにある。

一枚の葉を手に取りながら、自分が思い描いてきた春蘭と現実の春蘭が乖離《かいり》していることに戸惑いながら、一方で飽きもせずにそれを眺めていた。

そして、乖離しているのは、自分の絵だけではなく、湖山先生の絵も翠山先生の絵もすべてがそうだというごく当たり前のことにも戸惑っていた。それでいて今日まで春蘭というのは、湖山先生や翠山先生が描くような美しく存在感のある花だと思っていたのだ。

実際の春蘭は、花が咲いていないせいもあるけれど、とにかく単調で地味で簡単に見落としてしまいそうな植物だった。

この地味で細くて特徴もなくひっそりとそこにいる姿をそのまま『其《そ》の馨《こうば》しきこと蘭のごとし』と言われたのなら確かに僕だとも頷けるのだけれど、湖山先生や翠山先生が感じている蘭への思い入れには、たぶんちょっと当てはまらない。印象が違いすぎるのだ。

僕は本物の春蘭を見て、さらなる謎を抱えて温室を出た。

温室を出ると少しだけ涼しく感じた。山間の貯水池の近くで、その山を越えればすぐに海がある。心地よい風が吹き抜けて夏の終わりをぼんやりと感じながら、気づくと薔薇の園のほうへ足を向けていた。

毎年九月中旬から十月の中旬までこの植物園では大規模な薔薇の展覧会をやっていて、あまり特徴のない植物園の唯一の目玉がこの薔薇の園になっていた。

夏を少し過ぎたこの時期、満開には程遠いが、開いている花もちらほらあり、それなりの見応えもあった。もちろん、僕はここでも充分に楽しめた。実際に、水墨画の薔薇を見たことがあり、その薔薇の構図や形を記憶しているので、実物との違いを比べているとそれだけでも時間がどれほどあっても足りない。

そして、もう一つ確信できていることがあった。それは、この場所を千瑛が訪れたのなら、それはデートではなく間違いなく取材だということだ。大輪の薔薇の花は花屋さんにいけば幾らでも観察できるが、蕾《つぼみ》や枝や葉を数多く観察するには、こうして薔薇が咲いている場所に足を運ぶしかない。とりわけ、蔓《つる》薔薇や樹木と一体になった薔薇の様子は、こういう場所でしか観察できない。

仮に描かなかったとしても細部を知ることは間違いなく絵師にとってプラスになる。観察した細部はアドリブに変わり、発想力の根源になる。優れた筆致だけでは絵は完成しない。

そして、もう一つ確信できることは、そういう情熱を持った絵師が、それも薔薇や大輪の花ものの絵を主題として描いている絵師が、たった一度しかこの場所を訪れないということはない、ということだ。

僕らのような人間にとって、ここは美術館をはるかに超えた創造の現場なのだ。

おそらく千瑛は、何度もこの場所に足を運び、時間の経過や蕾の成長の度合いなど、ほかの人にはまるでどうでもいいような変化を喜々として観察していくのだろう。千瑛はこの場所で、湖山賞に出展したあの薔薇の水墨画を創り上げていったのだ。

何百通りもの品種の中で自分が描きたいものを選び、描写する花を選び、向きを選び、情景を選び、必要なパーツを選び出していく。そこに膨大な時間向き合って、真っ白な紙の中に咲く薔薇を生み出した。

あの薔薇を描こうとするまっすぐな情熱は、この場所で作られたのだ。

僕は多くの蕾の中で一足早く咲いている大輪の薔薇を一輪みつけた。

「この赤は……」

僕はゆっくりと近づいて、花びらに触れた。近づくと強い薔薇の香りがした。僕は吸い込まれるようにその花を意識している。

この枝ぶり、葉から花までの比率、そして何よりこの色、これは間違いなく千瑛が描いて見せた薔薇だった。

ただの墨一色で描いた薔薇なのに、僕は間違いなくこの薔薇の色をイメージした。千瑛が伝えたかった、たった一つの薔薇がこの場所にあったのだ。千瑛の意志や純粋さが、あの絵とこの場所を通して、僕の中に現れた。

僕は薔薇の花を眺めながら、記憶の中にある千瑛の絵を思い返していた。千瑛と出逢ったあのとき、千瑛の掛け軸を墨の色の強すぎる精巧なものとしか感じられなかったのは、それは千瑛がこの一輪の薔薇を追い求めていたからなのだ。僕はあの掛け軸を見たときに、彼女に言った言葉を思い出した。

「絵としては本当に凄いと思いました。墨の色をこんなにも赤く感じたことは初めてです。ですが、花が強すぎて、花以外は何も見えなくなりました。ただ精巧な花が、

「……情熱的に描かれているとしか」

というあのせりふに腹を立てたのはよく分かる。千瑛が描きたかったものは、まさしくその赤さそのものであり、生き生きとそれを再現することだったのだ。

だがそれは湖山先生の理想とする水墨画とは、少し違うものだったのだろう。

花を愛し、花を描こうとするあまり、千瑛はおそらく花という現象そのものに捉《とら》われ過ぎてしまっている。まるで片思いのような状態で、愛するがあまり遠ざかってしまうような、どうしようもない距離感だ。

だがそれは別に悪いものじゃない。ごく自然な感情であり、ある対象を慈しむことは絵師としても好ましいことだと思う。湖山先生はいったい何を問題としていたのだろう、という疑問が千瑛の心の中に浮かぶのは当然だろう。

一輪の薔薇は、あまりにも紅い。

この紅一色でさえ、表現するのには膨大《ぼうだい》な時間を費やしたのだろう。そこにもすでに宇宙は存在している。

僕はため息をついた。

確かにこれは、千瑛の立つ場所からは難問だろう。千瑛の絵を描く原動力そのものが、薔薇を愛することならば、薔薇を愛するがゆえに薔薇しか描けないという矛盾《むじゅん》を抱えることになる。

「どうするんだ、これは？」

と、深紅の薔薇に向かってツッコミを入れたところで、僕はもう一人、千瑛と同じタイプの絵師の顔を思い出した。彼もまた美しくて、現象そのものを徹底して追求する超絶的な技巧を持っていた。千瑛がその人に惹《ひ》かれたことも納得できるほぼ完璧な技の持ち主。そこまで思い至ったところで、思いもよらない人物の声が背後から響いた。

「青山君」

振り返ると、思ったよりも近くに千瑛が立っていた。友人同士が話をするよりもずっと傍に千瑛は立っていて、それはまるでこの前、いっしょにマンションで過ごした時間の続きのようだった。僕は千瑛が触れた頰の感触を思い出してまた動揺してしまった。なんとなく分かってきたけれど、どうやら僕は女性に対しては徹底して免疫がないようだ。生き生きとした薔薇の葉と鮮やかな花の中に立つ千瑛は、例のごとく完璧だった。

見惚《みと》れてぼんやりとしてしまいそうになったが、千瑛の背後に、斉藤さんが冷ややかな視線で立っていて僕に会釈《えしやく》した。いつものように慇懃《いんぎん》とも思える態度だ。

おおかた予測はついていたけれど、千瑛といっしょにいた美青年は、この斉藤さんなのだ。確かにこの二人が歩いていれば、何処にいても一発で見分けがつくほど目立ってしまう。芸能人のお忍びデートのように見えるし、傍から眺めているだけで映画のワンシーンのようだ。

僕は斉藤さんに近づき、二人に向かって、

「お久しぶりです」

と挨拶した。斉藤さんは頷いて、

「本当に久しぶりな感じがしますね。よく練習しているそうで。千瑛さんから話を聞いています」

と穏やかな声で答えた。だが、心持ち声に力がない。それほどでもないです、とか、そうなんです、とかあいまいな返事をしていた僕に、斉藤さんは珍しく自分から口を開き、

「君もここに花の観察に来たのですか？」

と訊ねた。千瑛も、興味津々で僕の答えを待っていた。僕は首を振った。

「いえ、ここには友人に連れてこられました。付き添いのような形です。偶然、薔薇が咲いていたので観察していました」

その答えを聞くと、斉藤さんはとくに表情を変えることもなく頷き、

「私たちは、毎年ここに花を見に来ています。良かったらいっしょに回りませんか？」

と誘ってくれた。千瑛を見ると、彼女も頷いた。僕もとくに断る理由もないので、斉藤さんによろしくお願いします、と頭を下げてついていくことにした。冷たい感じで、近寄りがたい人だと思っていたけれど、案外優しい人なのかもしれない。感情が表情として表れにくいので、何を考えているのか、ほとんど分からないが、湖山先生や西濱さんの評価や、千瑛の慕《した》いようを見ていると確かに優しい人なのだろう。

背が高い斉藤さんは、千瑛と僕を置いてスタスタと歩いて背丈ほどの高さの薔薇の密生する小道に入っていった。両脇にはびっしりと薔薇が咲いている。僕と千瑛は顔を見合わせてから、斉藤さんの後を追って迷路のような薔薇の壁を小走りに進んだ。

「いつもここに来ているの？」

と僕がきくと、千瑛は、

「あなたは、どうしてここにいるの？」

と、当たり前のことをきいた。まさか、千瑛と斉藤さんを追ってきたとは言えず、

「古前君と川岸さんのデートの付き添いだよ」

と、半《なか》ば嘘でも本当でもないことを答えた。千瑛は、驚いて、

「あの二人は付き合っているの？　確かにお似合いだけれど」

「さてね。僕にも分からないんだ。いい雰囲気であることは確かだけれど」

そう答えると、千瑛は頷いた。

「いい雰囲気……そう言われてみれば、そうね。だとすると古前君はとてもラッキーな人ね」

「どうして？」

「あんなにかわいい人、そんなに見かけないわよ。私にもあんなかわいさがあれば少しは自分に自信を持てるのに」

と、まったく似合いもしないことを言ったので、僕は聞き流すことにした。

「薔薇の取材はいつもここなの？」

「そう。ここ数年、ずっと見に来てる。蕾のころから開花、それから花が朽《く》ちるまで何度も何度も。今日も花を見るために来たの。まさか、あなたがいるとは思わなかったけれど」

「そうだろうね。僕も、千瑛さんがいるとは思わなかった」

「返さなくてごめんね」

千瑛が僕に初めて「ごめんね」を言ったような気がして、少し驚いてしまった。

「なにが？」

と何のことか本当に分からずに聞き返すと、

「連絡返さなかったでしょ？　ずっと忙しくて」

と、こちらを向かずに斉藤さんのほうを見たまま言った。その瞳が思ったよりも硬くきまじめなものだったので、うまく理由を聞き出すことができなかった。僕は、いいんだ、とだけ答えた。ただの流れで言葉を発するようなそんな感じだ。彼女が突然、目の前に現れたという嬉しさの前に、ささいなことはどうでもよくなってしまっていた。真っ青な空の下、緑いっぱいの木陰を進むのはそれだけで楽しい。そういう清々しさも、彼女を問い詰めないことの充分な理由になった。

気づくと僕らは斉藤さんに近づいていた。彼は立ち止まって花を見上げていた。それは祈りを捧げているような光景だった。

斉藤さんが足を止めたのは、真っ白に薄いピンク色のかかる蔓薔薇の前だった。斉藤さんはその蔓薔薇を静かに見上げていた。

「青山君は、最高の技術とは何か、と考えたことがありますか？」

斉藤さんは、こちらを見ずに僕に問いかけた。最初の技術すら、まだまともにできないのに、最高の技術なんて考えも及ばない。

「いえ、まったく考えたこともありません。最高の技術というのが、存在するのですか？」

近寄ってきた僕ら二人を見て、斉藤さんは少しだけ微笑んだ。それから、言葉を続けた。

「正直なところ、私もはっきりとは分かりません。そう定義された技術もありません。湖山先生がはっきりとそう言われたことも……」

僕も千瑛も斉藤さんを見つめたまま、引き込まれるように話を聞いていた。

「ですが、湖山先生と私で意見が一致していることが一つだけあります。それは、水墨画の筆法の本質は『描くこと』だということです」

「描くこと、ですか……」

それはそうだろう、というような気持ちしか湧《わ》いてこなかったが、斉藤さんがそう言うのなら何か特別な意味があるのかもしれない。西濱さんが言っているのなら、適当な言葉に聞こえるが、冗談を言いそうにない斉藤さんがそう言うと、なんだかとても真剣な言葉に聞こえる。

「水墨画の技術の中には『塗る』という動作がないのです。設色する場合を除いては。『描くこと』は同時にそのものを創ることです。ですが、その考えに反駁《はんばく》するように水墨画には『減筆《げんぴつ》』という用法があります」

「げんぴつ、ですか？」

「ええ。減筆です。長年弟子をやっている私たちには、湖山先生はとくにこのことを言われます。水墨画の最も高度な技法は、そこに隠されている、と」

「減筆とは、どんな筆致の技法なのですか？」

斉藤さんは静かに笑った。この人は話をしているだけで、周りの人を落ち着いた気持ちにさせる何かを持っている。ごくささいな変化に注目しなければ、この人の感情も言葉も読み取れないからだ。僕もまた静かな口調で訊ねた。

「減筆とは端的《たんてき》に言えば描かないことです」

「描かないこと？」

「そうです。筆数を減らすこと。最小限の筆致で絵を描くことです。最小限の筆致で対象そのものの本質や生命感を表すこと、と言い換えてもよいかもしれません」

「ですが、それが最高の技術というのでは、描かないことが技術になってしまいます」

「そのとおりです。もちろん減筆そのものは技法ではありません。固有の筆法があるわけでも、これが減筆だと示せるものもありません。あえていうなら描かれなかった形こそ減筆といえるかもしれません。これはあくまで考え方であって、技術そのものではありません」

「では最高の技術とは、どのようなものだとお考えですか？」

斉藤さんはこちらに一歩近づいて、少し寂《さび》しそうに微笑んだ。

「私は、もうすぐ湖山会《こざんかい》を去ります。少しの間、一人で水墨を眺めてみようと思います。君には、先輩として、してあげられることがあまりなかったので、これから、私が最高だと思う技術をお見せしたいと思います。時間はありますか？」

僕は驚いて、斉藤さんが冗談を言っているのではないかと思い、彼の顔をまじまじと見てしまった。まったく、冗談を言っているふうではない。そもそも斉藤さんは冗談を言わないのだ。千瑛のほうを向くと千瑛もまた頷いていた。千瑛の表情は暗かった。

斉藤さんは、本当のことを言っているのだ。

ためらう理由もない答えをためらっていると、古前君と川岸さんの声が聞こえた。

「青山君、ここにいたのか」

と大声でやってきたのは当然古前君で、なんだか微妙な空気になっている現場を察したのは川岸さんだった。川岸さんは、古前君の袖を引っ張った。古前君も慌てて、大声を張り上げるのをやめた。二人に向かって声を発したのは千瑛だった。

「川岸さん、古前君、二人も薔薇を見に？」

川岸さんは、まるで修羅場を目撃してしまったような苦い顔をしてこちらに近寄ってきた。

「すみません、千瑛先輩。おじゃまするつもりはなかったのですが、青山君を探していて」

「そうなのですか。私たちも青山君にばったり会っていま話をしていました。こちらは私の先生でもあり、湖山門下の兄弟子でもある斉藤湖栖《こせい》先生です」

そう言って、美青年を紹介された川岸さんは、目を丸くして斉藤さんを見ていた。斉藤さんは微笑みはしなかったが、かすかに会釈した。どうやら、この人は初対面というのが、苦手な人らしい。自分から声を発する気配はまるでない。ある意味では、翠山先生と、とても近いタイプといえるかもしれない。余計なことは何一つ言わない。すべては絵で語ろうとするタイプの人だ。絵を描くということは、こういう人たちを生み出しやすいのだろうか。それともこういう人がそもそも絵を好むのだろうか。

「この人が先生、まさか……それは失礼しました。こんなお若い先生がいらっしゃるとは、びっくりしました」

「湖栖先生は、うちの門下でも最年少で雅号《がごう》を与えられた凄い方です。卓越した技術をお持ちの尊敬できる先生なのですよ。私の水墨の技術は湖栖先生に教えていただいたものが多いのです」

そう紹介されて、斉藤さんはようやく川岸さんや古前君に近づいてきた。

「いえいえ。そんなことはありませんよ。千瑛さんに絵を教えているのは、あくまで湖山先生です。私はアドバイスをしただけです。お二人は青山君のお友達ですか？」

「あ、あの、えっと……」

となぜだか赤面している川岸さんは、確かにその瞬間は乙女に見えた。気持ちは分からないでもないけれど、後ろで気まずそうな顔をしている古前君の表情はいただけない。サングラス越しにもなんとなくその様子が分かる。古前君と川岸さんの間に不要な波風が立たなければいいけれど。

「お二人は、青山君と同じ大学のサークルで水墨画を習っている部員さんです。私も、お世話になっている方々です」

「え？　と、とんでもない。千瑛先輩にはこちらこそ、お世話になっています。いつも……」

川岸さんがそう言うと古前君も近づいてきたが、まったく会話に入ってこられない。斉藤さんは、至極冷静に、

「そうですか」

と呟いたきり黙ってしまった。これでは、全員どうしていいのか分からない。ここは僕がどうするべきかを決めて何かいうべきなのだろうけれど、僕だって、何を言えばいいのか分からない。千瑛も斉藤さんに遠慮して次の言葉を継げないままだ。すると、奇妙な間のまま黙り込んでいた斉藤さんが、

「私はこれから青山君を指導するために教室に誘う予定でした。よろしければ、お二人も教室にいらっしゃいませんか？」

と声をかけた。

「あ、あの教室って……えっと……」

そこで千瑛は、斉藤さんの言葉を補足するように、ようやく言葉を継いだ。

「教室は、青山君や私たちがいつも練習している場所です。あそこなら広いし、道具も充分にありますから。この人数なら車に乗れます」

「え? それって、湖山先生のお宅なんじゃないですか?」

「そうです。そこです。ここからそう遠くないので」

びっくりして、川岸さんと古前君は顔を見合わせた。川岸さんはヤッターとガッツポーズをし、古前君はさらなる緊張で固まってしまっている。

「青山君は、当然、大丈夫だよね?」

千瑛は、もうきくまでもないことをきいた。僕はただ頷いた。千瑛は嬉しそうだった。

「そうと決まれば、移動しましょう。もう薔薇は大丈夫ですか?」

僕らがお互いに顔を見合わせて同意を求めているうちに、斉藤さんは振り返りもせずに歩き出していた。

斉藤さんの心は、もうすでに絵の中にあったのだろうか。僕らに背を向けて歩き出したその分だけ、僕は斉藤さんとの距離を感じた。あるいは技術において、あるいはその強さにおいて。斉藤さんの後ろ姿は確かに先生のそれだった。

千瑛がいつも運転していた真っ赤なスポーツカーを斉藤さんが運転して、湖山邸まで着いた。

「これは斉藤さんの車なのですか？」

と思い切って質問してみると不思議そうな顔をした。

千瑛が運転していたり、斉藤さんが慣れた感じで運転している車というのは、正体不明のものだ。千瑛は先日、この車ははっきり自分のものではない、と言っていたし、だとしたら斉藤さんのものだということになるが、もし、仮にこれが斉藤さんの車なら、千瑛と斉藤さんは確かに親密な関係にある、ということだ。

だが、この真っ赤なスポーツカーを斉藤さんが選んで、好んで乗るとも思えない。

僕はよく分からなくなってモヤモヤするのが嫌で、ともかく訊ねてみることにした。後部座席に座っている二人はそれがただの世間話にしか聞こえない。千瑛だけがバックミラー越しに斉藤さんと僕の顔をのぞき見ているように思えた。

「いいえ。これは誰の車ということもありません。あえて言うなら、湖山先生の車です」

「湖山先生の？　この真っ赤なスポーツカーがですか？」

斉藤さんは少し笑った。

「ええ。もちろん湖山先生は、ほとんど乗りません。が、買ったのは湖山先生です。選んだのは湖峰《こほう》先生です」

「に、西濱さんがこの車を選んだのですか？」

「ええ。教室の仕事用の車のほかに、もう一台ふだん使いの車があると便利だから用意しなさいと、湖山先生が湖峰先生に命じたらしいのです。すると、一ヵ月後、納車されたのはこの車でした」

「まさか？　湖山先生は何も言わなかったのですか？」

斉藤さんはため息をついた。

「いえ。湖山先生は笑って見ていましたよ。あの師弟は、こういう大ざっぱなことをよくします。いつもは教室に置いてありますが、休日は西濱さんが持ちだして、ドライブしています。ふだんは、私や千瑛さんが使っています。ご存じのように湖峰先生はバンで移動しているので」

「な、なるほど。これは西濱さんの趣味なのですね」

「そのとおりです」

湖山邸に着くと、川岸さんと古前君は緊張で固まってしまった。気持ちはよく分かる。これぞという感じの大邸宅に、強烈な墨の香り、無駄なものがほとんどなく整然と整えられた絵師の家という佇《たたず》まいは、確かに緊張感に満ちている。

湖山先生や、西濱さんはいないようで、家は静まり返っていた。

千瑛はその静寂の中をパタパタと走って、お茶を用意したり、道具を用意したりしながら、忙しく立ち回り始めた。

斉藤さんは二人を長いテーブルの端に案内して、

「こちらにどうぞ」

と促した。借りてきた猫のようにおとなしくなった二人は、同時にお辞儀して席に着いた。

「お二人のことは千瑛さんに任せて、こちらは別室で練習しましょう」

と言われるままに、僕は奥の部屋についていった。渡り廊下《ろうか》を進んで、中庭を囲むいちばん突き当たりまでいけば湖山先生の仕事部屋に着くのだが、今日はその途中で右に折れて近くの小さな部屋に通された。

どうやら、そこが斉藤さんの練習部屋らしい。特に何の説明もなくその場所に通されたのだけれど、そこが斉藤さんだけの場所であることは疑いの余地がなかった。部屋の広さは充分あり、教室と同じように長いテーブルが中心に一本入り、その上には道具が一式そのまま置かれていた。壁には大きな本棚にそれを埋める画集、反対側の壁には道具類が並べられ、机の端にはノートパソコンが置いてあった。

どこでも構わないので掛けてください、と言って斉藤さんはすぐに墨をすり始めた。そこでまた無言が続いた。僕がやりましょうか、と声を掛けると、

「大丈夫です、慣れていますから」

とはっきりと断られた。斉藤さんの視線は、もうすでに画仙紙のほうにあった。もしかしたら、もう描き始めているのかもしれない。

手持ち無沙汰《ぶさた》で黙り込んでいると、斉藤さんはようやく口を開いた。

「青山君は……」

と突然言われたので、僕はびっくりして顔を上げた。斉藤さんは言葉を続けた。

「千瑛さんと、湖山賞をかけて勝負をするそうですが、練習は進んでいますか？」

僕はどう答えていいのかもわからず、

「とりあえず毎日描いてはいます」

とだけ伝えると、斉藤さんは、そうですか、と小さな声で言った。とにかくこの人はどんなタイミングでも強烈な静けさを発する人だ。言葉の先にも、言葉の後にもストンと落ちるような静寂が付きまとう。僕が言うのもなんだけれど、相当に変わった人であることは間違いない。

「青山君と勝負するということが決まってから、千瑛さんは少しずつ練習量を増やし

ていきました。技術ということであれば、もう私が教えることは何もありません」

僕は斉藤さんのその発言に驚きを隠せなかった。西濱さんよりも技量は上だという、斉藤さんが技術について教えることはないということは、技量についていえばもうほかに教えることが何もないということだ。

「では、千瑛さんは、西濱さんや斉藤さんと同じくらいの技量を有しているのですか？」

「そうです。私や、湖峰先生と比べられれば未熟な箇所は見え隠れすると思いますが、それは時間が解決していくでしょう。少なくとも知るべきことはすべて知っています。千瑛さんの場合、あとはどう磨くかという問題だけです。彼女が絵師として、しっかりと成長したことがここを去る理由の一つでもあります。これから先は自分自身で見いだし、苦しみ、探して行く道です。私もそうします」

「斉藤さんがここを去られる理由というのはやはり、この前の湖山先生や西濱さんとのことに原因があるんですか？」

斉藤さんは微笑んで首を振った。

「いいえ。あれだけが原因ではありません。少し前から考えていたことなのです。少しの間、湖山会を離れていろんなものを見て勉強したいのです。水墨という小さな世界だけではなく、あらゆる芸術に触れて、自分なりの水墨を模索すること。旅をして世界そのものを見て回ること。そうすれば私に足りないものが何か分かるのでは、と思っています。先生とは呼ばれていても、私もまた修業の途中なのです。それに絵師というのは、古来、旅をするものなのですよ」

そう言うと斉藤さんは、少しだけ優しい目をした。僕はそのときやっと斉藤さんと目が合った。

「湖山先生が、斉藤さんの技量は素晴らしいものだと仰っていました。僕もそう思います」

なんとかそれだけ言葉をひねり出すと、斉藤さんは優しい声で言った。

「ありがとうございます。ですが技はあくまで技です。絵の本質ではありません。手が進み、目が進み、技が極まるにつれて、そのことが嫌というほどよく分かります。そういうことでいえば、むしろ青山君が……」

斉藤さんは何かを言い掛けて言葉を止めた。そしてまた少しだけ微笑んだ。

「私がいま陥っている問題に千瑛さんもまた陥っています。その入り口に立っていると言ったほうがいいのかもしれません。私の場合には湖峰先生が道を示してくださいましたが、私には思うところがあって、会派を去り、会派以外の世界のいろんなものを見てみたいという気持ちが現れてきました。千瑛さんの場合には、青山君が現れました。君を直接指導することは初めてですが、君の話は千瑛さんからよく聞いています。私は青山君もまたすばらしい絵師になるのだろうと確信しています。千瑛さんといっしょに新しい時代の水墨を作っていってください」

それだけ言うと、斉藤さんは筆を持った。

その後は、以前見たときとまるで同じだった。ポチャンと一度だけ音がして、スルスルと無駄なく描き始めた。起筆から最初の数手で、何を描いているのか僕にはすぐに分かった。薔薇だ。

千瑛が描くものを僕も何度も見ていた。だが腑《ふ》に落ちない。斉藤さんが言っていた最高の技法というのが薔薇なのだろうか？

花を数輪描き、萼《がく》を緻密《ちみつ》な筆で描き、葉を細かく足していく。もちろん、千瑛のものよりも数段上で、まったく隙のない筆法だが、千瑛のものより優れてはいても、圧倒的に優れているというほどのものではない。これが最高の技術とはとうてい思えなかった。

じっと黙って絵を見ていると、僕の疑問に気づいたのか斉藤さんは手を動かしながら説明を加えた。

「ここまでなら、千瑛さんも同じことができます。それほどかけ離れた技量とは思えなかったと思います。問題はこの地点からです」

そう言うと、斉藤さんは布巾《ふきん》で一度、筆を拭って、次の所作のために丁寧に筆の穂先を整え始めた。この地点からとはいえ、花を描き、蕾を描き、萼を描き、葉を描けば、残りは茎《くき》を描く程度か薄墨を全体に付すくらいしか残っていない。ここから何ができるというのだろう。僕にはまるで見当がつかなかった。

「先ほど、薔薇園でお話ししたように水墨画には『塗る』という所作がありません。すべては描くという所作に繋がっていきます。それは同時に、筆致によって生命感を表現しようとする絵画だということです。減筆という考え方は、水墨画のどの段階で生まれたものかは分かりませんが、その筆致を際立たせるための考え方であることは間違いありません。そして、私と湖山先生の考え方が一致している箇所というのは、まさしく次の技法です。よく見ていてください」

すると、斉藤さんはスルスルと筆を動かし始め、花と花を結ぶ茎を描き始めた。当然、そうなるはずだ。だがこれは、通常の手順であって最高の技法というほどではない。

僕は何も言わずにそれをじっと見ていた。斉藤さんは何を伝えようとしているのだろう、と思ったところで、僕はその茎が通常の茎ではないことに気づいた。

筆致は少しずつ加速し、自由になり、斉藤さんのきまじめな無駄のない描き方からは想像できないほど、自在に動き始めた。僕は斉藤さんが何を描いているのか、ようやく気づいた。斉藤さんはその筆致の自由な躍動によって、蔓を描いていたのだ。僕が気づいたことが分かった瞬間、斉藤さんはまた微笑んだ。それはこれまでの優しい微笑みとは違う、挑戦的な笑みだった。斉藤さんの絵師としての誇りがそこに現れていた。

薔薇は蔓によって花と花を結ばれることで、ただの薔薇としての佇まい以上に、動きや生命感や極限の細部に目を集中させる緊張感を生み出していた。

それは確かに、毛筆という特異な道具を使い、筆致にすべてをかけていく東洋の絵師にしか真似のできない究極の技法といえた。

斉藤さんの言うとおりだ。あまりに当たり前すぎて、気づかなかったが、究極の技法とはつまり、

『線を引くこと』

なのだ。

斉藤さんの筆先から魔法はまだ続いている。線は曲がり、くねり、細くなり、そして、太くなった。とぐろを巻き、あるときは枝垂れ、あるときは張り詰めて伸びた。あらゆる筆致がたった一本の線で結ばれていく。それは確かに薔薇や牡丹にも並ぶ超絶的な技巧だった。

ただ単純に細い線を引いていく、ということではない。

蔓という繊細で、柔らかく、最も動きのある箇所を、その特徴を押さえながら、蔓

の規則性を把握し、瞬間で描き、対応していくのだ。ただ漫然と引かれた線では、まるで蔓に見えないはずだ。僕が見ているものは、間違いなく生きている蔓薔薇の蔓だった。

薔薇園で見ていたものと、ほとんど違いはない。

斉藤さんはあのとき、花でなく、この蔓薔薇の蔓を見上げていたのだ。こんな微細なものに目を凝らして、斉藤さんたちのような絵師は世界を見ているのかと思うと、それだけで衝撃を受けた。あのさりげない瞬間、上を見上げていた数分の間に、斉藤さんはおそらくこれを描くための蔓の巻き方や弾性の比率、それぞれの要素との距離など、僕らが記憶していられない箇所を細やかに見ていたのだ。

僕は斉藤さんの蔓を描く筆致を見ながら、言葉にしがたい強い気持ちを感じていた。それが最初何なのかまるで分からなかったが、斉藤さんが蔓を描き終え、蔓や茎についている蔓薇の節や棘《とげ》を描き、全体に点を付し始めたそのときに、言葉にできないその気持ちの正体に気づいた。言葉にできなかったのは、僕がそれをほとんど持っていなかったからなのだ。持っていなかったというよりも、僕はある時点でそれを失ってしまっていたのだ。僕が斉藤さんの蔓から、線から感じたことは、

『生きよう』

と、思うことだった。

強く生き続けようと願う気持ちが、斉藤さんのあの祈るように蔓薔薇を見上げてい

た一瞬であり、それを筆致に置き換えたこの瞬間だった。

この人は、ただ単に技を突き詰めただけの絵師ではない。技を通し、絵を描くことで生きようとしていた実直な人間なのだと、その瞬間に分かった。

蔓薔薇は完成していた。

それは今日確かに見ていたあの薔薇で、何処にもデフォルメされた箇所さえない、真っ白な空間に置き替えられただけのあの蔓薔薇だった。

「さまざまな水墨画があり、これまで東洋では数えきれないほどの水墨画の用筆法が誕生しました。ですが、水墨画とは何か、ということを究極的に突き詰めれば、それははつまるところ『線の芸術』です。線を極小にすれば点であり、線を極大化させていけば面になります。本質的にこれらは同じものです。たった一筆でさえ美しくあるように、と初心者のころ、湖山先生に言われたことを、私は今でもはっきりと意識して描いています」

「たった一筆でさえ美しくあるように」

「私はその美を、技に求めました。ですが、湖山先生が思っておられることは、もう少し違うみたいです。私は湖山先生のすばらしさや正しさも知っていますが、自分なりにそれがどういうことなのかを追求してみたいと思っています。先生もそのことを喜んでくださいました。私は君にも、私が教えられたことと同じことを伝えたいと思いました。いつか青山君が、この言葉を咀嚼《そしやく》して、自分なりの答えをみつけたときに、私に教えてください。そのとき青山君がどんな絵を描いているのか私は楽しみです」

「あ、ありがとうございます」

「千瑛さんをよろしく頼みましたよ」

斉藤さんは朗らかに笑っていた。

教室に戻ると千瑛と古前君と川岸さんの三人は練習していた。三人がそれぞれ自分の課題を行っているというふうで、それぞれが好き勝手な練習を繰り返していたが、それなりに集中していた。

僕らが戻ると千瑛は視線を上げたが、すぐにまた自分の絵の中に戻っていった。千瑛は、今日見た薔薇をこれまでとは違う角度から描いていた。

古前君は、ゴツゴツした力強い線で大ぶりな梅を描いていて、川岸さんはあまりにも潔いスパッとした線で竹を描いていた。どちらも適性にしっかりと合った基本をしているせいなのか、何となく形にはなっていた。そして何より二人は集中していた。絵を描いている瞬間を楽しんでいるようだった。

斉藤さんは二人が描いている姿を見ると、ほとんど何も言わずに近づいていって、

数枚のお手本を渡した。二人は驚いてお礼を言っていたが、斉藤さんは小さく会釈すると、

「では千瑛さん、あとは頼みました」

とだけ言って奥の自分の部屋に戻っていった。斉藤さんを見送る川岸さんの目がハートマークになっていた以外は、何事もなく練習は終わった。

湖山先生や西濱さんとはすれ違うこともなく、僕らは湖山邸を後にした。帰り道は千瑛が車を運転した。後部座席の二人は楽しそうで饒舌《じょうぜつ》だった。

僕と千瑛は、それほど会話もせず、後ろの二人の話に適当に合わせながら、技のことや、斉藤さんのことや、これからのことについて考えていた。斉藤さんがいなくなることは、間違いなく僕よりも千瑛にとって大きな問題だ。千瑛は、とりあえずは斉藤さんを指針として水墨を練習してきたのだろう。

こんなふうに描きたい、あんなふうに描きたい、と考える一歩先、二歩先、三歩先を斉藤さんは歩いていた。目に見える目標があることと、ないことの差は大きい。湖山先生や西濱さんがいるとはいえ、あの二人の達人のような技法は簡単には身につかない。千瑛はこれから目に見えないものを探していくことになるのだ。

絵師としては当たり前のことではあるけれど、困難なことには変わりなかった。千瑛はいつもより少し疲れて、落ち込んでいるように見える。いつもは解き放たれてい

る長い髪は、今日は結ばれ、編まれている。それが千瑛を妙におとなしく見せている。僕が何も話さずにいると、千瑛がふいに口を開いた。

「夏休みも終わりだね」

千瑛は前を向いていた。日は暮れかけ、ヘッドライトを点けている車がちらほらと見え始めた。

「そうだね。千瑛さんも？」

「そうよ。もうすぐ始まるかな」

「どこの大学だっけ？」

「昇華女子大《しょうかじょしだい》」

僕らの大学よりも遥《はる》かに偏差値の高い有名私立大学だった。考えてみれば千瑛とは絵に関係する話しかしたことがない。大学でふだんは、何をしているのかとか訊ねたこともなかった。

「そちらの学園祭の準備は進んでる？」

「まあまあかな。そういうのはほとんど古前君に任せてる」

「そう……青山君は何を描くか決まったの？」

「僕は描けるものがそれほどないから、お察しのとおりだよ」

僕がそう言うと千瑛は少し考えて、

「そうなの？　いろんな画題をやってみればいいと思うけれど。基本はあくまで基本で、基本というのは応用のためにあるのよ」

「確かにそうだね」

そうは言ったものの、僕は春蘭以外に何をどう描いたらいいのか分からない。

「最近は忙しいの？」

僕は千瑛に訊ねた。千瑛は頷いて、

「そうね。湖栖先生の引き継ぎを任されてちょっと忙しいかな。引き継ぎといっても、西濱さんのアシスタントで、使い走りのようなものだけれど、自分で描くのではなくて、生徒さんに教えるってなると大変だってことが少しずつ分かってきた」

「教室で教えているの？」

「アルバイトみたいなものでね。それと自分の練習もしなければいけなかったから、連絡できなかったの」

「そうなんだ」

「ええ」

それからまた会話がとぎれた。後部座席の二人は、斉藤さんがいかにイケメンでどんな芸能人に似ているかという話で盛り上がっている。盛り上がっているのは主に川岸さんだが、古前君は川岸さんのマシンガントークになんとか話を合わせて会話を続けている。古前君に興味のある話題には思えないが、彼は川岸さんの機嫌を損《そこ》ねたくはないのだろう。優しさなのか臆病《おくびょう》さなのか判断しかねる態度を古前君は取っていたが、ある種の遠慮のようなものが感じられるあたり、川岸さんへの好意を感じる。

二人はそれからすぐに駅前で降りて、千瑛にお礼を言った後、何処かに向かって歩いていった。古前君が話題を斉藤さんから、自分たち自身に向けさせることができるかどうかは古前君次第だが、たぶん彼なら川岸さんとの距離を、ある瞬間からグッと縮めることができるだろう。古前君は良くも悪くも度胸のある男だ。僕には自分に欠けたもののことがいちばんよく分かる。勇気はいつも物事を変えるいちばん大きな力だ。それがないから、僕は千瑛との距離感をうまく捉えることも変えることもできない。

僕は千瑛の横顔を見た。

ただ前だけを向いて、進むことだけを意識している目だ。対向車がすれ違うたびに、千瑛のよくできた横顔にかかる影がゆっくりと移動して、決意から少しの憂いへ流れるように変化していく。そして影は、また決意に戻り憂いに還《かえ》っていく。

「湖山賞の作品提出の締め切りは冬よ」

千瑛はポツリと言った。

「冬？　来年の夏ではないの？」

「違うわ。審査に数ヵ月かかって、展示の準備にも数ヵ月かかるから毎年締め切りは一月のはじめか、一月の終わりあたりよ。つまりあと数ヵ月しか時間はないってこと」

「信じられない。そんなにすぐだとは思わなかった」

それを聞くと少しの間だけ千瑛は黙り込んだ。交差点を曲がって、国道から僕の住んでいるマンションの近くの住宅街に通じる道に入るまで、運転に集中しているのだと思っていた。だが、次の言葉の調子はいつもの彼女と少しだけ違っていた。

「秋が過ぎたら、いよいよ作品を仕上げていかないと間に合わなくなると思う。そしてそのころには、私は青山君や青山君の大学のサークルには構っていられなくなると思う」

千瑛ははっきりとした声でそう言った。何処にも迷いの感じられない明朗な言葉だった。僕は突然の言葉をどう捉えていいのかも分からず、ただ、

「そうだね」

とだけ答えた。それがあまりよくない受け答えであることはすぐに分かったけれど、そんな至極当たり前の言葉にどうしてこんなにも動揺しているのか分からなくて、ほかの言葉を何一つ思いつけないでいた。

ほんの少し会えなくなりそうだ、と言われただけで、僕はどうしてこんなに混乱し

てしまうのだろう。別れの言葉ですらない小さな言葉に、どうしてこんなにも揺さぶられてしまうのだろう。考えている間もなく、車はマンションに着いた。

車を止めてから、僕は何かを言わなければならないような気がして、しばらく黙って座っていたけれど、何も言わずにシートベルトを外して、ドアを開けた。

去り際に、千瑛が、

「お祖父ちゃんが来週末、教室に来なさいって言っていたわ。そのころには、西濱さんもお祖父ちゃんも落ち着いていると思う」

と伝えた。僕は頷いてから、ドアを閉めて、千瑛を見送ろうとした。千瑛が車を出すために前を向いてギアを入れ替えようとしたときに、僕は窓ガラスを叩いた。慌てた千瑛は、車をエンストさせてしまった。エンジンを掛け直した千瑛は、ウィンドウを下げてこちらをのぞいた。

「千瑛さん、ありがとう。ちゃんと良い絵を描いて見せるよ」

と言うと、やっと千瑛は微笑んでくれた。それからすぐに少しだけ寂しそうな顔になった。

「学園祭の展示、成功させましょうね」

そう言って僕の目を見た。僕はどんな表情をしていたのだろう。それからすぐに彼女は車を出した。僕は彼女が乗っている赤いスポーツカーを見送って、僕らが今日、

か、と。

あの束《つか》の間《ま》の時間の中で交わすべきだった言葉を探し続けた。

何をどんなふうに伝えれば彼女の心に近づけたのだろうか、と。そして、何をどんなふうに思っていれば、僕自身の気持ちをきちんと見いだすことができたのだろうか、と。

「久しぶりだね、青山君」

相好《そうごう》を崩した湖山先生は相変わらず上機嫌だったが、少し痩せて衰えて見えた。

「先生もお元気そうで何よりです」

と答えると、おおとかああとか老人特有のあいまいな感嘆詞を呟いて、僕に座るように言った。僕はその声が好きだった。そのとき、相変わらずなこの和《なご》やかな空気を僕はどれほど求めていたかを思い知った。

「では久々に見せてもらおうかな。少し時間が空いたね」

と言いながら、僕に道具を勧めると湖山先生はゆったりとした動作で、顎鬚《あごひげ》を撫《な》でた。いつもどおり墨をすり、道具を整え、筆に水を浸けて一気に春蘭を描こうとすると、まず穂先が震えていることに気づいた。気取られまいとすぐに筆から手を離したけれど、湖山先生の目をごまかすことはできなかったに違いない。先生はさっきよりも優しく微笑んでいた。

以前はただ単に描くだけでよかった。だが今はほかの誰でもなく、この人に認められたいという想いが強くある。僕が見てきたものを伝えたいと思っていた。

筆を持ちなおし、すぐに蘭を描いた。手順はいつもと同じだ。もう手は無意識に動いていた。葉を描き、花を描き、点を打ったとき、たった一枚しか描いていないのに全速力で走ったときのような疲労と走り終えた後の虚脱感を感じた。湖山先生は皺皺《しわしわ》の細い目で絵を見て、それから僕を見なおし、また絵に視線を戻した。湖山先生は顎鬚を撫で続けている。何を考えているのか、まったく分からない。そのまましばらく時間が過ぎた。そのしばらくの間、僕の心臓は描き終わったのに、さらに強く脈打っていた。湖山先生の目をまともに見ることができない。

「青山君」

僕は、はい、と答えながら視線を上げた。湖山先生は笑っていた。

「言うことがないよ。すばらしい」

「ありがとうございます」

僕はそのまま机で頭を打ちつけてしまいそうなほど深くお辞儀した。

「よくこの短期間にこれほどまで蘭を極めたね。正直に私は驚いたよ」

「あ、ありがとうございます。恐縮です」

「よほど、必死に描いていたんだね。もともとの才能というのもあるのだろうけれど、これほど上達のはやい人は一人も知らないよ。あの斉藤君ですら、もう少し時間がかかったものだ。よくがんばったね」

僕は何も言えなくなって頭を下げた。感極まるというのは、まさしくこういうことなのだろう。喜びで呼吸が乱れた。自分の中に力が生まれてきたのが分かった。僕は大きく息を吸い込んだ。僕もやっと笑っていた。

「いい顔になった。そして、いい絵師になったね」

僕は何も言えずに頭を下げ続けた。うんうんと湖山先生は頷いた。

「美しい線を引くようになったね。本物の春蘭は見たかい？」

「ええ、見ました。描いているものとまるで違っていて戸惑ったけれど、でも実物を見てから少し気が楽になりました」

「楽に？」

「ええ、あのこんなことを言うと怒られそうなのですが、本当はどう描いてもいいんじゃないか、って思って」

「なるほど」

「それから、何気ない草や木を、水墨はどうしてこんなにも美しいものに変えることができるのだろうって思いました。それで本当はもっといろんなものが美しいのではないかって思いました。いつも何気なく見ているものが実はとても美しいもので、僕らの意識がただ単にそれを捉えられないだけじゃないかって思って……。絵を描き始めてから僕はようやく何かを見ることができるようになったんだって思いました」

湖山先生は顎鬚を撫でるのをやめて、じっと話を聞いてくれていた。話し終わると少しだけ目を細めた。そして、立ち上がり、僕と席を替わると、いつものようなさりげなくも素早い動きで絵を描き始めた。一つは竹、もう一つは梅だった。どちらも湖山先生が描くのを見るのは初めての技法だったが、これまで僕が見てきたものとは別物だった。湖山先生の筆はやはり魔法のようだと感じざるを得なかった。

絵の中の何処かにリアリティがあり美しいとか、実物の特徴を丁寧に捉えているとか、線が際立った表現をしているとかではない。むしろそれとは逆で、お手本の中の絵はどれも特に何も主張してはいない。手を抜いて、気楽に描いているのがよく分かる。サラサラと描いていて手数もやたらと少ない。だが、そうした特徴のなさに反比例して、美しいのだ。

これまで水墨のさまざまな表現を見てきて、それぞれの絵師の技法上の特徴と画面上の美の要素を探ることはできていた。いつだって、その絵の中で何を見れば良いのか、はっきりと分かっていた。だが、湖山先生の技法を改めて眺めると、目の前で描かれていても、どれだけ完成までの瞬間を見逃さずに見ていても、何が美しいのか、まるで分からない。何が美しいのか、まるで分からないのに、何かが圧倒的に美しいのだということだけを、理解できないまま感じてしまう。それは意識というよりも、本能的な感覚に近い。

僕は絵を眺めながら、何かが消えて溶けていってしまう感覚に襲われた。それは切なさでもあり、充足でもあった。ひたすらに何かが消えて去っていきながら、それでいて、何かが生まれ続けている感覚だ。大きな滝や、巨大な山の前に立ったときのような、侵しがたい気持ちにも近く、目を奪われながら離せないような震えだった。絵は二つとも何処までも素朴で単純なものだった。

絵が乾いていく瞬間、墨色の竹は青々と変化しそのまま緑に見え、梅の枝は風雪に耐える力強さをたたえて、花はただの線描であるはずなのに香りや際立つような白さを伝えた。

手順は簡単に飲み込める。千瑛や斉藤さんの描く姿を見ていたので、方法は頭に入っていた。それほど複雑な操作は何もない。だが、ほかの誰が描いてもこうはならない。

絵を描き終えた湖山先生は筆を置いた。

「この二つの画題は、もう見たことがあったかな？」

僕があいまいに頷くと、湖山先生は笑った。確かにどちらもしっかり見たことはなかった。

「では現物を見に行こう」

湖山先生は立ち上がり、僕もそれに続いた。相変わらず軽い足取りで、湖山先生は中庭に向かってスタスタと歩いていった。

サンダルを履《は》いて初めて歩いた中庭は予想以上に広かった。西濱さんが手入れをしているところを見たことはあるが、実際に降りて歩いたことは一度もない。湖山先生はどうやらかなり機嫌がいいらしく、ときどきふいに立ち止まり、なんでもない景色を数秒眺めてはまた歩き出す、ということを繰り返していた。庭の垣根の近くにある鉢に入った竹の前に立つと、こちらを振り返り、

「こういうのはどうだろう？」

と、嬉しそうに訊ねた。人の背丈とあまり変わらない細身の竹にいくつもの笹が付いていた。これまではそこにあって漫然と通り過ぎていただけのただの笹竹も、湖山先生と並んで見るとやたらと立派な美術品のように見えた。僕は実物の竹を見ながら、水墨で描かれるお手本を透かしてその場所に見ていた。たぶん湖山先生もそれを問いたかったのだろう。僕は、

「複雑ですね」

と答えた。湖山先生は頷いた。

「そのとおりだ。実際の竹は、描かれた竹ではない。多くのものは目に入り、それを楽しませてくれるが、それを人の手がすべて描くことはできない。あっちを見てごらん？　あちらはどうだろう」

湖山先生が指さした方向の先には、たくさんの葉を茂らせた大きな木があった。幹は曲がりくねりごつごつとしていて、うっすらと苔《こけ》が生えている。間違いなく湖山先生が指さしているのは梅の樹だ。こちらもあまりにも多くの葉や枝があり、何処をどう切り取っても、まとまりが生まれない。

「あれも難しそうですね。とてもじゃないけれど僕は描けない」

「そうだね。きっと私も描けない」

僕は驚いて湖山先生を見たが、湖山先生は笑ってから、頷いてゆっくりと歩き出した。僕はその後ろを並ぶことなく付いていった。

「墨と筆を用いて、その肥瘦《ひそう》、潤渇《じゅんかつ》、濃淡、階調を使って森羅万象を描き出すのが水墨画だが、水墨画にはその用具の限界ゆえに描けないものもたくさんある。絵画であるにも拘《かか》わらず、着彩を徹底して排していることからも、そもそも我々の外側にある現象を描く絵画でないことはよく分かる。我々の手は現象を追うには遅すぎるんだ」

「遅すぎる、ですか」

湖山先生と僕は縁側《えんがわ》に腰かけた。天気がよく風も心地よい。穏やかな日に庭を前にして座るなんて、なんてことのないことだけれど、そんな、なんてことのない幸福を味わえる人なんてこの世界にどれだけいるのだろうか、と思ったりもした。けれども今日は、僕らの番だ。湖山先生の声は、そんな穏やかな日に似つかわしく、とても優しい。

「いまは家の中に蛍光灯もあり、光は停止しているけれど、こうして、庭に出て物の形を眺めていると気づかない間に、物の影や形は少しずつ変わっていっているのが分かる。現象を追い、描き始めて、物の形を追い、彩《いろどり》を追い、すべてを仕上げても、終わったときには、またすべてが変わっている。光は止まることなく動き続けているんだよ。水墨画という絵画が確立する過程で、きっと昔の人たちはそのことに気が付いたんだと私は思うよ」

「光は止まらない……時間が動き続けるということですか」

「そういうことだ。動き続け、刻々と変わり、姿を変え、形を変え、また現れる。それが自然というものだ。それを描くにはどうしたらいいのか、昔の人たちは考えたんだ」

「どうすればいいんですか？」

湖山先生は笑った。それからとても懐かしいものを見るように、僕を見た。

「今日、私は竹を教え、梅を教えた。今の君ならこの二つを簡単にものにしてしまうだろう。類《たぐ》いまれな観察眼と情熱を持つ君なら、この二つのお手本を自分一人でも習得してしまえるはずだ。君はたった一枚の絵からほかの人が学び取ることよりも、はるかに多くを感じ、たいせつなことにあっという間に気づいていく。だからこそ、私は君には気づいてほしいと思うことがある」

湖山先生は立ち上がり、数歩先にある小さな菊に手を伸ばした。何気なく咲いていた菊だった。

「青山君、これが君の先生だ」

湖山先生は僕に菊を手渡した。

「この菊に教えを請《こ》い、描いてみなさい。これは初心者の卒業画題であり、花卉画《かきが》の根幹をなす技法がここに収められている。私には伝えられないものがここにある」

背丈の低い白い菊は蕾と大きな花弁を付けていた。葉は色濃く強い。手渡された瞬間から、僕はこれをどう描くのかを考えていた。

「いいかい、青山君。絵は絵空事だよ」

僕は視線をあげて、湖山先生を見た。湖山先生の目は笑ってはいなかった。

第四章

後期が始まると、にわかに忙しくなった。

講義は始まり、それと同時に学園祭の準備も始まった。サークルに集中してくれと古前君に言い渡された僕は、とにもかくにも水墨画の制作に集中しながらも、それ以外の時間を学園祭の展示のための下準備に奔走《ほんそう》していた。

交渉や段取りが必要なやっかいな仕事は、ほとんど古前君がやってくれていたが、この時期の古前君は文化系サークルを統括《とうかつ》する立場の人間として、学内を走り回っていることが多く、制作以外の仕事を丸ごと古前君に投げつけてしまうのも無理があった。

とにかく僕は忙しかった。

その間、僕の頭の中で何度もリフレインしていた言葉は、湖山《こざん》先生が言った『絵は絵空事だよ』というあのせりふだった。人生の多くの時間を『絵を描くこと』に懸《か》けてきた人が、どうして描くことを絵空事だなんていえるのだろうか。僕にはそのことその言葉の意味と、その言葉が出てきたその場所を僕には探すことができなかった。その言葉を思い浮かべながら、一本の菊を眺《なが》め、その菊も枯れてしまうと花屋で新しい菊を買い求めてテーブルの上に置いた。

筆を持つたびに、この菊を描くことに関して、手掛かりは何もなかった。

お手本を渡されることもなく、描いている姿を見せてもらうこともなく、ただ一輪の花を渡された。あれから千瑛からの連絡もなく、湖山先生からの呼び出しも一度もなかった。

僕はかつてと同じように、たった一人でポツンと放り出されて自分が描くべきものの姿を見定めていた。放り出された場所も見定めるべき場所も、真っ白で、無秩序な、無限とも言える画仙紙の上だった。

菊を描く手掛かりを探すために、僕は竹を描き、梅を描いた。この二つの画題は、実際に湖山先生が描く姿を見ていたので、簡単に描法を考えることができた。僕は、春蘭《しゅんらん》の曲線の訓練から、竹の直線の訓練に移り、竹の竿《さお》によってごくごく基本的な墨のグラデーションを作る技術を習得すると、梅に移った。そして、線は直線から、力を加える変則的な線へと進み、梅の小さな花を描くことで、これまでよりもさらに精密で緻密《ちみつ》な線の技術の習得まで進んだ。

これで完璧《かんぺき》だというところまではいかなかったが、この二つの画題に関してはそれほど的外れな訓練をしているつもりはなかった。問題は、やはり菊だった。

一輪の花を置いて、それを描こうとすればたちまち何もかも分からなくなる。

自室のお手本の貼られた大きな壁の前に座って、道具を用意し、画仙紙を広げる。そして、道具の隅に置かれた本物の菊を眺めながら、時間を掛けて墨をすり、すり終わっても筆を持ちあげることができない。真っ白な画面をぼんやりと眺めながら次の一手を探しても、その最初の一手が思い浮かばない。僕は墨を丁寧に布巾《ふきん》で拭《ぬぐ》って、傍《かたわ》らに置き、また菊を眺める。画仙紙の白を眺める。どう描くべきかまるで思い浮かばない。その連続で、そんな時間がいたずらに増えていったころに、学園祭はやってきた。

古前君と川岸さんは半《なか》ばやけっぱちに作品を仕上げて提出し、学園祭用に僕が仕上げた作品といっしょに西濱さんに提出した。あらかじめ表装に必要な時間を伝えられていたので、古前君は忙しい合間を縫って作品を作り、川岸さんは悩みに悩んで地道に作り、提出期限の一日前で二人とも三枚ずつの作品を完成させていた。その中で、川岸さんは厳選して、千瑛から教えてもらった竹の絵を一枚だけ提出し、古前君は三枚全部を提出した。古前君のみ教えてもらったものとまるで関係のない独自の絵を描いていた。その傍若無人《ぼうじゃくぶじん》ともいえるような制作スタイルは、なぜだか胸を熱くさせるものがあった。けっして優れてはいないが、すばらしいと思える何かが、古前君の中にはあったのだ。古前君はけっしてただの奇人変人というだけの男ではない、と彼の描き下ろした絵を見つめながら思った。

「久しぶり」

とかなんとか言いながら、例の軽い調子で大学の部室にやってきた西濱さんは、作品を受け取ってしばらく眺めると、

「この短期間でよくがんばったね」

と言ってほめてくれた。その日は頭にタオルを巻いてもいなくて、ただそこら辺を歩いている背の高いお兄ちゃんという格好で大学にやってきた。適当に挨拶《あいさつ》を済ませて、菊がうまくいかないんです、と伝えると、西濱さんはいつもの妙に軽い調子で考え込むフリをしながら、

「まあそういうもんだよね」

と、あっさり言った。

西濱さんはすぐに作品の数を数えて、まとめると小脇に抱えて歩き出してしまった。何かアドバイスがもらえるものと思っていたけれど、菊の話題はそれだけで、後は展示のための事務的な話をした。何だか西濱さんにしては妙だな、と思いながら見送り、大学の中でまたポツンと独りぼっちになってしまったような気がしてため息を

ついた。広葉樹には木の葉が色づき、秋らしく、高く薄い空に冷たい風が吹いていた。

ふいに携帯を取り出して千瑛に連絡したくなったけれど、そのための口実が何もないことに気づいて愕然《がくぜん》とした。千瑛に何かを話せば、きっと今の状況を打開するための言葉を与えてくれるだろうと思ったけれど、ごく自然に千瑛に頼ろうとしている自分の安直さに気づいて、またポケットに携帯を戻してしまった。

千瑛もまた、作品を生み出す孤独や苦しみと闘っているのだ。

それに連絡したところで、きっと返信はこない。キャンパスの入り口には学園祭を迎えるための巨大なパネルが大勢の学生によって立てかけられ、ふだんよりもたくさんの学生が行き来している。

僕はまた湖山先生のあの『絵は絵空事だよ』という言葉を思い出し、歩き出した。ドタバタと走り去っていく学生たちの中に一瞬古前君をみつけたような気がして振り返ったけれど、彼の背中を追うことはできなかった。

水墨画サークルの展覧会場は、一号館の事務室前のフロアにあった。

イベント会場に向かうためには、キャンパスの入り口から吹き抜けになっているそのフロアを通らなければならず、自然人通りは多く、展示に足を留める人も多かった。

朝一番で体育館横の倉庫に集合した僕と古前君と川岸さんは、先日の夏のアルバイトのときよりも遥《はる》かに軽いパネルを四枚ほど運び出して、西濱さんの到着を待った。いつものバンでやってきた西濱さんは、いつものように頭にタオルを巻いていた。会場まで額付きの絵を軽々と運び込むと、僕らに的確に指示を出しながら、目にも止まらぬ速さでパネルにピンを打ちつけて絵を飾っていった。驚くべきことに横との間隔も額の頭の高さもまるで狂いがない。

西濱さんの絵を描く技量にも驚嘆したが、この展示用のピンを打つ技術にも匠《たくみ》の技を感じた。どうして人間にこんなことが可能なのだろう。僕ら三人が必死に働くよりも、西濱さんが一人いるほうが何倍も素早く事が進む。手伝う間もなく、飾り付けが終わると、僕らは西濱さんに拍手した。西濱さんは心から嬉しそうに、

「まあ、年がら年中こんなことばっかりやってるからね」

と、ヘラヘラしながら言った。残った細かい作業を分担して済ませてしまうと、予定よりも早く会場は出来上がった。僕と西濱さんはいっしょに作品を見て回った。

最初に見たのは千瑛の薔薇《ばら》の作品だった。

これまで見てきた軸装《じくそう》された作品とは違い、なんだかシックだ。シルバーの太めの

マットの付いた洋額に合うように描かれている。出来栄えは美術館に展示されている作品と遜色《そんしょく》がない、完成度の高い文句のつけようのない出来栄えだった。

「凄《すご》いですね。額にぴったりと合ってる。水墨画にもこういう洋風のものも合うんですね」

そう言うと西濱さんは笑った。

「そうだね。最近はこういう額に入れた展覧会のほうが多いよ。掛け軸だけで何百本も集めて展示をやるなんて、うちの会派くらいのものだろうしね。掛け軸用の半切《はんせつ》とか長いものとは、ちょっとレイアウトが違うからおもしろいでしょ？」

「ええ。あまり額を意識して描いたことはないですが、絵自体もとても洋風なものに見えますね」

「そこも千瑛ちゃんのセンスと技術なんだけれど、現代水墨画の進歩だよね。これだけ描ければ、かなりのものだよね。斉ちゃんの超絶技巧の面影《おもかげ》を感じさせる。少なくとも薔薇に関しては、かなり斉ちゃんに近づいている。千瑛ちゃんは明らかに腕が上がってるよ」

僕は頷いた。確かに腕が上がっている。薔薇を細かく観察し、これまでとは違う何かを摑《つか》んでいる様子が窺《うかが》える。これまで何度も目にした技法だが、花の傾き、蕾の大きさや開き方のバリエーションが増えている。

花びらの先にわずかに墨だまりを残し、雫《しずく》やみずみずしさを表現するように筆をコントロールする技法にも磨《みが》きが掛かっていた。花弁を作るときに水分と筆の運びに掛ける時間を少しだけ多く取るのだが、その偶発的に生まれるような効果を明らかにコントロールしているところが見て取れた。千瑛は押しも押されもしない達人の域に達しようとしている。少しくらいは縮んだのだと思っていた差が、また遠く離れてしまった。

僕と西濱さんは歩みを進めた。

次の絵は、椿《つばき》だった。これも花びらを付立法《つけたてほう》という面表現を作る技法で描いている。墨一色で描いた花が赤々と見えるのは薔薇と同じだが、同じ付立法で描く椿の葉が青々として美しい。たった一色で花と葉の二つの色調の違いを繊細に描き分けている。花の場合には柔らかく、葉の場合には躊躇《ため》らいなく鋭く描くことで、ほとんど同じ墨色のものを混同しないように描いているのだ。

夏にあった湖山展でこの画題を見たときは、ほかの出展者は顔彩《がんさい》を使って設色していた。葉っぱの黒に対して花に椿特有の赤を入れられるので、効果的に画面を描くことができる。画面に付された赤と墨の黒との対比は、それ自体が、描かれた箇所の説明にもなる。赤い部分は花、黒い部分は葉だ。また赤と黒は相補的に働いて、画面を華やかに飾ることができる。

一方、千瑛の描いた椿は、花も葉も黒々とし、すべてが墨一色で描かれているため全体のトーンは重い。だが、画面の左端の上に、真円《しんえん》に近い大きな月が描かれていて、月光から生じる影によって花に陰《かげ》りが生まれていることがはっきりと分かる。たくさんの花と葉を描いているが、その一つの円によって描いている主題が月影なのだとすぐに分かった。これまであまり見たことのない挑戦的な作品だった。絵の前で立ち止まって見惚《みと》れていると、西濱さんは、

「おもしろい絵だよね」

と言って真横に立った。僕は言葉もなく絵をただひたすら眺めていた。千瑛の水墨に対する情熱が伝わってくる筆致だった。

「月を描くことも、付立法の花びらも使い古された手法だけれど、ここまで全体のトーンを上げて月影を描こうと意識しているところがおもしろいよね。これまでの千瑛ちゃんになかった方向が見て取れるね」

「これまでになかった方向？」

「そう。俺みたいな風景とかばかり描いている描き手なら、余白も風景の一部だからそこをどう生かすか、ということに目がいくことは多いけれど、斉ちゃんとか千瑛ちゃんみたいに花卉画《かきが》がメインで、近距離の絵で勝負している描き手というのは、余白は主題とのバランスの中で決定されることがほとんどなんだよ。重い墨色の主題に対

して、それを補うための余白のバランスを計算すること。それがセンスであり、花卉画の難しいところなんだけれど、千瑛ちゃんは描くことに夢中で、これまでずっとその余白にあまり目がいっていなかった。まあ、描くこと自体が難しいんだから仕方ないんだけれどね」

僕は驚いた。西濱さんもまた千瑛の弱点に気づいていたのだ。僕が薔薇園でみつけた千瑛の弱点と同じことを、西濱さんは技術の面から気づいていた。

「西濱さんはそのことを知っていたんですか？　千瑛さんの絵に余白のバランスがあいまいだってことを」

「それはね。見ればすぐに分かるよ。これでもいちおう、先生だからね」

「じゃあどうしてそれを、千瑛さんに言ってあげないんですか？　本人はたぶん悩んでたんだろうと思うのですが」

「言ったさ。この前、斉ちゃんと千瑛ちゃんの前で、絵を描いたでしょ？」

「え？　でもあれは……」

西濱さんは少しだけ鋭い目をした。

「描いてみせた、ということは、この世界では『教えた』ということなんだよ」

僕は、西濱さんにあまり似つかわしくはないその厳しいせりふを聞いて、言葉を失った。

　確かにそのとおりだ。描いてみせるということは、語るよりも雄弁だ。この人たちは絵師であって、本質的に技の世界に生きている人たちなのだ。湖山会《こざんかい》の人たちの優しさや人柄《ひとがら》の良さに隠れてずっと見えなかったけれど、厳しい世界を潜《くぐ》り抜《ぬ》けなければ超一流であり続けられるわけがない。僕が初心者だからこそ、誰もが優しく教えてくれていたにすぎないのだ。確かに西濱さんは、斉藤さんと千瑛の前で描いてみせた。それは紛れもなくいい絵だった。そこから何を拾い、何を見逃すかは各々の裁量に掛かっている。僕が何も言えないでいると西濱さんは、言葉を続けた。

「この絵はまだまだ完成には遠いけれど、千瑛ちゃんが見逃してきたものに目が向いているっていうだけでも、ほかの絵よりも価値があるね。それに自分の欠点を意識してそれを逆手《さかて》に取った表現を作ってくるあたりが挑戦的だなって思う。これまでの千瑛ちゃんにない粘《ねば》り強《づよ》さみたいなものを感じるね。まるで、青山君みたいだね」

「僕ですか？　僕は粘り強いのですか？」

「粘り強いでしょう。たった数回描いてみせただけのお手本をあれだけ練習してくるのだから。湖山先生も青山君の作品を見てほめていたよ。千瑛ちゃんは間違いなく青山君に触発されていろいろ考えてるんだよ。最初に会ったときから思っていたけれど、君はガッツがある。皆が逃げ出す中でも、自分一人でもなんとかしようと思って行動するんだから。少なくとも右に倣《なら》えの人間じゃない」

僕は最初の搬入のアルバイトのことを言われているのに気が付いて照れ笑いした。

「あ、ありがとうございます。そんなにほめられるとは思わなかったです」

「いえいえ。おかげさまで大助かりです。じゃあ青山君の作品を見よう」

僕は頷いて、西濱さんの後を追った。ぐるりとパネルを回って、千瑛の絵の裏側に僕の絵が飾ってあった。半切ほどの長い絵が落ち着いた色調の和額に収められている。いろいろ考えたけれど人に見せられるような絵はこれしか思いつけなかった。

「崖蘭《けいらん》を描いたんだね」

西濱さんは絵を仰ぎ見ていた。僕は出来上がった絵を吸い込まれるように見ていた。額に入れて出来上がった絵はまるで他人の作品のように見える。

「翠山《すいざん》先生が描いてくださったものをお手本にしたんだね。あれとは雰囲気《ふんいき》がまるで違うものだけれど本当によくできている」

西濱さんは頭からタオルを取った。

「線の配置、墨のバランス、崖の岩肌の処理なんて教えられてもいないのによくがんばったね。俺も湖山先生もびっくりしたよ」

「ありがとうございます。翠山先生が描いたものを見ていたし、湖山先生の風景も何点か見せてもらったのでそれを参考にしました。岩だけでも実はしばらく悩みました」

「そうだろうね。岩肌を描く技法を皴法《しゅんぽう》といってね、これだけでもかなりの時間が掛かるものなんだよ。完璧とはいえないけれど短時間でよくここまでものにしたね。その、蘭を構成するための最も重要な花の部分……がんばったね」

「ありがとうございます。嬉しいです。そこが一番、自信のない場所でした。その……、花の雰囲気にならなくて」

「なかなか現物を見る機会もないからね。でも感じをよく摑んでるよ。それにしても良《い》い線を描くようになったね。君にしか引けない特徴のある線だね」

「そうですか?」

「ああ。こういう線はほかの誰にも引けないような気がするな。これを見たときに、なんで千瑛ちゃんがあれだけ一生懸命になったのかが分かった気がするよ。こういう気持ちで生きている人に千瑛ちゃんは出逢《であ》ったことがなかったんだろうね」

僕は西濱さんが何を言っているのか、まるで分からなかった。ただ、自分なりに力を尽くしたものが評価されたのだとしか考えられなかった。それでも、認めてもらえるのはとても嬉しかった。

「湖山賞が楽しみだね」

西濱さんが胸ポケットに手を突っ込んでタバコを探しながら言ったが、すみません館内は禁煙です、と言うと、そうだったと慌てて手を下ろした。どうやらこの人は、何かを感じたり考え始めるとタバコが必要になるらしい。

「湖山賞、あとちょっとしか時間がないのですよね」

「そうだね。年明けには、すぐだよ。年が明けてしばらくしたらそのまま締め切りだね。まだ数ヵ月あるけれど、本気で制作しようとする人には短い時間だよね」

「やはり審査は厳しいんですよね」

「毎年厳しいよ。去年も一昨年も、大賞受賞者はいなかったね。それでも毎年、応募者は増えていくから入選することでさえ初心者には難しくなってる。俺は毎年、そのせいで鬼のように働いてる」

「そ、そうですね……、ご苦労様です」

「ほんとにね」

西濱さんの顔が青くなって、また胸ポケットのタバコを探していた。僕がもう一度、注意すると、諦《あきら》めたように西濱さんは手を下ろした。

「うちは情実審査《じょうじつしんさ》みたいなことはいっさいやらないけれど、君の努力が本物だということは俺が保証するよ、このままがんばってね」

「ありがとうございます」

「青山君の作品は楽しみだよ。そうそう、あっちで仲むつまじく絵を見ているお二人にも、ご苦労様って言っておいて。二人ともいい絵を描いていたよ。特に彼のほう」

そう言いながら西濱さんは胸ポケットに手を突っ込み、フロアを出ていこうとしていた。僕は頷いて見送ろうとすると、西濱さんは振り返った。

「湖山先生と千瑛ちゃんも後で来るみたいだよ。よろしくね」

と大きな声で言ってから、喫煙所を探して去っていった。

西濱さんの影が見えなくなった後、展覧会場の隅で二人して自分たちの描いた絵を見ている古前君と川岸さんは、もう触れ合いそうなほど寄り添って微笑《ほほえ》み合っていた。古前君はサングラスを外してそのつぶらな瞳《ひとみ》をありのままさらしており、川岸さんも古前君を見つめるのに忙しい。ああ、もうこれは大丈夫だと心から思えたところで、僕は少しだけ展覧会場を離れた。いま二人に必要なのは二人だけの時間だろう。

僕はキャンパス内を歩き回り、お祭りの前の緊張感に満ちた奇妙な静けさを呼吸した。朝八時前とは思えないほど多くの学生が集い、忙しそうに動いている。だが皆、生き生きとしている。

僕はそこでぽつんと佇《たたず》んでいたが、まるで独りきりだとは思えなかった。

二年前、父と母がいなくなったあの夏の終わりから、今日までたくさんの独りぼっちを味わったけれど、気づかないうちにその空気を忘れていることに驚いていた。たぶん僕が、与えられた場所ではなく、歩き出した場所で立ち止まっているからだろう。何もかもを忘れたわけでも、何もかもが消え去ったわけでもないけれど、僕はあのときには知らなかった新しいものにたくさん出逢っていた。わけもわからないまま、とにかく歩き出したことが僕の力になった。

「できることが目的じゃないよ。やってみることが目的なんだ」

と言った湖山先生の言葉がふいに胸によみがえった。

湖山先生はあのとき、とてもたいせつなことを教えてくれていたのだ。今いる場所から、想像もつかない場所にたどり着くためには、とにかく歩き出さなければならない。自分の視野や想像の外側にある場所にたどり着くためには、歩き出して、何度も立ち止まって考えて、進み続けなければならない。あの小さな言葉は、僕をこんなにも遠い場所に運んでしまった。

いつまでも、まるで昨日のようだった過去が、今日はもう遠い出来事のように思える。

もう二年経《た》ったのだ。

僕はあの朝の不思議な静けさの中で、ようやく時の流れを感じていた。

学園祭が始まると、にわかに人が増え、テントが軒を連ねる店舗付近もステージ付近も賑《にぎ》やかになった。ちょうどステージ側と店舗側を隔《へだ》てる場所に会場の事務室が建っており、展覧会に足を運んでくれるお客さんは多かった。千瑛の絵に注目が集まるのは当然だが、意外にも古前君がふざけて描いたタコやイカの絵のかわいさに人気が集まり、誰もがその絵の前で立ち止まった。

古めかしくきまじめな水墨画の世界で、明らかに『笑い』を取りに行っている古前君の絵は確かに邪道だが、その真剣な筆致は案外、古前君の個性を素直に表している。彼はいつも斜めに向かってとてもまっすぐな男なのだ。

古前君は、文化会役員としての仕事があるとかで、キャンパス内に問題が起きるたびに右に左に飛び回り、残された僕と川岸さんは何をするともなく交代で会場の留守番をして学園祭を見て回った。ふだんは静かなキャンパスが、この日ばかりは巨大な遊び場になったようで楽しかった。

甘酒や焼きそばや、たこ焼きを買い込んで川岸さんに差し入れをした時点で、古前君が会場に戻ってきたので、三人で展示を一回りした。

サングラスを外した古前君は妙に優しく誠実な顔になっている。ふだんの行いからは想像できないほど、まじめで平凡な青年の顔だ。川岸さんと古前君の距離はやたらと近い。どちらも身長は高くないのだが、二人のシルエットはとてもしっくり来ている。古前君は川岸さんがいることでふだんよりも数段我慢強い男になったように見えるし、川岸さんは古前君といるといつもの強い性格が和らいでいるように見える。言葉を交《か》わしていても、どちらも相手を慮《おもんぱか》って話しているから、短兵急《たんぺいきゅう》なドタバタとした動きに出ない。相性のいいカップルというのは、こういうものなのだろうな、と思ったりもした。

よくよく考えてみれば、僕の父と母もこういう人たちだった。どちらか片方では、頼りないところがあったけれど、いっしょにいると特に会話をしなくても満たされているような穏やかな空気をいつも感じさせた。子供の目から見ても仲の良い夫婦だなと思ったものだ。

二人を学園祭に送り出してから、父と母の穏やかな顔を久しぶりに思い浮かべていた僕は、少しだけ自由な気持ちを味わっていた。学園祭の生き生きとした空気が僕にもそういう気持ちを思い出させているのだろう。

足を投げ出して、頭の後ろに腕を組んで、憂《うれ》いなく父と母のことを思い浮かべたタイミングで、僕は両親が他界してから初めて、あの二人はどちらかが取り残されなくてよかったなと思うことができた。人ごみに消えていく二人の影を見送りながら、幻想といっしょに父と母との距離感を少しだけ変えた。遺《のこ》された人間は、こうやって毎日のある瞬間の中で見送った人たちとの距離を測り直していく。氷の融《と》けるような微かな音を胸の内側で聴いた気がした。

目を閉じて父と母の顔を思い浮かべようとすると、なぜだか千瑛の顔が浮かんだ。

それがなんだか気恥ずかしくて、思わず目を開けると、僕の絵の前に漆《うるし》を塗ったような光沢《こうたく》の黒髪の女性がじっと立っていた。黒いコートを着て、後ろに手を組んで細身な体軀《たいく》をさらに細く見せている。長い髪は相変わらず揺れている。そのやたらとよくできた造形だけでそれが千瑛だとすぐに分かってしまう。千瑛の横には帽子をかぶった湖山先生が立っていた。ベージュのコートがとてもよく似合っている。僕は二人に近寄った。

「先生、千瑛さん。お越しいただき、ありがとうございます」

湖山先生は振り返り微笑んだ。千瑛はしばらく絵を見ていたが、その後でようやくこちらを向いた。

「お疲れのようだったから、先に絵を見せてもらったよ。千瑛と二人で君の絵を見ていたんだ。ずいぶん腕を上げたね」

「ありがとうございます。恐縮です」

「いや、本当に、お世辞抜きで。よく描けていると思います。ちゃんと作品になっているね。うちの展覧会に出しても、これをたった数ヵ月だけ練習した学生が描いたとは誰も思わないでしょう。こんなにも美しい線を持った絵師はそうはいないから。なあ千瑛」

千瑛は、黙って僕を見ていたが、それから少しだけ頷いた。

「そうね。とてもいい絵だと思います。ただ……」

そう言い掛けてから、口を閉ざした。僕が言葉を待っていると、千瑛が通り過ぎていく人込みを避けて会話はとぎれ、僕はそれを問いただすタイミングを失ってしまった。千瑛は、少し笑って、

「なんだか前の展覧会のときとまるで逆のようね」

と言った。僕も少しだけそう思っていた。あのときも二人の間に湖山先生がいた。

湖山先生は千瑛に言葉を掛けた。

「千瑛、青山君も絵師なのだから、手加減なしに何でも言ってあげないと、彼も上達しないよ」

「そうね。では」

千瑛は僕の絵のほうを向いた。僕も少しだけ千瑛に近づいた。

「私は青山君の絵は嫌いではないわ。この絵もお祖父《じい》ちゃんが言うみたいにすばらしい絵だと思う。でも、青山君が自分で見いだして情熱を注《そそ》いだ絵ではないと思う。初心者の画題だし、こういうことを言うのは少し気が引けるのだけれど、私は青山君が自分で見いだした美を見てみたいなって思う。そのときには、同じ場所に立って絵のことを話せるんじゃないかって」

確かに千瑛の言うことはもっともだった。それは今現在、菊の制作に向かいながら

痛切に感じていることでもあった。多くの資料があり、何度も技法を示されて描けた絵は当たり前だけれど、それだけ個性からは遠い場所にある。とりわけ春蘭のように描く手順や方法まで形式化されている絵は、そもそも完成している絵なのだ。僕はその完成した形に自分自身を合わせていたにすぎない。斉藤さんから離れて、いま誰も見たこともない自分自身の方法を模索している千瑛にとって、ただの春蘭ではやはり物足りないのだろう。

「手厳しいね」

と言って湖山先生は笑ったけれど、確かにそれは事実だとその目は言っていた。僕もそれを受け入れざるを得なかった。僕は、

「ありがとう。まだまだ、これからです」

と告げると、千瑛はやっとこちらを向いて自然に微笑んでくれた。僕はその微笑みに一度だけ頷いた。

千瑛の作品やほかの二人の作品を見て回ろうと足を進めたとき、

「湖山先生！」

と声が聞こえた。湖山先生といっしょに振り返ると、そこには背広姿の品のいい何処《どこ》かで見たことのあるオジサンが立っていた。オジサンは僕や千瑛や作品には目もくれずに、一目散に湖山先生の元にやってきた。湖山先生は懐《なつ》かしいものを見たよう

に目を細めた。

「名島《なじま》君、久しぶりだね」

「ええ、湖山先生、お久しぶりです。お元気そうで何よりです」

と握手を求めて、湖山先生は軽く手を差し出して握手した。

「お宅の大学の展示がすばらしいという評判を聞いたので、慌てて駆け付けたんだよ。さすがに立派だね」

と、会場を見まわした。すると名島と呼ばれた見覚えのあるオジサンも展示を一瞥《いちべつ》し、それからすぐに湖山先生のほうへ向き直ると、

「先生のお力添えの賜物《たまもの》です」

と卑屈なほど頭を下げた。

「いやいや、違うだろう。学生のがんばりの賜物だよ。こちらがサークルの代表の青山君だ。彼はとてもがんばっているよ」

「ああ、これはこれは」

と、オジサンは僕に挨拶をした。一歩近づいてこのオジサンが誰なのかようやく分かった。この人は、うちの大学の理事長だ。確かに、湖山先生はうちの大学の理事長をよく知っていると言っていた。僕も慌てて、法学部の青山ですと挨拶をした。

「理事長の名島です。あまり学生と触れ合う機会がないので覚えがないかもしれませ

んが、よろしくお願いします。活躍は耳に届いています。湖山先生に見いだされた天才画家というのは君のことですね」

「いえ、違います。まったく天才ではありません。凡庸《ぼんよう》な初心者です」

そう言うと理事長は下手な作り笑いで大きく笑ってみせた。それからすぐに視線を湖山先生に戻し、話を始めた。

「先生、せっかくこちらにお越しいただいたので、たいへん図々しいことなのですが、揮毫《きごう》をお願いできませんでしょうか？　我々、先生にお出《い》でいただいたときには、ぜひそれをお願いしようとずっと心待ちにしておりまして、その……」

「ああ、わかりました」

湖山先生は、理事長のみごとなごますりをまるであしらうように快諾《かいだく》した。こういうせりふを耳にタコができるほど聞かされているというのが、その様子から伝わってきた。湖山先生は言葉を続けた。

「でも、あれだよ。私が描いたらそれをあげるけれども、青山君たちや水墨を習う学生さんに便宜《べんぎ》をはかってあげないとだめだよ」

と、はっきりとした声で言った。理事長は、時代劇か何かでするみたいに、平身低頭しながら、それはもう間違いなく、とか、ごもっともです、とか言いながら湖山先生の快諾を喜んで、すぐに場を用意させます、と張り切って消えていった。湖山先生

は僕に、

「ちょっと、西濱君を探して、揮毫をするのであれを持ってきてって言ってもらえるかな？　それだけ言えば分かるから」

と小声で指令を出した。僕は頷いて喫煙所のほうへ走り出した。西濱さんが湖山先生を待たずになぜ喫煙所にすぐに消えてしまうのか、このときに分かったような気がした。湖山先生の目はいつになくギラギラと光っていた。

学園祭のミスコンのMCの間に湖山先生の揮毫会の告知がされたが、会場付近の学生たちは何が起こっているのかまったく分かっていないようだった。展覧会の会場まで響く放送で、ステージでのイベントの司会者らしき学生が、

「ええと、ちょっと緊急報告です。いま学務事務室じゃなくて、え？　これ理事のほうから飛んでるの？　えっと、大学理事会のほうから連絡が入りまして、これから一号館一階の学生による水墨画サークルの展覧会場にて、水墨画の巨匠、篠田湖山先生のサークル設立を記念する特別揮毫会が開催されるようです。揮毫会というのは水墨画の実演パフォーマンスということみたいです。凄いですね！　超有名人の学園祭の乱入じゃないですか！　皆さま、よろしければ十四時より一号館一階フロア特別会場までお越しください。大学理事会からの連絡でした」

と、なんだか事情がよく分からないまま陽気に連絡事項を読み上げると、学生たちの反応は二つに分かれた。展覧会の近くにいた学生たちの反応もそうだった。

そんな有名人がうちのような非文化的文化大学に来るわけがないという囁《ささや》き声《ごえ》と、もし来るのならあのテレビに出ている先生を一度は見てみたいという反応だ。

僕が喫煙所で西濱さんをみつけると、西濱さんはもう一本タバコに火を点《つ》けようとしていたが、アナウンスを聞いていたのか目つきはやたらと真剣だった。事の経緯を説明すると西濱さんは、しっかりと頷いて、

「事情は分かった。じゃあ青山君はすぐに会場に戻って待機しておいて。アナウンスが正しければあそこで揮毫会をやるんだろうから。何かあったら連絡するよ」

と、いつものように爽《さわ》やかに笑っていたけれど、タバコを持つ手は震えて目は尖《とが》っていた。何が始まるというのだろう？

アナウンスを聞いて「い」の一番に動き出したのは、学園祭に来ていた地元のお年寄りの皆様方だったようだ。しばらくして、僕が会場に戻ると、即座に、

「篠田湖山先生の揮毫会の会場はこちらですか？」

と、次々に問い合わせてきた。

そうだと思います、とあいまいな返事をしていると、ドカドカと大学祭の実行委員会の人たちが展覧会の会場に走り込んできてパイプいすを並べ始めた。

展示パネルを少しだけ動かしていいかと許可を求められて、もちろん構いませんが……、となんとなく返事をしていると、四階までの吹き抜けの位置に置いてあったパネルを移動させてそこに揮毫会用の会場を作るのだと説明してくれた。確かにそれなら二階や三階に移動すれば一階の揮毫会の様子を観覧できないこともない。急場にしてはよくできた作戦だと感心していると、古前君と川岸さんが走って戻ってきた。

「ちょうどいいところに帰ってきてくれた。僕は西濱さんの手伝いをしに行かなきゃいけないかもしれないんだよ。その間、会場を見ていてくれるかな？」

「何を悠長なことを言っているんだ、青山君！　この会場自体がいまからぶっ潰れるかもしれないんだぞ」

「何を言ってるんだ？　古前君」

古前君は早口で事態を説明し始めた。

ステージで湖山先生の揮毫会の告知があってから、すぐさま学祭実行委員会や大学事務室の電話がけたたましく鳴り響き、現在、大学の駐車場も急に満車になり、付近で渋滞まで発生しかけているとのことだった。

「おそらく、この会場に信じられない数の人たちが押し合いへし合いして、一気になだれ込むはずだ。さっきのＭＣが流れたタイミングで理事長がご町内の老人会や、商店街の組合なんかにも連絡してしまったらしい。それでなくても、うちの大学のステージからの音声はご町内にダダ漏《も》れだ。あっという間に、このあたり一帯に情報は拡散して、この三十分で、人の入りも、出店の売り上げも一・五倍になっている」

「そんなに凄いことになってるのか。どうりで混雑しているわけだ」

「俺は学祭実行委員会にパイプいすなんてお上品なものを並べている暇はない、高額チケットか整理券を配布して、全人員を一号館に向かわせろと言ったんだ。だが、うちの実行委員会は俺の話なんて相手にしなかった。俺たちにこのイベントを制する力はもうない。とにかく今やるべきことは、人が溢《あふ》れかえる前にどこでもいい、とにかく作品やパネルを撤去して、千瑛嬢の作品や俺たちの作品を守り通すことだ。それが学園祭を守ることにつながるんだ。今からここは戦場になる」

　そう言っている間にも、次から次に老人たちは何処からともなくやってきてパイプいすの席を次々に埋め、足腰の悪い人たちから優先で並んで座っていった。とんでもない行動力と協調性の奇跡を目の当たりにしながら、僕は少しずつ背筋に冷たいものを感じ始めた。

　確かにこのままでは、誰かがパネルや作品と衝突し、作品か人かもしくはその両方が傷つくことになるのは避けられない。僕は古前君のグラサン越しの瞳に向かって頷いて、急いで作品を撤去し一号館の空いている教室に運び込んだ。その後、パネルを会場から運び出そうとしたときに、会場に西濱さんが走り込んできて、僕らの動きを止めた。

「青山君、ちょうどよかった！　そのパネルここに置いておいて。湖山先生がそれを使って絵を描こうって言ってるから」

「この展示用パネルを使うんですか？　畳《たたみ》の倍くらいはありますよ。こんなサイズの絵を今から描くんですか？」

西濱さんは頷いて、古前君に代わってパネルを持った。古前君はすかさず、パネルの通り道を作るため人を誘導し始めた。基本的に間違った情熱しか持っていないが、とにかく現場に立てば、徹底して使える男が古前君なのだ。

「いつものことなんだよ。ふだんはなかなか揮毫会なんてやりたがらないんだけれど、いざやるとなると、こんなに大きいものをやりたがるんだ。かわいそうにいま千瑛ちゃんは、このサイズの絵を描くための墨を必死になってすらされているよ」

「こ、このサイズですか。それってあと一時間ですり終わるんですか？」

「たぶん大丈夫だと思う。毎回こんな感じなんだよ。一時間ですれた分だけの墨で描ける絵を描くんだよ。そのときどきのサイズや画題に応じて。千瑛ちゃんはとにかくいま必死だよ」

「すぐに助けに行かないと」

「いやだめなんだよ。硯《すずり》は一つだけしかないし、墨も一つしかない。いま青山君が行っても何の役にも立たないよ。いまはとりあえずこっちを手伝ってほしい。これから道具を運びこむからね。ここは戦場になるんだよ」

西濱さんは古前君とまったく同じせりふを吐《は》いて、パネルを床に置いた。

「とにかくいまは自分たちにできることを集中してやろう。君たちだけが頼りだ」

僕と古前君は顔を見合わせて頷いた。僕らの肩に次々に溢れかえった人たちの肩がぶつかっていった。

古前君が学祭実行委員会に要請して、急場でこしらえたステージの上に湖山先生が進むと、一号館は一階のフロアから四階の吹き抜けに面した廊下まで静まり返った。湖山先生は、画仙紙の貼り付けられた真っ白く巨大なパネルの前に立って、一度頭を下げた。

湖山先生の背後にあるパネルに貼られた巨大な一枚の紙は、くっきりと湖山先生のシルエットを映し出した。おそらく立てかけたまま、絵を描くのだろう。

続いて千瑛が道具をお盆に載せてステージの上に登場し、ステージ横の台に載せて、墨をすり始めた。僕はその様子をステージの裾《すそ》近くから見ていた。前列からびっしりと埋め尽くされた老人たちの目はキラキラと輝いている。

「皆さま、こんにちは。篠田湖山です。今日は秋の画題をやろうと思います。よろしく」

と、それだけ言うと観客に背中を向けて、道具のほうにスタスタと歩いていった。

千瑛は墨をすりながらじゃまにならない位置に移動し、特に声を掛けることもなく自分の仕事に集中していた。確かにこのあたりの気遣《きづか》いは、同じ絵師でないとできない。間近で墨をすりながら、じゃまにならずサポートをするには、サポートするほうもそれなりに水墨の技法について習熟していなければならない。湖山先生はいつもより少し大ぶりな筆を取って、筆洗に浸すと調墨を丁寧にしてから、真っ白な画面の前にぽつんと独りで立っていた。

観客は相変わらず静まり返っている。

何も起こってはいないが、何かが起こるのだという異様な緊張感が、会場に漂っていた。巨大で真っ白な壁の前に立つ湖山先生は、すべての音を吸い込むような不思議な静けさをまとっていた。

何がそれを与えているのだろうかと考えてみると、湖山先生が無造作に構えていた筆だった。その筆と手と身体《からだ》と背中とまなざしのすべての一致が、会場の人たちの言葉を奪い去ってしまった。そこにいるだけで分かる。たった一つのことに傾注し、人生のすべてをそこに費やしてきたまるで奇跡のような人物がそこに立っている。その人物がこれからその手で奇跡を起こすのだと、会場のすべての人が予感していた。僕もその場所にいながら、湖山先生以外は何も見えなくなってしまった。

湖山先生はまるで、僕がいるガラスの部屋に立っているようだった。凍てついて真っ白になったその大きな壁の前に湖山先生は僕の代わりに立っていた。それは幻覚のようだった。現実に存在する誰かが、自分の心の内側に立っている。ただ巨大な画仙紙に向かっている小さな老人が、強烈に自分の心の内側を意識させる。その老人のあまりにも濃い生命感が、僕の心を動かしていた。湖山先生は会場のすべての人をその生命感や人生で飲み込んでいくようだった。

湖山先生は筆を持ちあげた。たった一つの生命のように、同じ感覚の中に飲まれた僕ら観客は、それだけでオーケストラの指揮者がタクトを振り上げたときのように緊張した。そして、筆は振り下ろされた。

後は、奇跡と感動と快感の連続だった。

振り下ろされた大筆は、小刻みに叩きつけられ大きな葉になり、調墨し直された筆は深々とした滲《にじ》みといっしょに実になった。無数の葉や実が描かれ、巨木が描かれ、それが何の樹なのか疑いようもなくなったところで、湖山先生は巨木を描いていた大筆から、いつもと同じ古びた鼬毛《いたちげ》の筆に持ち替えた。会場の空気は少しだけ変わった。誰もが何かが起こる、ここから山場が来るのだという期待と緊張に満たされた。

湖山先生の手といつもの鼬毛の筆は、そこにあるだけで大きな説得力があった。湖山先生は、筆を見て少しだけ微笑んだ。

そして、会場の隅にいた僕のほうを見て、絵から意識を離して少しだけ笑った。先生は、いつもの調子だった。疲労してもいないし、緊張してもいない。当たり前の先生の顔だった。先生は、僕に見ておけ、と言ったのだ。僕は背筋がブルブルと震えるのを感じた。

一歩前に出た湖山先生は、無造作に手を上げると上から下に向かって柔らかに線を引いた。柔らかに引かれた線は硬く、弾性を持ち、くねり、そして重力を感じさせた。誰もが分かった。それが上から下に向かって下がっているものなのだ。そして、それは絵の中で小さな風に吹かれてもいるのだ。存在しないはずの風を感じ、存在しないはずの重力を感じ、そこに存在しないはずの生き生きとした質感を感じた。それはただの線であり、ただ墨と筆がなす軌跡だった。だが、間違いなくその筆致には一瞬で命が宿っていた。

「蔓《つる》だ」

僕だけではない会場のすべての人が、わずか数秒で理解した。無造作に引いた線を葡萄《ぶどう》の蔓だと理解した。

大きな葉と、いくつもの実や房、それから枝や茎《くき》や樹が、一本の蔓によって次々に結ばれていく。点在していた無数の命が一つの手によって、一個の生命に変わっていこれまでに描いたいくつもの墨蹟《ぼくせき》が滲みながら、乾きながら、たった一つの意志によって繋《つな》がっていく。

多くの観客の目と心もいっしょに、湖山先生の手によって結ばれていく。

僕はそのときになって、なぜ湖山先生が僕に、やってみることが大事だということや、自然であることがたいせつだということ、それから絵は絵空事だと言ったのか分かった気がした。

水墨画は確かに形を追うのではない、完成を目指すものでもない。

生きているその瞬間を描くことこそが、水墨画の本質なのだ。

自分がいまその場所に生きている瞬間の輝き、生命に対する深い共感、生きているその瞬間に感謝し賛美し、その喜びがある瞬間に筆致から伝わる。そのとき水墨画は完成する。

「心の内側に宇宙はないのか？」

というあの言葉は、こうした表現のための言葉だったのだ。描くこと、形作ることに慣れ過ぎてしまうことで絵師はいつの間にか『描くこと』の本質から少しずつ遠ざかってしまう。それが見えなくなってしまう。湖山先生は、もしかしたらそのことを伝えたかったのかもしれない。描くことは、こんなにも命といっしょにいることなのだ。

無数の命と命が結ばれていくその瞬間の中で、僕も観客も湖山先生も、描かれていくたった一枚の絵によって、線によって結ばれていった。

線の時間が終わり、全体の調子を整えるために打っていく点の時間を、僕らはバラードを聴いているときのように名残惜《なごりお》しく感じていた。

湖山先生は筆を置いてこちらを振り返ると、ゆっくりと全体を見まわした後、朗《ほが》らかに笑って、深々と礼をした。

小さく響いていた拍手は、まるで何かが爆発したときのように高い音で鳴り響いた。会場の数百人が力の限り手を叩いていた。多くの人は立ち上がり、立ち上がれなかった前列の老人は手を合わせて湖山先生を拝んだ。

万雷の拍手の中、巨大な葡萄の樹を背にして立つ湖山先生は照れ笑いしていた。湖山先生は、とても美しかった。会場は湖山先生を通して、水墨を経験した。僕の心にも、記憶にも湖山先生は同じものを描いた。最も美しいものが生まれる最初の瞬間から、最後の瞬間までを僕らは湖山先生といっしょに経験した。

この拍手は、その喜びを分かち合う歌のようだった。

人は描くことで生命に触れることができるのだ。

学園祭が終わると、慌ただしさは嘘《うそ》のように静かになった。

湖山先生の揮毫会の後から、水墨画サークルへの入部希望者が文化会を訪れたらしいけれど、講師不在で休部中ということで、古前君が追い払ってしまった。代わりに文化会役員に勧誘し、古前君の率いる文化会はそれなりに大きな組織になってきているという。川岸さんが千瑛と連絡を取り合って、サークルの活動再開時期を相談しているらしいけれど、僕らの出展作品の制作が終わらない限りは、千瑛も僕もサークルに戻ることはできないので、年内の活動再開の見込みは立っていなかった。

湖山先生は揮毫会の後、

「いいものが描けたらまた来なさい」

と、それだけ言って溢れかえる人込みを、湖山先生にしてはゆっくりと立ち去っていった。『いいもの』とは、四君子《しくんし》の画題のことを指すのか、湖山賞のための作品を指すのかは分からなかったが、残りの日数を考えても、制作に向かわなければならないことは疑う余地がなかった。西濱さんは、お疲れさま、と僕と古前君の肩を叩き、

「ここからが正念場だよ」

とまじめな顔をしてから笑って、湖山先生の後を追って去っていった。

千瑛は、人もまばらになった一階のフロアで川岸さんと仲よく何かを話しこんでいたけれど、ひと段落するとこちらにやってきた。穏やかな表情で、まっすぐ僕の前に

立った。

「制作が終わったら会いましょう」

千瑛は悪戯っぽく笑って、

「お預けにしておいてあげるわ」

と言った。僕は何のことか分からずに、戸惑って千瑛の目を見た。

「日暮屋さんのこと。覚えてる？　あなたがごちそうしてくれるって話」

確かにそうだった。僕は彼女に学祭の展覧会が終わったら、その店でごちそうするという約束をしていた。

「制作が終わったら行きましょう」

「もちろん。必ず」

千瑛の存在を僕は大きく感じていた。湖山先生だけではない。彼女がそこにいてくれたおかげで、僕は僕が知ることのなかった世界に触れることができたのだ。

彼女はくるっと踵《きびす》を返《かえ》し、長い髪がその動きを追う前に軽やかに歩き出した。細い肩が人込みに消えていくのをじっと見つめながら、僕は千瑛や湖山先生たちの傍《そば》にいるために筆を握るのだと思った。

古前君と川岸さんは、手を繋いで千瑛の後ろ姿を見送っていた。

制作はひたすら難航していた。

何本も菊を買いこんで、枯らしてはまた何本も買い込んだ。講義に出る回数も少なくなり、古前君に代返を頼み、川岸さんにノートを頼むと二人とも二つ返事で承諾してくれた。たまに川岸さんのバイトする喫茶店にコーヒーを飲みに行くと、作品の進《しん》捗《ちょく》をきかれたけれど、僕は首を振るだけだった。

ただ単に墨で絵を描くことは、当然のようになり始めていた。

何度も菊の形を、緻密に毛筆で画仙紙の上になぞっていき、葉の形や、花びらの質感を覚え込み、精密に描く訓練をした。結果的に、形をとることはできるようになり、『菊を墨で描いた絵』は次第に描けるようになっていった。だが、それに習熟するにつれて、問題は大きくなった。どれほど精密に毛筆と墨で菊を描いても、それが湖山先生や翠山先生が描く水墨画のような印象を与えなかったことだ。

これだけ練習すれば、どう考えてもうまくなるはずだ、という量の紙を反故《ほご》にしたあとに、自分が描いた絵を一枚一枚見直していくと愕然とした。それは確かに菊の形をした絵に見える。だが、それ以上でもそれ以下でもなかった。

墨という粒子で構成された絵が最終的に菊の形に正確に配置されても、それが水墨画として完成しないのは、単純に考えても形以外の情報がそこに組み込まれているからだ。その形以外の情報が何なのかが見定められないから、ただひたすら菊を見て、描き続けるしかなかった。

悩むにつれ不安は募《つの》り、不安はそのまま焦りになり、それは指先に現れた。生み出される線は、どこかやつれたものになって、春蘭を描いていたときのような清々《すがすが》しさが消え去り、思ってもみなかったほど、よくない方向に動き出していると感じたときにはもう冬になっていた。作品の締め切りまで一ヵ月を切っていた。

広い部屋の床が反故にした画仙紙で埋め尽くされ、埋もれるほどに積み重なった後で、僕はばかみたいに単純なことに気が付いた。それは、

「墨で絵を描くことが、水墨画ではないんだ」

ということだった。その言葉は僕の口から独《ひと》り言《ごと》のように漏れて、僕の中に染《し》み込《こ》んでいった。考えてみれば、それはいまさら疑うべくもないことだった。形や技法のみを追求した絵が必ずしも水墨画にならないことは、何度も何度も繰り返し教わってきた。何度も何度も目にしてきたのだ。

だが、実際に自分が歩み始めると、知っていたはずの当たり前のことにさえ簡単につまずいてしまう。斉藤さんや千瑛の顔が浮かんだ。あの人たちはこんな悩みとずっと闘ってきたのだ。眺めているだけでは分からない。実際に手を動かし、描いて、つまずいてみなければ分からないことばかりだ。僕はため息をついた。

室内を整え、散らばった紙を片づけて、お茶を淹《い》れた。画仙紙を広げ、墨をすり、

心を落ち着けて筆をとった。画仙紙を見つめ、筆の重みをそっと感じた後に、また筆を真っ白な梅皿に、穂先のほうを立てかけて置いた。

僕はここからが勇気だと思った。水墨画を水墨画たらしめる要素は、描くことでは見いだせない。描くこと以外の方法で描き方を見いださなければならない。描くという行為以外の場所に、水墨画の本質は存在しているのだ。その場所が何処で、そして何なのか、僕には分からなかった。だが、筆を静かに置いたとき、奇妙なことだけれど、これまでとはまるで違う手ごたえを感じた。何かにほんの少し近づいたような、心が少しだけ解き放たれたような優しい気持ちになった。

僕はこれまでよりも少しだけ心地よく花を眺めていた。何処かに入り口があるはずだ。そして、何処かに始まりがあるのだ。僕は、時間も空間もまだ存在していない真っ白な画仙紙を見つめながら、その入り口を探していった。

それから一週間、筆を持ち上げることもなく、自室で花瓶《かびん》に生けた菊の花を眺めていた。花の前に坐《ざ》して、花の形、葉っぱの付き方、枝の伸び方を仔細《しさい》に眺めて、真っ白な画仙紙を見つめて時を過ごした。

真っ白な画仙紙に本物の白い菊をゆっくりと透かし見て、そしてまた本物の菊に目を戻す。そしてまた菊を見つめては画仙紙を見る、ということの繰り返しで、はた目から見ればただぼんやりとそこに座っているようにしか見えない。それでも僕は真剣だった。腕を組んで不機嫌そうにそこに座っていた。花と画仙紙に飲まれて、僕は動けなかった。

そのうち真っ白な画面を見つめながら、筆の動きや墨の滲み、線の雰囲気をイメージして、何百回も、頭の中で絵を描くようになっていた。数限りない失敗とわずかな成功の中で、僕は毛筆を持って絵を描くことを、頭の中で再現できるようになっていた。

少し集中してイメージしさえすれば、頭の中に筆があり画仙紙があり、それを現実とほとんど同じように動かすことができた。それは棋士が頭の中に盤と駒《こま》を置いているのと同じで、自然に身についていた。モノトーンで筆一本で絵を描くという制約が、そうしたイメージを可能にしているのかもしれなかった。

何もない自室で、自然光だけで、ひもすがら菊を眺めていると、さまざまなイメージが画仙紙の上にわいてくるようになった。湖山先生もときどき庭を見つめながら、ただぼんやりと座っていることがあったけれど、おそらくこんなイメージを展開し頭の中でいくつもの仕事をしていたのだな、と思い至った。翠山先生にしても、どうしてあれだけ無口で、張り詰めたように静かに過ごしておられるのか何となく分かる気がする。どちらの先生も、筆を持っていなくても、画仙紙の前にいなくても、ずっと絵を描いていたのだ。

僕はガラスの部屋の大きな壁に向かって、そこを画仙紙だと想定してさまざまな実験を行った。無数の春蘭を壁一面に描いてみたり、竹林をひたすらにそこに描いてみたり、巨木の梅をただひたすら描いてみたり、まず自分が描けるものを可能な限りそこで描き続けた。次に、自分には不可能な技法も記憶を頼りに再現し、うまくいかないときは何度も文字どおり試行錯誤し、描いてみた。

千瑛の薔薇や、斉藤さんの蔓薔薇、牡丹《ぼたん》に、湖山先生が先日描いて見せてくれた葡萄の樹まで再現してみた。自分が習得した技法以外は不明な点も多かったが、何度も何度も考え、記憶を辿《たど》っていくと、ふいに閃《ひらめ》くこともあった。何かを想い詰めて、考え続けて、悩み続ける、というネガティブともいえる行為が、考えもしなかった方向で役に立っていることが少しおかしくもあった。僕は孤独を過ごすことに、とても適した人間なのだろう。

だがそれらは描いて見せられ、西濱さんの言葉を借りれば『教えられた』画題だった。千瑛は僕が『見いだした美』を見たいと言った。そして、湖山先生は『花に教えを請《こ》え』と言われた。あの二人の言葉には、何処か重なるものがあるような気がした。

技術はこうして、ひたすらに座り、考え続ければきっと上がっていくだろう。師や先輩に教えを請い、技を盗み、時に磨き、自分の力で再現する。それはたぶん、注意深く観察し、正確に動く手を持っていれば、何処までも同じ速度で伸びていく。けれども『絵を描く』ことは、高度な技術や自分が習得した技術をちらつかせることだけではない。それは技術を伝えてくれた『誰か』との繋がりであって、自然との繋がりではない。

そう思って、菊を見つめ直すけれど、やはり答えはまるでやってこなかった。描こうとするたびに、イメージは止まり、それが失敗に繋がることを描く前に察知していた。『たった一筆でさえ美しくあるように』とするなら、起筆《きひつ》のその一筆目がすでに誤りを含んでいた。

水墨画は、考察し、模索しながら描く絵画ではない、ということなのだ。結局、描くという現象にすら僕はたどり着かなかった。

クリスマスを目前に控《ひか》えたある日、僕はとうとう煮詰まって家を出た。

「これ以上、なにもできない」

という気持ちと焦りが体中を満たしていた。家を出て歩き始めると、身体がやたらと重く、気怠《けだる》い。外に出ることでさえ、久しぶりのことのように思えた。

木の葉がすべて落ち、丸裸になった街路樹の向こう側に、冬特有の水色の高い空が、枝の隙間《すきま》に広がっている。建物の輪郭《りんかく》は鋭利に見え、通りを走り去っていく車の音が妙に響く。紛れもない冬の空気の中に僕は佇んでいた。狭い部屋ばかりにいたので、広い空間がとにかく心地よく思える。

久しぶりの外の空気を呼吸していると、突然、携帯が震えた。上着に入れっぱなしだった携帯電話を驚いて探り当てると、着信は西濱さんからだった。耳元に受話器を当てると、西濱さんにしては重く慎重な声が響いた。

「ああ、青山君、ごめんね。いま大丈夫かな。しっかり聞いてね。あのね、湖山先生が倒れちゃったから……」

西濱さんの話が終わり電話を切ると、僕は携帯電話を握りしめて、そのまま湖山先生のいる病院まで走った。冬の冷たい空気が、肺の中に刺さるようで痛かった。

湖山先生が入院しているのは、大学からすぐ近くの総合病院だった。

西濱さんに教えられたとおりに病室を探し、ノックしてから扉を開けると千瑛がリンゴの皮を剝《む》いていた。僕に気づくと千瑛は視線を上げて挨拶しようとしたが、その拍子《ひょうし》に包丁で親指の先を切ってしまった。

「千瑛、慌てるから、いつもそうなるんだよ。ゆっくり動かないと」

と穏やかに戒《いまし》めたのは、ベッドに横になっている湖山先生だった。千瑛は、分かってるわよ、と少しふてぶてしく言いながら、指の手当てをするために席を立った。青山君、ごゆっくり、と言い残して病室を出ていき、僕は入れ替わりに千瑛が座っていたパイプいすに座った。湖山先生のおでこには、大きな絆創膏《ばんそうこう》が貼られていた。湖山先生は少し疲れているように見えたが、僕が挨拶をすると笑顔を見せた。

「青山君、ありがとう。君も来てくれたんだね」

「ええ。西濱さんから連絡をいただきまして。先生、大丈夫ですか？」

「ああ。入院するほどひどくないんだよ。皆、大げさすぎるんだ。ただフラッとしてつまずいて転んだだけなんだが、検査のためにこうやって重病人みたいに寝かされて入院させられているんだよ。私が医者嫌いだから、これを機に何から何まで調べるつもりだよ。年をとるというのはつらいものだね」

「何事もないのなら安心しました」

湖山先生はつまずいただけだと言ったけれど、いつもあれだけスタスタと歩いていて、足元のしっかりしている湖山先生がつまずくなんてことがあるのだろうか、と言葉とは裏腹に不安になっていた。この前の揮毫会のときもそうだったが、湖山先生の疲労の色は濃い。決定的な何かが湖山先生に迫っているような気がして、僕は少しずつ暗くなっていた。湖山先生はそれ以上、自分の体調の話はしなかった。

「菊は描けたかい？」

湖山先生は小さな声で訊《たず》ねた。僕は最初、湖山先生が何を言ったのか聞き取れず、先生の声から数秒して言葉の意味に気づいた。僕は首を振った。

「いえ。まるで描けません。形をとることはできますが、水墨にはなりません」

そう言うと、湖山先生は口角を少し上げて小さな息を吐いた。そのまま眠ってしまいそうな小さな呼気だった。

「命を見なさい。青山君。形ではなくて、命を見なさい」

僕は顔を上げた。

「四時無形《しいじむけい》のときの流れにしたがって、ただありのままに生きようとする命に、頭《こうべ》を深く垂《た》れて教えを請いなさい。私は花を描け、とは言っていない。花に教えを請え、と君に言った」

そうだった。

確かに湖山先生は、『花に教えを請え』と言った。僕はもう一度その言葉の意味を考えていた。その言葉はただ単に比喩《ひゆ》のように思える。花に教えを請うように一生懸命、花を見なさい、それだけの言葉のようにも感じる。だが、湖山先生の言っている言葉の意味はきっと違う。湖山先生の目はひどくまじめだった。

そのときには僕の頭の中には、一輪の菊が浮かんでいた。何もかも繊細に見える。僕はいつもその菊を見逃すまいと必死で見ていた。だが湖山先生の言葉の意味は、その行為とほんのわずかにすれ違う。湖山先生は穏やかに話し続けた。

「花に教えを請い、そして、そこに美の祖型《そけい》を見なさい」

「美の祖型ですか……」

「君になら見えるよ。それを見ることを、水墨では写意《しゃい》とか、写意性と呼んだ。名前はどうだっていい。君の中にある真っ白な世界の中には、命がよく写るだろう？」

僕は目を大きく見開いた。湖山先生は微笑んでいた。

「先生はご存じだったんですか？」

湖山先生は頷いた。先生はまた小さく息を吐いた。

「最初に見たときにすぐに分かったよ。本当に孤独な哀《かな》しい瞳をした若者だと思った。まるでかつての私を見ているようだった」

「かつての私……、先生にも同じことが？」

「私たちの時代は多かったよ。私たちの時代は、青春はすべて戦争だった。夢を失い、家族を失い、生きる意味を見いだせず、そして、どうしようもなく独りぼっちだった。あのときの私に君はよく似ていた」

僕は湖山先生のいつもよりもずっとゆっくりとした言葉を聞いて、深い哀しみや胸の痛みを思い出した。痛みがわずかに和らぐことによって、ようやく痛みを感じることのできるようなそんな感覚だった。僕の目に涙が溢れていた。

「家族を失い、何もかも失った私を拾い上げて、生きる意味を与えてくれたのは、私の師匠だった。あの人がいなかったら、今の私はなかった。あの後の人生も、生きることで出会ったたくさんの出来事も、水墨も……、生きることの喜びや美しさも……」

湖山先生は大きく息をした。そして先生は僕の手を取った。

「私は、君と千瑛との勝負も、君が優れた水墨画家になるかならないかなんて、そんなことはどうだっていい。君が生きる意味を見いだして、この世界にある本当にすばらしいものに気づいてくれれば、それだけでいい。私にはただ、それを伝える術《すべ》が、水墨しかなかったんだよ。あのときの私に与えられたものを、私は君に与えようと思ったんだ」

湖山先生の目にも大粒の涙が溢れていた。僕もただひたすらに込み上げてくる涙に耐えて、湖山先生の震える手の温《ぬく》もりを感じていた。

「先生、ありがとうございます」

声にならないような掠《かす》れた声で僕は言った。先生は、最初から何もかもを知っていたのだ。僕は先生を見た。そのとき僕は、先生にまるで、もう一人の自分のような、自分の肉親のような近しさを感じていた。

何もかもに投げ捨てられて、とても孤独だったはずなのに、とても孤独だったことがこんなにも広く大きな世界に繋がっていた。

僕はあのとき、湖山先生から水墨を手渡されたのだと思った。

病室を出るとすぐ傍のベンチで千瑛が待っていた。僕をみつけると立ち上がって、

「話は終わった？」

と、ずっと待っていたことをちらつかせながら訊ねた。僕は何も言わずにただ頷いた。僕の顔を見て、

「泣いているの？」

と千瑛は訊ねたけれど、僕は首を振って、

「違うよ、話をしただけだ」

と答えた。千瑛はそれ以上何もきかずに、いつものように髪をなびかせて、くるりと反対を向くと、

「家まで送るわ」

と、ついてこいというはっきりとした意思を示した目で言った。僕はもうただ頷いて千瑛の後に従い、千瑛の背中に声をかけた。

「ちょっと寄ってほしい場所があるのだけれど」

「いいわよ。遠くなければ」

「隣町だけれど、いいかな？　一時間くらい」

「道は分かる？」

僕はしっかりと頷いた。帰り道を忘れる人間など何処にもいない。

街を出てすぐにスーパーを見つけて、菊と千瑛のための飲み物を買った。千瑛はその苺オレを飲みながら運転した。

「大丈夫、私がいなくても、病院にはすぐに親類が押し寄せてくるから」

と、千瑛は訊ねてもいないのに僕の考えを見抜いたように言い訳を口にした。千瑛はおそらく親族が集まってくる場所が好きではないのだ。僕にもなんとなくその気持ちは分かる気がした。千瑛は湖山先生の話題を避けて制作の状況を訊ねてきた。僕は首を振って、うまくはいっていないと答えた。

「菊を描いているのなら、仕方がないわね。試練のときなのね」

「菊はそんな画題なの？」

「そうね。初心者の卒業画題って言われているわ。描く者が自分で描き方を見いださなければいけないってことになってる。でも本当にそうしている人はほとんどいなくて、とりあえず皆、お手本をもらってから、それを分析することに一生懸命になっていくわね。青山君みたいに本当に独りで描けって言われた人って、ほかにいないんじゃないかしら。大変ね」

「どうしたらいいのか、って毎日考えているよ」

「毎時間でしょ？」

「そうだね。確かにそのとおり」

「私がお手本を描いてあげようか？」

僕は首を振った。

「いいよ。なんとかまだまだがんばってみる。時間はないけれど、とにかくできるところまで」

「そう……楽しみにしているわ」

千瑛は機嫌の良さそうな声で答えた。それから千瑛は毎日の他愛《たわい》のない話を始めた。彼女がそんな話をするのは初めてだった。チョコレートに目がなくてコンビニに行くたびに買ってしまうから、いつの間にか五、六枚チョコレートがバッグに入っていることがあるとか、犬か猫を教室で飼ってほしいけれど湖山先生が許してくれない、とかそんな話だ。どの話もそれ自体が完結した話で、相槌《あいづち》を打つくらいしかできないが、千瑛はそれで満足なようだった。千瑛の長い長い話が終わらないうちに、僕らは目的地に着いた。

「ここはどこ？」

千瑛が訊ねた。僕らは車を建物の前に停《と》めて降りた。僕は当たり前のように門を開けて、ポケットから鍵を取り出して、鍵を開けた。その鍵を使うのは久しぶりだった。だが、それはいつだって僕のポケットの中にあった。僕にとって家はこの場所しかなかったからだ。千瑛は門のところで立ち止まっていた。

「ここは僕の家だよ。よかったら……、上がっていかないか」

千瑛は表札を見た。青山と書いてあるはずだ。門を隔てて、僕と千瑛までの距離がなんだかとても遠い。千瑛は躊躇っていたが、僕が、

「ここは寒いから、中でお茶でもごちそうするよ」

と言うとようやく門の内側に入ってきた。僕はドアを開けて真っ暗な家の中に足を踏み入れた。一人ではこの場所に入る勇気はきっとなかった。また、元の自分に戻ってしまいそうで怖くもあった。一歩足を踏み入れて、懐かしい香りが鼻腔《びこう》をついたとき、かつてのような深い絶望や暗い気持ちに返ってしまうことを予測していたけれど、実際にやってきたのは虚脱感だった。靴を脱いで、その上にいつまでも立っている自分に気づいたとき、そのひどい虚脱感に気が付いた。式台への最初の一歩をいつまでも踏み出せなかった。

「大丈夫？」

と、千瑛が声を掛けて肩に手を置いた。僕は千瑛にお礼を言ってから、右手でスイッチを探した。手はスイッチがあるはずの場所を覚えていた。明かりが点いてから見覚えのある玄関の景色に押されるように、もう一歩踏み出した。僕の口からこぼれた言葉は、

「ただいま」

だった。きっと、それをずっと言いたかったのだ。

「おかえり」

という言葉を僕は、まるで期待していなかった。言葉を口にしたのは千瑛だった。僕は、振り返った。千瑛は、僕がこの家に足を踏み入れることの意味を理解しているようだった。千瑛は、そう言った後、おじゃまします、と言って家に上がった。

僕は千瑛の手を取って迎え入れた。僕は菊の花を持って久しぶりに家に帰ってきた。

「ただいま」

と、僕は誰もいない家に向かって、もう一度言った。家そのものに向かって言ったのかもしれなかった。

リビングに千瑛を案内して、暖房や照明を入れると、きちんと動くことにまず感動した。家を出たときのまま何も変わっていないので、光熱費や水道料金など相変わらず払い続けているのだろう。いつどんなときでも僕が帰ってこられるように、叔父夫婦が手入れをしてくれていたのかもしれない。いまさらながらに二人の気遣いと良心に感謝しなければならないと思う。これまで、僕にはそんなことを考える余裕さえなかった。

キッチンで久しぶりにお茶を淹れようと、カップやお茶葉を探すと、どれもこれも懐かしかった。紅茶やコーヒーや緑茶、ウーロン茶もあり、茶筒に母が書いたラベルがそのまま貼ってある。僕は紅茶を取り出してお茶を淹れた。

お茶の湯気がはっきりと分かるほどまだ室内は冷たかった。僕は千瑛の座っている長いソファの横の一人掛けのソファに腰かけた。ここはいつも僕が座っていた場所だった。

「どうしてもここに来たかったんだ。送ってくれて、ありがとう」

僕は千瑛にお礼を言った。千瑛は周りをぐるりと見まわしてから、優しい目をして問いかけた。

「ここが青山君のご実家なのね」

「そう。ちゃんと人が住んでいるように見えるだろう？　正確には住んでいた、なんだけど」

「そうね。マンションよりは、はるかに……温かね」

「僕もそう思うよ。二年前、父と母が亡くなってからそのままだ。本当に何も変わっていない。僕には何かを変えることができなかったんだよ。そのための力も自分の中に残されていなかった」

暖房が少しずつ利き始めてきて、お茶の湯気が掻《か》き消《き》えてきた。香りだけが部屋の中に漂っている。

「大学に入るまでは大変だった。何かを考えることができなくて、何も覚えることもできなくて、自分だけが、何もかもから取り残されているような気がしたよ。いまこうして、なんとか普通に過ごしていられるだけでも、本当に特別なことのような気がする」

「特別なこと？　今こうして過ごしていることが？」

僕はうまく答えられなかった。何をどんなふうに言っても、僕が感じていることはありふれた言葉にしかならない。ただ単に、当たり前の生活を送れるようになるまで、僕が費やした時間や労力は分かり合うにはとても孤独なものだ。深い哀しみや苦しみは説明しないほうがいい。語らなければ、自分の内側にぽっかりと空いた空洞に向かって声を発することもない。

「誰かがいなくなると、とても疲れてしまうんだよ。そして本当に疲れてしまうと、どんな言葉も反応も自分の周りに示すことができなくなるんだよ」

「そっか……今のあなたからは、まったく想像できないわね」

「僕もそう思う。僕は絵を描くことで気づかないうちに恢復《かいふく》していったのかもしれない。言葉はいつも考えに繋がって僕を無気力にさせたけれど、絵は、水墨は、描くことで自分の考えの外側にある世界を教えてくれた。僕が何を感じているかを伝えてくれた」

「お祖父ちゃんも昔、同じようなことを言っていたわ。絵を描くことは自分の考えや言葉から脱け出すことだって。私は描くことに何度も救われてきたって。やっぱり青山君はお祖父ちゃんに何処か似ているのかもしれないわね」

「湖山先生に似ているって言われるのは光栄だ」

「あんなに偏屈なお爺ちゃんになっちゃだめよ」

千瑛はカップを抱えたまま笑った。僕もそれに応えて、微笑んで見せた。それから僕自身に語り掛けるように言葉を発した。

「僕は、本当はここから始めなければいけなかったんだ」

千瑛は僕を見ていた。僕は少しだけうつむいた後、立ち上がり、二年前、目に付く場所から一つ残らず隠してしまった両親の写真をキッチンの戸棚から取り出した。そのうちの一枚をテーブルの上に置いて、それから花瓶に生けた菊を、両親に供《そな》えるように隣に置いた。二人の笑顔と菊が同じ場所にあった。小さな額の向こう側から笑顔の二人が語り掛けてきそうな気がした。そのときになって、なぜ亡くなった人に花を手向けるのかが分かったような気がした。花は時に言葉よりも雄弁に想いを伝えるのだ。

二人のために供えた菊の花は、これまで見たどの菊よりも白く柔らかく輝いていた。

濃緑の葉がみずみずしく映る。二人の顔を見たのはどれくらいぶりのことだろう。とても懐かしく感じた一瞬に、自分と両親との距離が時間といっしょに、また少しずつ流れ始めたのが分かった。僕はもう一度、菊を眺めた。千瑛もいっしょに菊を見ていた。僕が何を考えているのか、千瑛には伝わっているのだろうか。

「ここに来て、菊を眺めたら何かつかめるかもしれないって思ったんだ。父さんや母さんのことを考え続けていた長い時間を、たった一輪の花にすることができるかもしれないって思って。湖山先生みたいに命にそのまま触れているような、あんな絵が描けるかもしれないって思ったんだ」

「想いを絵にしたいってこと？」

僕は頷いた。

「いつか僕が少しずつ恢復していって、胸の痛みを忘れて幸せになれたときも、独りぼっちだったときのことを忘れないように。父さんと母さんのことを忘れないように」

「あなたの水墨には、それが可能なの？」

「画仙紙の上は、心と同じように時間も空間もない場所でしょ？」

千瑛は頷いた。さっきの僕がやったみたいに子供のようなしぐさだった。

「きっとあなたならできるわ。誰かの絵を見て、あんなに切ない気持ちになったのは、生まれて初めてよ。私はあなたの絵が好きよ」

千瑛の目はとても真剣だった。僕も千瑛の目を見て同じことを思った。

「僕も、千瑛さんの絵が好きだよ。最初に見たときから。あのとき、最初に出会ったとき、僕はあの絵の中に自分にずっと欠けていたものを見たんだよ。千瑛さんが言ったよね？　勇気がなければ線は引けないって。あの言葉の意味、僕もやっと分かるようになったよ。取り返しのつかないたった一筆のために、自分のすべてで絵を描いていく……千瑛さんのあの勇気がなかったら、僕はいまも自分の心の内側にしかいなかった。小さな狭いガラスの部屋で、記憶だけを眺めていた。千瑛さん、ありがとう」

その後、僕らはただ黙って見つめ合っていた。触れることも、言葉を交わすこともなかった。僕らは二人とも絵師だった。その瞳に何が宿っているのかを、自分たちの目と心で感じ取っていくことがたいせつだった。

菊のほのかな香りが、僕らの沈黙の間に漂っていた。とても美しいものが僕らの間にあることだけを、僕らは感じ取っていた。

描こうとすれば、遠ざかる。

そのことだけは、はっきりと分かっていた。

マンションに帰ってきてから、僕はすぐに制作を始めた。目の前には、花と画仙紙だけだ。

乾いた筆を持ち上げて、筆洗に浸《つ》け穂先を湿らすと、水の中にいくつもの気泡が現れた。筆がわずかに重くなる。その重みに懐かしささえ感じた。水を思い切り吸った筆の穂先を梅皿の縁で整え筆を尖らせた。筆は心といっしょに少しずつ研ぎ澄まされていく。最後に、布巾で穂先の中に残った余分な水分を吸いとると、自分がこうして筆をとる瞬間を待ち望んでいたことに気が付いた。人差し指と中指は筆管の感触を確かめている。僕は一度、筆を梅皿に立てかけて置いた。陶器を軽く叩く、カタンという音の後にやってきたのは、筆の所作に沿って研ぎ澄まされた感覚だった。僕はいま確かに絵師なのだ。

だがいま、たいせつなことは描くことではない。二つの目で花を眺め、同じように自分の心を眺めることだ。たいせつなものを眺めていた余韻は今も続いている。菊も、心もいまははっきりと見える。

湖山先生は、花に教えを請いなさい、と繰り返し言っていた。僕は、湖山先生の言葉に従って、花に思いを傾けた。

白い菊を見つめていると、白い菊もまたこちらを見ているような気持ちになった。

「どうしたらいいんですか？」

と、僕は花に向かって呟《つぶや》いていた。花は何も答えてくれなかった。花はただ花瓶の縁に寄りかかって、退屈そうにうつむいていた。僕はふいに、首を傾けて花を眺めた。すると、まるで違う角度から花が見え、花もまた違う角度に移動した僕を見ているような気がした。

僕はうつむいた花の横顔を眺めていた。それは正確には横顔ではないのかもしれなかった。だが、僕の中では確かに花は、僕から目をそらし、そっぽ向いているようで、少しつまらなそうに見えた。

僕は花を手に取った。そして、隅から隅まで花を眺め、花の重さを手に感じ、優しく丁寧に花瓶に戻した。花は少し落ち着いているように見えた。

描くことを忘れるくらいじっと花を見つめていると、花はまるで、くつろいでいるようにも思えた。

僕は花に向かって、微笑んでみた。すると、花もまた微笑んでいるように見えた。形は何一つ変わっていない。ただ微笑んで見えるのは、僕の心の内側に微笑みと同じような心の動きが立ち現れているだけだ。けれども、それは花と同じ形になって、花に投影されて、心の移り変わりといっしょに消えていく。

目の前にある小さな命に、自分の心が呼応しているのだ。それはあまりにも微細で、感じ取ろうとしなければ見逃してしまいそうな細やかな変化だった。

僕は花にじっと目を凝らした。

そして、目を閉じた。

真っ白な空間の中に、一本の菊だけが浮かんでいる。それは僕の心の内側にある僕だけの菊の姿だ。そして目を開けると、目の前にある生きている菊は、その姿とはほんの少し異なっている。菊は僕の心の中にあるそれとは、違う存在感で、僕の目の前にある。この瞬《また》く間《ま》に花の心は移ろい、僕の心も移ろっていたのだ。現象に対して手は遅すぎる、と湖山先生が言ったのは、このことだったのだ。

命としての花も極限のところでは、刻々と姿を変えているのだ。確かに、僕らの手は現象を追うには遅すぎる。目が極まれば極まるほど、その違いは大きくなる。命とはつまるところ、変化し続けるこの瞬間のことなのだ。

では、どうすればいいのか。

考えたときにすぐに思い浮かんだ言葉はやはり、湖山先生のあの、

「花に教えを請いなさい」

という言葉だった。湖山先生は花を描けとは言わなかった。それは現象を描くことでも、現象を追跡することでもない。ましてや、技の中にある形式化された独りよがりな花を描くことでもない。

花に教えを請うということは、一枚の絵を花といっしょに描くということだ。花に、絵を描かせてもらう、と言ってもいい。

僕は一輪の白い菊を愛おしく思った。ほかには何処にもない美しい花だと思い、とてもたいせつなものが、目の前に置かれているのだと思った。自分以外の命がそこにあるのだという確かな実感を、目を通して感じていた。

どうしてずっと気づかなかったのだろう？

たった一輪の菊でさえ、もう二度と同じ菊に巡り合うことはないのだ。たった一瞬ここにあって二度と巡り合うこともなく、枯れて、失われていく。あるとき、ふいにそこにいて、次の瞬間には引き留めることさえできずに消えていく。僕はそのことを誰よりもよく知っているはずだった。命の輝きと陰りが、一輪の花の中にはそのまま現れているのだ。

僕の心が、小さな感動の前に立ち止まった。

僕が生まれたことと、僕が見送った命と、僕が思っているこの束《つか》の間《ま》の時間の中で、僕にできることは、ただこうして愛おしむことだけのようにも思えた。

白い菊の心に僕の心が近づいていくのが分かり、白い菊が一瞬だけ微笑んでくれたような気がした。僕の心はそのとき大きく動いた。

僕は筆をとった。僕の手は命じられたかのように自然に調墨を始めていく。淡墨を含ませ、中濃度の墨をわずかに吸わせ、濃墨を穂先にわずかに噛《か》ませ無限の色彩そのものを小さな穂先の中に作っていく。調墨の手順はいつも同じだ。これまでだって何度も調墨を行ってきた。だが、これほど自然に手が動いたことはなかった。

硯の平らな面で穂先を尖らせ、硯から画仙紙の上まで筆の穂先が自然に持ちあげられて着地するまでの瞬く間を、とてもゆっくりと感じながら、もう恐れなかった。僕の手はいつもと同じ、自然な形をしていた。まるでお箸《はし》を握っているときのような自然な所作だった。あの微《かす》かな重みを感じるよりも遥かに繊細に、調墨された穂先の重みを感じていた。心が解き放たれた今なら分かる。これでいいのだ。穂先も震えていない。導かれるように腕は動き、僕の人生のすべてが、心地よく自然な所作で進んでいく。命は心の内側で動き続けている。穂先ももうすぐ着地する。心の内側には菊が生きて微笑み、真っ白い部屋の中にいるようで、真っ白な画仙紙の中にいるように、無駄なものは何もない。自分の内側に次々と生まれてくる現象の、感動の、最初の瞬間を、穂先はこのごく自然な動きで捉《とら》えていくのだろう。生涯でたった一度しか現れない筆致に変えていく。それだけでいいはずだった。

僕は微笑みかけてくれている一輪の花を感じていた。もう目に映っているのか、心に映っているのか、画仙紙の上に映っているのかもはっきりしない。だが、白い菊は、さっきよりも、ずっとずっと美しい。

「美の祖型を見なさい」

と湖山先生が言っていたのはこのことだった。それは命のあるがままの美しさを見なさいということだった。こうして花を感じて、絵筆を取るまで何も分からなかった。

水墨とはこの瞬間のための叡智《えいち》であり、技法なのだ。

自らの命や、森羅万象の命そのものに触れようとする想いが絵に換わったもの、それが水墨画だ。

花の命を宿した一筆目を僕は描いた。

穂先の重みは画仙紙の白い空間の中に柔らかく溶けながら、移しかえられた。心がそっと手渡されるように、命は穂先から、紙へ移った。心の動きが体に伝わり、身体の動きが指先に伝わり、指先は筆を操る微かな圧力を伝って、画仙紙という不安定で白い空間に向かって消えていった。それはたった一瞬だった。だが、それは、ここにいたるまでのあらゆる瞬間を秘めた一瞬であり、一筆だった。

菊の芳香と墨の香りが部屋を満たしていた。

表彰式が終わると、会場に人が雪崩《なだ》れ込《こ》んできた。

湖山賞の最年少受賞者を一目見ようとマスコミが押し寄せ、受賞作の前に集まった。たくさんのフラッシュの中、激写されている一幅《いっぷく》の水墨画は、僕らよりもはるかに華やかな存在だった。

一番最初に作品の前に立ったのは、湖山先生だった。

僕と千瑛はゆっくりと歩く湖山先生の後をついていった。腕章を付けた新聞記者が湖山先生に作品について次々に質問を浴びせたが、湖山先生は少しボケたふりをして丁寧にかわしていた。

だが記者の一人が、

「この作品の見どころを教えてください」

と言うと、湖山先生は、しばらく作品の隅を眺めていたが、感慨深そうに、

「見れば分かる」

とだけ答えた。確かにそのとおりだ。それ以上の説明は要らない。彼女が描いた絵は、それ自体が美の証明だった。彼女が比類ない絵師であることは、すべてその一幅が語っていた。

そこには、あのとき描いた牡丹のその後の姿が描かれていた。

その絵はまさに非の打ち所がない、完璧な絵だった。それはこれまで彼女が突き詰めてきた技術の延長線上にあるものだった。生き生きとした花の質感、とてつもない精度の調墨による筆致のみずみずしさ、溢れる自信、それから失敗を恐れず描く勇気……。けれどもそれらすべてを引き立たせているのは、これまでの彼女の絵にはない、たった一つの要素だった。

彼女の絵には余白があった。

何も描かれていない画面端の純白の隙間が、描かれた黒を余すところなく引きたてていた。描かないことが、千瑛の絵をさらに濃密なものにしていた。湖山先生が見ていたのは、おそらくその余白なのだ。湖山先生は千瑛の絵を眺めながら、少しほっとしているようだった。

検査の結果、軽い脳梗塞《こうそく》と分かり、湖山先生は早期に治療を開始することができた。大事には至らなかったが、湖山先生は以前のようにハキハキと話したり、歩いたりはしない。仕事を減らし、絵筆を持つ時間も減り、暗い表情のままぼんやりとしているときもあった。だが、今日は何処か穏やかで落ち着いて見える。

協賛賞の発表が次々と終わり、大賞の発表が行われたとき、立ち上がった千瑛の表情は開いたばかりの花のように潤《うるお》っていた。彼女は壇上に上がり、ゆっくりと湖山先生に近づいていった。先生は千瑛とまっすぐ向かい合い、千瑛と同じくらい満たされた表情をしていた。僕にはそれが分かった。賞状を手渡し、おめでとう、と言ったときの湖山先生は、ただただ嬉しそうだった。千瑛は両手で賞状を受け取りながら涙を流していた。千瑛と湖山先生にしか分からない複雑な感情や愛情が、千瑛の頰《ほお》からとめどなく流れ落ちていった。あれは二人にとって、とてもたいせつな瞬間だったのだ。師と弟子、そして、祖父と孫という分かちがたいきずなが、湖山先生のあの『おめでとう』には込められているような気がした。振袖《ふりそで》姿の千瑛はこれまで見たどんな瞬間よりも美しかった。

表彰式のお手伝いとして、スーツを着て会場の隅で立っていた僕は、千瑛の湖山賞受賞という当然の結果に、心から拍手を送っていた。誰がどう考えてもそれは当たり前のことで、千瑛と僕との奇妙な勝負は、最初からほとんどの人がこの結末を疑わなかった。

壇を降りて、お祝いの言葉を投げ掛けられている千瑛の嬉しそうな横顔を見て、僕は温かい気持ちになった。いつか僕も千瑛に追いつける日が来ればいいなと思っていた。

表彰式がひと段落し、拍手も鳴りやみ、あとは閉式のアナウンスが流れるのみとなった会場で、千瑛の嬉し涙をもらい泣きしそうな感じで見つめていた僕の耳に突然、衝撃が走った。ありえないはずの名前が僕の耳に届いた。

「青山霜介君！」

と、その声ははっきりと僕の名前を呼んだ。確かにそれは僕の名前だったはずだ。

名前を呼ばれてから数秒しても、自分の名前を呼ばれたという確信が持てなかった。会場は静寂に満たされていた。何もかもが凍《こお》り付《つ》いたように停止した。その後で、会場を満たすヒソヒソ話が始まり、数秒後には視線がいっせいに壁際にいた僕に集中していた。何をどうしていいのか、分からないまま僕はそこに立っていた。

僕はその日、表彰式の手伝いのために西濱さんに呼ばれただけだったのだ。式場で動き回るからスーツを着てこいと言われたけれど、自分が壇上に上がるとは思ってもいなかった。僕はずっと黒衣《くろご》としてそこにいるのだと信じきっていた。だが、いま明らかに表彰式の壇上で湖山先生がしっかりとこちらを向いて、僕を呼んでいる。事態がうまく飲み込めず、その場に立ち尽くしていると湖山先生は、

「青山霜介君、壇上へ」

と号令した。

周囲は僕の挙動不審な動作を訝《いぶか》しむように、静けさをたたえている。さっきよりもいちだんとヒソヒソ話も聞こえてくるが何を言っているのか、まったく分からない。僕は混乱し、ただカクカクになってしまった身体を前に進めるだけで、せいいっぱいだった。

僕はギクシャクしながら壇上に上がり湖山先生の前に立った。壇上に上がるときに、ちゃんと一礼したのかどうか、まったく思い出せない。とにかく、僕はそこにいた。湖山先生は、嬉しそうに微笑んでいる。きれいな顔だな、とそのときに思った。だが、僕はいま本当に不味《まず》いことをしてしまったのではないかと、緊張してもいた。不手際など何もなかったはずだが、と自分の行いを振り返りながら、湖山先生をまっすぐ見ていると、湖山先生は悪戯《いたずら》っぽく笑い、マイクを通して大きな声で、

「審査員特別賞、『翠山賞』を青山霜介君に授与します」

と言った。次の瞬間、僕は何が起こっているのか分からないまま、呆然《ぼうぜん》と湖山先生を眺めていた。背後で会場にわき立つような拍手が鳴り響いた。あっけにとられた顔をしていると、

「青山君、おめでとう」

と、賞状を差し出された。驚きながらも賞状を受け取った。受け取ることはなんと

か、自動的にできた。ゆっくりと一礼をしてから振り返ると、拍手の音が高まった。

そのときにも、僕はまだ、自分がいったい何を受賞して、なぜこんな祝福を受けているのか、分かっていなかった。

「翠山賞？　それはいったい何なんだ？　なぜ僕が受賞しているんだ？」

そんな言葉が態度とは裏腹にクルクルと頭の中で回っていた。

それでも壇上から見渡すと、たくさんの人たちが見えた。千瑛も、西濱さんも、茜さんも、審査員席の翠山先生も皆が拍手をしてくれた。翠山先生は一礼して壇上に上がってくると、僕と握手して、会場のすべての人に向かって声を発した。

「本年の湖山賞の選考は接戦でした。審査の結果、篠田千瑛さんに大賞が授与されることが決定しましたが、それに次ぐ賞として、青山霜介君に審査員特別賞『翠山賞』を授与したいと思います。さあ千瑛さんも壇上へ」

千瑛は僕の横に並び、僕らは握手した。千瑛は涙ぐんで、微笑んでいた。

「おめでとう。青山君、本当におめでとう」

と、千瑛が壇上で僕に言った。拍手の音で、所々、声はかき消されていたけれど、口の動きでそう言っているのが分かった。

湖山先生が僕たちの間に立ち、僕の肩と千瑛の肩を叩いた。すると、無数のシャッター音とフラッシュととぎれることのない拍手がさらに高まった。僕は湖山先生と目が合った。湖山先生は頷いた。僕は大きく目を見開いた。拍手とシャッター音で声は届かない。だが、僕には湖山先生が何を言いたいのか分かった。

僕は先生に頷き返した。湖山先生がもう一度、口角をほんの少しだけあげて微笑んだ。穏やかさではない。厳しさと知性が一人の人間を鍛《きた》え上《あ》げたのだと知らせる微笑みだった。その微笑みが、僕に向けられていた。こんな笑みを作るほど困難な人生を歩んだ人が、僕をみつけてくれたのだと思うだけで、言葉など消え去ってしまった。先生と僕はただ頷き合った。それで充分だった。

そしてすぐに、僕らを囲む世界に目を向けた。

僕らは巨大な光と音の前にいた。

それはすべてがかき消された真っ白な部屋の中のようで、目を閉じてもまるで同じ場所にいられるような気がした。

会場の何処かで、父と母も手を叩いてくれているのではないかと、僕は目を凝らした。真っ白な光や音をじっと見つめていた。僕はまだ自分の心の内側にいるのではないか？　そんな奇妙な想像を心のどこかに浮かべていた。

その劇的な表彰式の熱も冷めやらぬまま、僕らはその足で湖山賞の展覧会の会場に入ってきた。

湖山先生はいま、新聞記者といっしょに、千瑛の絵の前に立っている。

「お孫さんの篠田千瑛さんが湖山賞を最年少受賞されたことについて、コメントをいただけませんか？」

湖山先生は、しばらくすっとぼけたふりをしていたが、近くにいた千瑛がしっかりと聞き耳を立てていることに気づくと、

「賞を一つの契機としてこれからもがんばってほしい。伝統文化に携《たずさ》わる人間として、この国の文化や人々の心の在り方の一端を担《にな》っている責任を感じて、精進してほしい。新しい時代の水墨を期待している」

と、珍しく外向きのコメントをはっきりと話した。湖山先生はしばらく、千瑛の絵を眺めていたが、またゆっくりと歩き出し、一幅の掛け軸の前で足を留めた。僕らは少し離れて、それを見ていた。

「こちらについては、いかがですか？」

記者が湖山先生に追撃するように訊ねた。湖山先生は、やはりしばらく何も答えなかったが、ゆっくりとこちらを向くと、またはっきりとした声で言った。

「見れば分かる。言葉などいらない」

湖山先生の目が細くなった。

記者はよく分からない顔をして、絵と湖山先生を見比べた。千瑛の絵とは対照的な

僕の地味な絵に小首を傾げているのだろう。確かに僕自身でさえ受賞に驚いているのだ。見ず知らずの記者が、理解に苦しむのも無理はない。

「そんなに凄い絵なのですね。簡素な絵なので、インパクトに欠けているように感じます。やはり我々素人《しろうと》には難しい世界があるのですね」

それを聞くと湖山先生は苦笑いして、僕がそちらを見ていたことに気づくと、一度だけ頷いて、ゆっくりと控え室のほうへ消えた。湖山先生が消えたほうに目をやるとすぐ近くで、西濱さんと茜さんが二人並んで絵を眺めていた。二人の姿を、とても似つかわしく美しいシルエットだなと思った。その二人の背後に、翠山先生が近寄ってきて、二人に笑顔を向けた。前途洋々だ。西濱さんはひたすらに頭を下げ続けている。

僕と千瑛は並んで、彼女の絵を見た。

千瑛の牡丹は本当に美しかった。千瑛の努力と想いがみごとに花を咲かせていた。明るく、強く、前向きな力に満ちた牡丹だった。余白は画面の中で鑑賞者の目を遊ばせて、そこに香りまでも感じさせた。絵の余白から生まれる余韻《よいん》こそが、仄《ほの》かな香りまでも連想させていたのだ。

僕は隣に立っている千瑛に何かを伝えようとしたけれど、僕らの周りにはあっという間に人垣ができて、千瑛は教室の生徒さんや、マスコミ関係者に矢継ぎ早に質問を浴びせられたり、賛辞を述べられて、頭を下げ続けていた。とにかく、一言で言えば大変そうだった。

とても話のできる状態とは思えなかったので、僕はそっと人垣から離れ、西濱さんと茜さんと翠山先生に近づいた。僕が近づいていくと、まず最初に着物姿の茜さんがお辞儀をしてくれて、珍しくスーツ姿の西濱さんが陽に焼けた真っ黒な顔でニカッと笑い、落ち着いた佇まいの和服の翠山先生が渋面の映画俳優がやるように、かっこよく微笑んだ。

僕が一礼して、翠山先生にお礼を述べようとすると、茜さんが、

「このたびは、まことにおめでとうございます」

と、優しく柔らかい声でこちらに近づいてきてくれた。その声の品の良さに、本当にどこまでもよくできた人だと思った。僕も反射的に、ありがとうございます、と頭を下げて近づいていくと、翠山先生が、

「青山君、本当におめでとう」

と、濁《にご》りのない声で、もう一度言ってくれた。僕は頭が上げられないまま、ごにょごにょと、ありがとうございます、と繰《く》り返していた。そして、

「よかったね、青山君、おめでとう！」

と、明るい西濱さんの声が響いたときに、僕はようやく顔を上げた。人を強張《こわば》らせ

ないという意味では、西濱さんは本当に達人かもしれないと思った。西濱さんは言葉を続けた。

「本当にびっくりだったよね。だいたい湖山賞ですら出ないときがあるのに、特別賞が出るなんて前代未聞《ぜんだいみもん》だよね」

「そうなのですか？」

「そうだよ。誰も翠山賞なんて受賞していないよ。そうですよね、翠山先生？」

翠山先生は嬉しそうに頷いた。

「君が初めてだ。ずっと特別賞をこれはと思った絵師に出してくれと、湖山先生に打診されていたんだが、与えるべき人がいなかった。君が現れてくれて本当に良かった」

「あ、ありがとうございます。恐縮です」

翠山先生は頷いた。その小さな動きが例えようもないほどに魅力的だった。

「これだけ若いのによく見えている。ああいう菊は才能だけでは描けない。技術だけでも描けない。きちんと生きた人だけが見える世界があった。あの菊を見て私にも感じるところがあった」

翠山先生はそれだけ言って、また握手してくれた。西濱さんを見ると照れ臭そうに笑っていた。

「千瑛ちゃんの受賞も自然な流れだったけれど、青山君の受賞も誰もが頷く結果だった。こんなに純粋に、水墨の本質そのもので勝負してくる人は、ほかにいなかったからね」

「水墨の本質、ですか」

西濱さんは笑った。

「湖山先生にきっと習っただろう？　心を自然にして描くことだよ。ほとんどの作品が展覧会のためだけに描かれていた。でも、青山君の作品は、純粋に心のためだけに描かれていた。虚飾を捨てて、無心に何かを追い求める姿が、俺たち審査員の胸を打ったんだよ。俺も、青山君を見習わないとね。心が洗われるようだった」

西濱さんが、珍しくまじめな顔をして声を発していた。僕は少しおかしくなって、

「西濱さんだって、なりふりかまわず挑んでいるじゃないですか？」

と、言った後、茜さんを見た。茜さんは、その視線の意味に気が付いて、少しだけ頬を染めたが、西濱さんはどぎまぎしながらも、次の言葉が出てこなかった。翠山先生だけが笑っていた。西濱さんと茜さんの背丈も雰囲気も、とてもよく似合う。そういう調和を見逃すほど、僕は鍛えられていないわけじゃない。

西濱さんは、場を繕《つくろ》うようにとりなして言った。

「さあ、やっと千瑛ちゃんが解放されたよ。行ってあげて。千瑛ちゃんは君と話をす

るために、あの人込みから逃げないで立ち止まっていたんだよ」

視線を向けると、ようやく千瑛の周りから人垣が消えて、あたりがわずかな静けさを取り戻していた。千瑛は、僕の絵の前にまっすぐ進んでいった。僕はそれを少し遠くから見ていた。

僕は西濱さんの言葉に頷いて歩き出した。

千瑛までの一歩一歩を踏み出しながら、一年前、千瑛の絵の前に湖山先生と立っていたあの日を思い出していた。

僕は千瑛の傍に立った。

千瑛は僕の絵を注意深く眺めていた。横にしばらく立っていても、こちらには目もくれずに絵を見つめ続けている。

千瑛の絵に比べれば、数段見劣りする地味な花の構成だ。白い菊が上から下に五輪並び、余白が多く、彩色は施されていない。華やかさに欠ける風情だった。描かれた花弁にも強い色彩を感じさせる要素はない。

「言葉もないわね……、本当に」

千瑛はそう言ったが、花弁の一つ一つ、葉の一葉一葉が、僕の言葉であり想いだった。一つの花びらにさえ、自分の心があるがままであることを信じて、限りなく花に寄り添いながら、花に教えられるように手が動いていくことを感じていた。あの夜の僕には絵は描くものではなかった。花に描かされるもの、もっと言えば、花に教えられるもの、だった。湖山先生の言ったことは正しかった。花に教えられ、手があるがままに動いているときほど、不思議なことだけれど、自分の想いが筆致に反映していた。その一筆の筆致には、光があり、光と反対の影さえも水と墨の調和の中で表現されていた。

光を帯びた無色透明な液体と、光を暈《ぼか》す微細極まりない物質の融け合う美を、最小の単位として、水墨画は構成されている。

それはもしかしたら、命の根源に限りなく近い姿なのかもしれない、と、出来上がった五輪の菊を眺めて思った。すべての菊を数本の茎でつないだとき、僕自身の手も、意識しないまま、まるで間違いを犯さなかったことに気が付いた。ただ花に導かれて、自然だった。それが、どれだけ拙《つたな》く見えても、うまく見えても、僕にはどうでもよかった。

湖山先生が伝えたかったのは、たぶん、こういうことなのだろう。

「花に教えを請え」

と、とても簡単に言われたけれど、その背後にあった術理や、思考や、実感は、言葉をはるかに超えていた。それはまさしく、描くことでしか説明できないものだった。

菊を描くことができた喜びは、何かを完成させることができた喜びではなかった。そうではなくて、小さな命と共《とも》に生きていて、自分もまた命の一つなのだと感じる繊細でみずみずしい瞬間だった。そこには意志はなかった。ただその経験だけがあった。

描き続けていたほんのわずかな瞬間、自分が幸福であったことに驚きながら筆を置いた。

その絵が、いま千瑛の目の前にあった。

彼女は絵を見て、最後には微笑んだ。

「これが青山君の美なのね」

と、千瑛は独り言のように呟いた。それから大きく息を吐いて、肩の力をガクッと抜くと、諦めたように笑って見せた。僕もその朗らかなしぐさを見て笑ってしまった。千瑛は握手を求めてきた。僕がその意味が分からず躊躇っていると、千瑛は整った大きな唇を開いて、

「湖山賞は私が頂いたけれど、勝負は私の敗《ま》けね」

と穏やかな声で言った。

僕はわけの分からないまま、千瑛の瞳に理由を問い返した。

「お祖父ちゃんも翠山先生も、本当はあなたに湖山賞をあげたかったのよ。なんとな

くそんな気がするわ。技術では確かに、私があなたよりも上をいっていると思う。でも、水墨の本質に、命そのものに、より深くぎりぎりまで近づけたのはあなたのほうよ。この違いは、ほかの人には分からないかもしれない。でも私や湖峰《こほう》先生や湖栖《こせい》先生、そしてお祖父ちゃんたちには、はっきりと分かる。水墨が心を描く絵画、命を描く絵画なのだとしたら……、私の敗けね」

僕は千瑛の手をゆっくりと握った。

「違うよ、千瑛さん。千瑛さんが受賞したことには、確かに意味がある。僕はこの絵を描きながら、自分に足りなかったものを感じたんだよ」

「あなたに足りないもの？」

「そう。僕は確かに自分の心を描けたかもしれない。でも、自分の生き方を描いたわけじゃない。千瑛さんの技術は、千瑛さんの美しい生き方そのものだ。水墨に専心し、ひたむきに何かを続けて追い求めてきた純粋な姿勢。そのひたむきさは、誰かの心を動かすんだと思う。僕は、千瑛さんの絵に動かされた。僕にはそのことが分かるよ」

「ありがとう、青山君」

僕は頷いた。

「そのことを湖山先生も翠山先生も理解しているんだよ。水墨が線の芸術なのだとすれば、線とは生き方そのものでもあるから。千瑛さんはそれを描くことができたんだ。湖山賞、受賞おめでとう。僕はあなたの絵があったから、ここにいるんだよ」

千瑛は頷いた。目に涙を浮かべていた。

真っ黒な二つの瞳がしっかりと僕を捉えていた。

僕は微笑んだ。

この三年間、ほとんど笑わなかったせいで、表情筋が運動不足だったから何処か不自然に見えたのかもしれない。千瑛は、僕が微笑んでいることに気づくと、大きく笑った。その笑顔はまるで大輪の牡丹のようだった。

僕にとって、受賞よりもその笑みのほうがずっと価値があった。誰かといっしょに同じ時間を分かち合うことの意味を、こんなときどうやって伝えたらいいのだろう？

「これからもよろしくね。青山君」

と千瑛は言った。優しい声だった。

僕は頷いた。

千瑛はまたすぐに祝辞を述べに来た多くの人たちに取り囲まれてしまい、僕はそこから離れた。

僕は展覧会の会場を一人でゆっくりと回って、たくさんの水墨画を丁寧に眺めた。百花繚乱《ひゃっかりょうらん》と言ってもいい壮麗な景色だった。それぞれの人たちが自分たちの想いを描き、壁を飾っていた。僕はその壁に飾られた数えきれないほどの絵を、これまで感じたことのない穏やかな気持ちで眺めていた。

僕はふいに自分がずっと思いつけなかった言葉に気が付いた。

「僕は満たされている」

と、まるで他人事《ひとごと》のように、言葉にした。自分自身の幸福で満たされているからじゃない。誰かの幸福や思いが、窓から差し込む光のように僕自身の中に映り込んでいるからこそ、僕は幸福なのだと思った。

僕は一周して、会場の入り口付近の自分の絵の前に戻ってきた。描いた作品を、もう一度眺めながら、僕はごく自然に、湖山先生がどんなふうに僕の心を見ていたのかということが分かった。

湖山先生もまた誰かの幸福や想いを、自分自身の幸福のように感じながら生きてきたのだろう。心の内側に吹き込んでくる風や光を、あの穏やかな瞳は見ていたのだ。誰かの孤独や苦しみも当たり前のように自らの内側に映り込んでいたのだ。

「君が生きる意味を見いだして、この世界にある本当にすばらしいものに気づいてくれれば、それだけでいい」

と湖山先生は言っていた。

その言葉のすべては分からないけれど、僕は自分の傍にいる誰かが幸福であることや、たくさんの笑顔の中に佇んでいられることが、ただ幸福だった。湖山先生も同じ気持ちで絵を描き続け、伝え続けてきたのだろうか。

僕はもう独りではなかった。

「美しいな」

と、僕は思わず呟いていた。

呟いた後に、呟いた言葉の意味をゆっくりと考えていった。僕は目を閉じた。そうするとはっきりと、それは浮かび上がってきた。

僕は、線を思い浮かべていた。

今日この場所にたどり着くまでに描いた線のこと、それから多くの人が紡ぎ合っている線のことを僕は考えていた。多くの人がたった一つの線を紡ぎ合い、たった一つの線を結び合って生きているようにも思えた。

連綿と続くその流れの中に、湖山先生は僕を組み込んだ。僕はその流れの中に佇んでいた。

僕は長大で美しい一本の線の中にいた。

線の流れは、いま、この瞬間も描き続けていた。

線は、僕を描いていた。

解説

瀧井《たきい》朝世《あさよ》（ライター）

文字を追ううちに、黒の濃淡だけで表されたさまざまな絵が脳内に映し出されていく。視覚芸術である水墨画と、描き手の所作《しょさ》や心情をここまで丁寧に的確に描写できる書き手がいることに、読者は驚かされるのではないか。著者の砥上《とがみ》裕将《ひろまさ》自身が水墨画家だと知ればその造形の深さに納得できるものの、デビュー作にしてこの筆力には圧倒される。第五十九回メフィスト賞受賞作『線は、僕を描く』はそんな作品だ。二〇一九年に単行本が刊行され、本書はその文庫化である。

大学生の青山霜介《あおやまそうすけ》は、高校時代に両親を交通事故で亡くしてから心を閉ざしてしまっている。無気力状態だったが親戚の強い勧めで進学し大学生となった彼は、ひょんなことから水墨画の巨匠・篠田湖山《しのだこざん》に気に入られて内弟子になる。それに反発したのが湖山の孫、千瑛《ちあき》だ。彼女は勢いで、霜介に来年の湖山賞で対決しようと提案する。

生きる意味を見失った青年がメンター的な存在に導かれ、未知の世界で切磋琢磨《せっさたくま》してコンクールを目指す。ライバルはとびきりの美少女だが、二人の出会いは最悪で──とくれば、青春＆競技＆恋愛小説の王道パターンに思えるだろう。だが、この物語はそこから零《こぼ》れ落ちる魅力的な要素がある。これは青年の再生を通して水墨画の魅力と、表現とは何かを深く掘り下げていく物語でもあるのだ。

ド素人《しろうと》の彼がなぜ巨匠の目に留まったのか。器用さと真面目《まじめ》さ、水墨画についての的確な感想などに湖山が感心したとは分かるが、それだけでは不十分に思える。読み進めていくうちに読者も自然と分かるのが、霜介の素直《すなお》さという美点である。墨のすり方からすでにつまずく彼だが、それで腐ることなく、師匠に言われたことを実直に実践し、時に反省し、自発的に鍛錬《たんれん》を重ねていく。これは水墨画に限らず、何かの道を究《きわ》めようとする時に大切な資質だろう。また、湖山が見抜いたのはそうした資質だけではなかったことも後々明かされる。巨匠の人を見る目、恐るべし。

千瑛は最初、気が強い印象があるが、特別勝気な女性というわけではなさそうだ。彼女はただ、水墨画に並々ならぬ情熱を持っているだけだ。最初に霜介に見せる敵対心は、自分も祖父に教わりたいのに教えてもらえない、という嫉妬心《しっとしん》から。真《ま》っ直《す》ぐな性格の彼女はいつまでも霜介に攻撃的な態度をとるわけではなく、水墨画に惹《ひ》かれた者同士、絵師同士として向き合っていく。その姿が実に清々《すがすが》しい。

絵師といえば、性格も描く絵も対照的な湖山の弟子二人も魅力的だ。風景画を得意とする西濱湖峰《にしはまこほう》と、花卉画《かきが》を得意とする斉藤湖栖《さいとうこせい》。彼らを登場させることで水墨画にもさまざまなモチーフがあると分かるわけだが、それだけでなく、技巧と抽象の対立構造も提示してくれている。もちろん、どちらが正しいということではない。ただ、もっと上達したいと思えば思うほど人は技術に走りがちだが、超絶技巧で写実的に描く斉藤よりも、西濱のほうが評価が高いというところから、芸術表現の奥深さを読者にも見せてくれている。

もともと水墨画は中国で生まれ、日本には禅宗とともに入ってきたという。つまり最初は禅僧の間で広まったのだと考えると、そこに娯楽や芸術的な要素だけでなく、精神修行的な役割もあったのではないかと思えてくる。なにしろ、水墨画の大きな特徴は、一発描きということ。短時間の間に集中して完成させなければならず、かつ、修正はきかない。精神集中が重要なのだ。また、顔彩を使う場合もあるものの、基本的には墨の濃淡だけで、背景を細かく描きこむこともせず、見せたい世界を表現しなければならないところにストイックさも感じさせられる。だからこそ、嘘がつけないともいえる。千瑛が霜介や彼の友人、古前《こまえ》や川岸《かわぎし》の水墨画を見て性格を言い当てていく場面があるが、それくらい、その人自身が表れてしまうのが水墨画なのだろう。作中、湖山もこんなことを言う。

「水墨というのはね、森羅万象《しんらばんしょう》を描く絵画だ」

「森羅万象というのは、宇宙のことだ。宇宙とは確かに現象のことだ。現象とは、いまあるこの世界のありのままの現実ということだ。だがね……」

「現象とは、外側にしかないものなのか？　心の内側に宇宙はないのか？」

自然の美しさを写実的に表現するだけが水墨画ではないのだ。自然をどう観察し、そこから受け取ったものと自分の内側をどう結び付け、どのように表現するのか。描き手が世界をどのように掬《すく》い取るのか、すべて表れてしまうのが水墨画なのだろう。そう考えると、両親の死後ずっと心から真っ白な状態だった霜介にとって、この芸術と出会ったことは大きな意味がある。描くために外の世界へ目を向け、自然の美しさと不可思議さを再発見し、それを表現するために、彼は自分の内面と向き合っていく。終盤、彼が線を描くことの意味深さにたどり着いていく心情描写は非常にダイナミックで、感動的ですらある。真っ白な紙に線が引かれて豊かな世界が生まれていくように、真っ白だった彼の心にも豊かな絵が描かれていくかのようだ。人がなぜ芸術を求めるのか、ここにはその本質的なことが描かれている。

と、つい水墨画というモチーフを選び、ここまで書き切った筆力の素晴《すば》らしさにばかり言及してしまうが、本作には他にも小説として優れている部分がたくさんある。エンタメ作品として読者を楽しませるために、水墨画は競技ではないもののコンクールという目標を設定して牽引《けんいん》し、それに向けての主人公たちの変化を段階的に見せていく作りが堅実。個々の人物像もしっかり作り込み、誰ひとり小説の進行のための駒として扱っていない点も見事だ。絵師の若者たちはもちろん、大学の友人の古前や川岸もなかなかいい味を出しており（著者は学生時代、霜介よりも古前に近いタイプだったそうだ）、霜介が水墨画の世界に閉じこもってしまうのではなく、学生生活においても開かれていく様子が描かれるのは繊細な配慮だといえる。登場はしないが叔父《おじ》の霜介に対する気遣いも、優しさのアクセントになっている。また、湖山のような人物はエンタメ成長小説ではえてして都合のいいメンター役で終わりがちだが、終盤の霜介との会話で人柄をしっかりと描き、揮毫会《きごうかい》の場面ではその芸術家としての凄《すご》みを披露《ひろう》し、この人が血肉のある、ゆるぎない巨匠であることに説得力を持たせている。

ちなみに本作を読んで水墨画に興味が湧《わ》いた人も多いはず。ネット検索すれば、水墨画作品はもちろん、描く様子を映した動画もたくさん見つかる。線と点を描くうちに、ある瞬間にぱっと世界が見えてくる様は眺めているだけでも心地よい。墨と硯《すずり》、筆と紙と梅皿《うめざら》などがあればできるのだから、自分でも始められそうだと思った人もいるのでは。四君子《しくんし》を習得するだけでも相当な練習が必要なことは読めば分かるが、趣味程度でやってみるのもいいかもしれない。

著者の砥上裕將は一九八四年福岡県生まれ。大学時代に学内のイベントで水墨画の揮毫会があり、そこから巻き込まれるような形で自身も描き始め、個展も開くほどの腕前になったという。小説に関しては学生時代に書いたことはあったが遠ざかり、社会人になった後、デビューの数年前に知人に勧められて執筆を再開。ファンタジー要素のある長篇を書き上げてメフィスト賞に応募した。受賞には至らなかったが編集者と繋がりができ、三回目の応募の前にいくつかプロット案を見せたところ、そのなかの水墨画というモチーフを薦《すす》められ、本作を書き上げた。意外にも、水墨画を小説の題材にするのははじめてだったという。応募時のタイトルは『黒白《こくびゃく》の花蕾《からい》』。これが選考委員である編集者たちから大絶賛され、受賞が決定した。ファンタジーやミステリのイメージが強いメフィスト賞に応募したのは、そういう経緯があったわけだが、そもそもこの賞の応募要項にあるのは「エンタテインメント作品」であるから、カテゴリーエラーではない。二〇一九年の刊行後には大評判となり、TBS系の情報番組「王様のブランチ」ブックコーナーでも特集され、年末にその年番組で紹介した小説から選ばれるブランチBOOK大賞を受賞。翌年には第十七回キノベス!2020で六位にランクイン、十七回本屋大賞でも第三位となった。また、堀内厚徳《ほりうちあつのり》により漫画化され「週刊少年マガジン」に連載、現在コミックスで全四巻が刊行されている。この作品内には著者自身が描いた水墨画も登場している。

第二作『7・5グラムの奇跡』(講談社)は、新米視能訓練士の青年が主人公だ。国家資格を取得し街の小さな眼科に勤めはじめた彼が、仕事仲間やさまざまな事情を抱えた患者たちと触れ合っていく。〝目〟という、また異なる題材を扱いながらも、細やかな描写や滲《にじ》み出る優しさは本作と同じ。自分の専門分野ではない題材でも、奥深いエンタメ作品を生み出す力を証明している。

■第59回メフィスト賞受賞作『黒白の花蕾』改題
■本書は、二〇一九年七月、単行本として刊行されました。

|著者| 砥上裕将　1984年生まれ。福岡県出身、水墨画家。『線は、僕を描く』（「黒白の花蕾」改題）で第59回メフィスト賞を受賞しデビュー。同作はブランチBOOK大賞受賞、本屋大賞第３位に選出された。2021年デビュー後第１作となる『７.５グラムの奇跡』を刊行。

線《せん》は、僕《ぼく》を描《えが》く

砥《と》上《がみ》裕《ひろ》将《まさ》

2021年10月15日第１刷発行
2022年８月４日第２刷発行

発行者——鈴木章一
発行所——株式会社　講談社
東京都文京区音羽2-12-21　〒112-8001
電話　出版（03）5395-3510
　　　販売（03）5395-5817
　　　業務（03）5395-3615

Printed in Japan

講談社文庫
定価はカバーに
表示してあります

KODANSHA

デザイン—菊地信義
本文データ制作—講談社デジタル製作
印刷———凸版印刷株式会社
製本———株式会社国宝社

ISBN978-4-06-523832-5

講談社文庫刊行の辞

二十一世紀の到来を目睫に望みながら、われわれはいま、人類史上かつて例を見ない巨大な転換期をむかえようとしている。

世界も、日本も、激動の予兆に対する期待とおののきを内に蔵して、未知の時代に歩み入ろうとしている。このときにあたり、創業の人野間清治の「ナショナル・エデュケイター」への志を現代に甦らせようと意図して、われわれはここに古今の文芸作品はいうまでもなく、ひろく人文・社会・自然の諸科学から東西の名著を網羅する、新しい綜合文庫の発刊を決意した。

激動の転換期はまた断絶の時代である。われわれは戦後二十五年間の出版文化のありかたへの深い反省をこめて、この断絶の時代にあえて人間的な持続を求めようとする。いたずらに浮薄な商業主義のあだ花を追い求めることなく、長期にわたって良書に生命をあたえようとつとめるところにしか、今後の出版文化の真の繁栄はあり得ないと信じるからである。

同時にわれわれはこの綜合文庫の刊行を通じて、人文・社会・自然の諸科学が、結局人間の学にほかならないことを立証しようと願っている。かつて知識とは、「汝自身を知る」ことにつきていた。現代社会の瑣末な情報の氾濫のなかから、力強い知識の源泉を掘り起し、技術文明のただなかに、生きた人間の姿を復活させること。それこそわれわれの切なる希求である。

われわれは権威に盲従せず、俗流に媚びることなく、渾然一体となって日本の「草の根」をかたちづくる若く新しい世代の人々に、心をこめてこの新しい綜合文庫をおくり届けたい。それは知識の泉であるとともに感受性のふるさとであり、もっとも有機的に組織され、社会に開かれた万人のための大学をめざしている。大方の支援と協力を衷心より切望してやまない。

一九七一年七月

野間省一